눈 속의 겨울

눈 속의 겨울

2020년 11월 22일 1판 1쇄 찍음
2020년 11월 22일 1판 1쇄 펴냄

지은이 문진영
펴낸이 윤한룡
편집 신한선
관리 이소연
디자인 윤려하
펴낸곳 (주)실천문학
등록 10-1221호(1995.10.26)
주소 남양주시 퇴계원읍 퇴계원로 52 405호
전화 02-322-2161~2
팩스 02-322-2166
홈페이지 www.silcheon.com

이 도서는 한국출판문화산업진흥원의
'2020년 우수출판콘텐츠 제작 지원' 사업 선정작입니다.

ISBN 978-89-392-3061-3 03810

차례

엄마에게 애인이
있었으면 좋겠다

끈질기네요. 주방 밖으로 고개를 빼꼼 내밀고 동태를 살피던 알바생 찬영이 말했다. 마감을 알리는 노래가 세 번이나 반복해서 흐르고 있는데도 마지막 손님들은 자리에서 일어날 생각이 없어 보였다. 레스토랑은 밤 열 시에 문을 닫는데, 정각까지 버티는 손님은 흔치 않다. 나는 무전기의 인 이어를 뺐다. 알바생들이 주방 카운터에 기대 남은 피자를 집어 먹고 있었다. 나도 하나 집어 먹었다. 오징어 먹물 피자다. 생맥주를 두 잔 내려 나눠 마셨다. 안쪽 주방은 마감이 끝나가는 것 같았다. 기태가 모자를 손에 쥐고 탈의실 쪽으로 빠져나가는 게 보였다. 나는 알바생 둘을 먼저 탈의실로 보내고 피자 접시와 맥주잔을 씻었다. 간다! 찬영이 외쳤다. 홀을 향해 달려나간 찬영이 손님들에게 큰 소리로 인사하는 게 들렸다. 주머니 속의 휴대폰이 또다시 진동했다. 아빠였다. 손의 물기를 닦고 통화 버튼을 누르려는 순간 전화가 끊겼다. 부재중 전화가 다섯 통이나 와 있었다. 내일 치우자. 나는 찬영을 향해 소리쳤다. 대충만 해 놓을게요! 찬영이 큰 소리로 대답했다.

이번 달에 주임 뱃지를 달더니만 찬영은 전에 없이 열심이었다. 무전기를 차게 되어 기뻐하던 게 엊그제 같은데 어느새 주임이라니. 나도 그랬던 시절이 있었다. 대학을 졸업한 후 취업은 안 되고, 학자금 대출은 갚아야 해서 예전에 종종 아르바이트를 하곤 했던 뷔페 레스토랑에서 다시 일을 시작했다. 저녁 파트타임으로 시작했는데 풀타임이 되었고 작년에는 주임 명찰까지 달았다. 심지어 이번 달에는 매니저로 승진했다. 예전 매니저가 결혼하면서 일을 그만두었기 때문이다. 기뻐해야 할지 말지 결정하지 못했다. 알바생들에게는 한턱 쏘겠다고 말했지만, 실은 별로 축하하고 싶지 않았다. 엄마 말이 맞는지도 모른다. 사람은 자기가 원하는 게 무엇인지를 알아야 하는 건지도. 엄마는 늘 그렇게 말했다. 그래야만 발전이 있는 거라고. 엄마는 아빠가 물에 물 탄 듯 술에 술 탄 듯한 사람이라고 했다. 그게 엄마가 아빠랑 헤어진 이유였다. 엄마 말에 의하면 나는 '아빠를 그대로 빼다 박은 년'으로서, 기태가 나를 찬 건 그래서인지도 모른다.

기태와 나는 이 년 동안 연애하다 헤어졌다. 중식 파트 요리사인 기태는 늘 원하는 것이 분명했다. 레스토랑에서 경력을 쌓고 돈을 모아서 자기 가게를 차리는 것. 기태는 올해 초 부주방장이 되었다. 내가 아르바이트를 시작했을 때, 기태는 주방에서 러닝셔츠 바람에 땀을 뻘뻘 흘리며 웍을 흔들고 있었다. 안쪽 주방은 완전히 정글이었다. 홀 쪽으로 오픈된 주방에서는 주방장 모자를 쓴 요리사들이 번듯하게 스테이크를 굽거나 화덕에서 피자를 꺼내거나 했지만, 보이지 않는 쪽에서는 웃통을 벗어던진 요리사들이 불과 씨름하고 있었다. 그때 나는 기태가 섹시하다고 생각했다. 연애하는 동안 불만은 없었다. 특별히 바라는 것도 없었다. 헤어지자고 말하면서, 기태는 나와의 미래가 보이지 않는다고 말했다. 나는 그와의 미래라면 휴무일을 언제로 맞춰 어디로 놀러 갈까 정도밖에 생각하고 있지 않았기 때문에 오히려 놀랐다.

옷을 갈아입고 나오려는데 찬영과 기태가 남자 탈의실에서 나오는 게 보였다. 나는 도로 문을 닫고 잠시 기다렸다. 탈의실에서는 쿰쿰한 냄새가 났다. 유니폼을 집에 가져가서까지 빨아 오는 알바생은 없었다. 나도 그렇게 지냈다. 전에 일하던 사람이 가슴께에 묻혀놓은 얼룩을 다음 사람에게 넘겨주면서. 함께 일했던 친구들은 이제 이름조차 희미했다. 모래주머니를 차고 있는 것처럼 다리가 묵직했다. 얼른 집에 가서 따뜻한 물로 씻고 침대에 눕고 싶었다. 문밖이 조용해진 것을 확인하고 탈의실을 빠져나왔다. 그러고는 아빠에게 전화를 걸었다. 잠시 후 여보세요, 하는 여자의 목소리가 들렸다. 누군지는 대번에 알아챘지만 나는 누구세요, 하고 물었다. 그러자 여자는 잠시 망설인 후에, 아버지랑 같이 사는 사람인데요, 라고 대답했다. 아. 같이 사는구나. 같이 사는 줄은 몰랐다.

아빠에게 애인이 생겼다는 얘기를 들은 게 3년 전쯤이었나. 점심때쯤 연락도 없이 나타난 아빠는, 다짜고짜 할 말이 있다며 지하철역 근처에서 기다리겠다고 했다. 레스토랑에는 브레이크타임이 두 시간 정도 있었는데, 다른 직원들이 낮잠을 자는 사이 나는 아빠를 만나러 나갔다. 아빠는 언제나처럼 오토바이에 몸을 기댄 채로 담배를 피우고 있었다. 딸! 아빠가 손을 흔들었다. 아빠는 나를 이름으로 부르지 않고 늘 딸, 하고 불렀다. 아빠가 담배를 툭툭 털어 던지고는 환하게 웃었다. 어딘가 굉장히 신나 있었다. 선글라스를 머리띠처럼 올려 쓰고, 금목걸이가 가슴까지 내려와 있었다. 한여름에 징이 박힌 가죽점퍼를 걸쳤는데 벌어진 점퍼 사이로 배가 볼록 튀어나와 있었다. 누가 볼까 무서웠다. 아빠는 사시사철 그 옷을 입고 다녔다. 엄마와 헤어지고 아빠가 제일 먼저 한 일은 바로 그 가죽점퍼를 산 일. 아빠는 어렸을 때부터 좋은 냄새가 나는 가죽점퍼를 하나 갖고 싶었다고 한다. 그때껏 갖지 못했던 건, 청년 시절엔 돈이 없어서였고 결혼하고서는 엄마가 있어서였다고. 아빠가 도무지 바라는 게 없다던 엄마 말은 틀렸다. 물론 아빠가 한 번이라도 엄마에게 그 얘기를 해봤다면 상황은 달라졌을지도 모른다.

이혼 후 엄마는 나를 데리고 면목동에 있는 이모 댁으로 들어갔다. 그리고 이모네 부부가 운영하는 백반집에서 일을 시작했다. 구두에 스팽글을 붙이는 아르바이트도 했다. 거실에서는 늘 옅은 접착제 냄새가 났다. 나는 내가 대학에 떨어진 게 접착제 때문이라고 농담 아닌 농담을 하곤 했는데, 그때 엄마가 짓던 웃음이 얼마나 씁쓸한 것이었는지를 한참이나 지나서야 알았다. 엄마가 그 고생을 하는 와중에 나는 엄마 몰래 아빠와 종종 만났다. 혹은 엄마도 다 알면서 그냥 내버려 둔 것인지도 모르겠다. 내가 아빠를 찾아간 적은 없었고 늘 아빠가 나를 찾아왔다. 교문 앞에 오토바이를 세워 놓고 담배를 피우면서 날 기다리고 있었다. 오토바이는 아빠 몸집에 비해 너무 크기는 했지만, 보조 헬멧을 쓰고 뒷자리에 올라타는 내 모습을 다른 애들이 보는 것은 좋았다. 아빠 허리를 껴안고 가죽점퍼의 냄새를 맡으며 달리는 기분도 그런대로 나쁘지 않았다. 아빠와 나는 패스트 푸드 점에서 햄버거 세트를 사 먹고, 눈에 띄는 복권 집에 들어가 로또 두 장을 샀다. 각자 숫자를 고른 다음에 그걸 서로 바꿔 가졌다. 말하자면 각자의 운을 서로에게 선물한 것이다. 별 소식이 없었던 걸 보면 내가 고른 숫자들은 당첨된 적이 없는 모양이었고, 아빠가 골라준 숫자들도 마찬가지였다. 사실 나는 당첨 확인하는 것조차 여러 번 잊고 지나갔다. 아빠도 분명 그랬을 거다.

오토바이 뒷자리에 타는 게 부끄러워지면서부터 만남은 점차 뜸해졌다. 시간 없어. 빨리 말해. 그날도 내가 닦달하자 아빠는 쑥스러운 기색으로, 만나는 사람이 생겼다고 말했다. 나는 어떤 반응을 보여야 할지 알 수 없었다. 정확하게 기억나지는 않지만, 그 말 하려고 연락도 없이 여기까지 찾아온 거냐, 대낮부터 오토바이만 타고 돌아다니냐, 그걸 멋이라고 부린 거냐 등등의 각종 심한 말들을 했던 것 같은데. 왠지 억울했다. 나는 줄곧 아빠에겐 좋은 딸이었고 엄마에게는 나쁜 딸이었다. 아빠는 버려진 쪽, 불쌍한 쪽이었고, 엄마는 아빠를 버리고 혼자서 나를 키울 만큼 강한 사람이었다. 그래서 마음껏 나쁜 딸 노릇을 했는데. 엄마는 내가 '왜, 뭐, 그냥'이란 말 외에는 하지 않았던 중학생 시절도, 대학 입시에 실패한 뒤 목 위에만 열여덟 개의 피어싱을 했던 스무 살 시절도 버텼다. 그러고 보니 그때 아빠는 내게 뭐라고 했던가. 자기도 귀를 뚫고 싶다고 했다. 바라는 게 없다던 아빠는 오토바이도 있고 애인도 있는데, 정작 엄마는 그냥 식당 아줌마가 되어 있었다. 바라는 거라곤 없을 것 같은, 처음부터 그랬고 앞으로도 그럴 것 같은 아줌마가.

그날 아빠는 상처 입은 사슴 같은 얼굴을 하고 잔뜩 풀 죽어 돌아갔다. 떠나기 직전에 아빠가 내 손에 뭔가를 쥐여 주며, 이번엔 아빠 혼자 두 장 샀어, 하고 말했다. 아빠가 떠나고 손에 있는 종이를 펼쳐보니 로또 복권이었다. 그 주말, 나는 처음으로 로또 4등에 당첨되었다. 당첨금으로 아빠에게 맛있는 걸 사주고 싶었지만 연락할 자신이 없어서 그냥 찜해놨던 운동화를 샀다. 그 뒤로는 아빠와 단 한 번도 만나지 않았다. 아빠의 애인을 상상하기보다는 아빠를 미워하느라 시간을 보냈고, 그런 감정도 무뎌진 와중에 여자의 목소리를 들으니 묘한 기분이 들었다. 너무 놀라지는 말고 들어요, 수화기 너머에서 여자가 말했다. 나긋나긋한 목소리였다. 아빠가 가슴 통증으로 응급실에 실려 갔다가, 한 시간 전에 수술실에 들어갔다고 했다. 심각한 거예요? 내가 묻자 별일이야 없겠지만, 그래도 한번 들렀다 가면 아빠가 좋아할 것 같아요, 하고 여자는 말했다. 말투가 차분해서 나 역시 별 동요는 없었는데, 전화를 끊고 나니 엘리베이터가 출발할 때처럼 짧은 메슥거림이 지나갔다. 나는 어두운 빌딩 입구에 잠시 멍하니 서 있었다. 휴대폰으로 심근경색을 검색해 보았다. 세 명 중 한 명은 병원에 도착하기 전에 죽는다는 기사가 있었다. 아빠가 혼자 있지 않은 건 다행이라고 생각했다. 빨리 출발해야 하는데 이상하게 발이 안 떨어졌다. 터미널은 지하철로 대여섯 정거장만 가면 되는데도 억만 광년 멀리 있는 것처럼 느껴졌다.

그때 차 한 대가 주차장에서 빠져나오더니 내 앞에 멈췄다. 기태였다. 기태는 창문을 내리더니 말했다. 안 가고 뭐 하고 있어? 인제 가야지. 내가 대답했다. 무슨 일 있어? 기태가 물었다. 아냐. 잘 가. 그러자 기태는 대꾸 없이 엑셀을 밟았다. 나는 기태의 차가 멀어지는 것을 바라보며 걸음을 뗐다. 그때 갑자기 기태의 차가 후진해 왔다. 옆으로 비켜서자 기태가 창문 밖으로 머리를 내밀고 말했다. 집에 데려다줘? 나는 잠시 망설이다가 버스 터미널까지 태워줄 수 있느냐고 물었다. 기태가 고개를 끄덕였다. 차에 올라타자 파기름 냄새가 났다. 그건 기태의 냄새였다. 기태는 내게 안전벨트를 매라고 했고 나는 순순히 벨트를 맸다. 기태는 나랑 헤어지고 두 달 만에 차를 샀다. 그땐 그게 왠지 얄미웠지만 뭐 어쩌겠나 싶었다. 이 시간에 터미널에는 왜 가. 기태가 물었다. 아빠가 수술에 들어갔다고 이야기하자 기태는 잠시 말이 없더니, 병원까지 데려다주겠다고 했다. 됐거든, 내가 말했다. 그러자 데려다줄게, 하고 기태가 재차 말했다. 두 시간 가까이 걸려. 나 내일 휴무야. 바람 좀 쐬고 싶어서. 기태가 내 쪽을 보지 않고 말했다. 나는 대꾸하지 않았다.

금요일 밤이라 그런지 차도 많고 사람도 많았다. 신호등에 차가 멈춰설 때마다 열어둔 창문 새로 사람들이 웃고 떠드는 소리가 밀려 들어왔다. 뭐가 저렇게 신나는 걸까 싶었다. 강변 북로로 접어들자 고요해졌다. 점점이 박힌 가로등 불빛과 헤드라이트의 물결을 넋 놓고 바라보았다. 차가 있으면 이런 게 좋구나, 내가 중얼거렸다. 금요일 밤의 지하철 2호선에서는 처음 보는 누군가와 몸을 맞대지 않을 수 없다. 저기, 혹시 나 나올 때까지 기다린 거야? 내가 묻자 기태가 풋, 하고 웃었다. 아니거든. 나도 웃었다. 웃고 보니 가슴이 선득했다. 헤어지고 한동안은 네가 관두네, 내가 관두네 하다가 결국엔 둘 다 어정쩡하게 남아 있었다. 가끔 까맣게 잊고 다 같이 웃고 떠들 때가 있었는데, 그러고 돌아서면 매번 이런 기분이었다. 나는 잠시 기태의 옆얼굴을 바라보았다. 왜? 하고 기태가 돌아보았다. 아냐, 나는 창밖으로 고개를 돌렸다.

기태가 어깨를 흔들었다. 눈 떠보니 병원 주차장이었다. 휴게소에서 우동 사주려고 했는데. 내가 잠긴 목소리로 말했다. 우동은 무슨 우동이야. 빨리 들어가 봐. 기태가 말했다. 나는 차에서 내려 문을 닫으려다가, 차 안으로 머리를 들이밀고 말했다. 운전 조심해. 기태가 들어가라고 손짓했다. 병원 현관에 들어서다 말고 뒤를 돌아보았다. 기태의 차가 아직 주차장에 있는 게 보였다.

벽에 걸린 커다란 시계는 새벽 한 시를 가리키고 있었다. 여기, 아빠 애인이 의자 하나를 가리키며 말했다. 자리 맡아 놨어요. 보호자 대기실에는 세 사람 정도 앉을 수 있는 의자가 두 줄로 길게 놓여 있었다. 사람들은 대부분 담요를 덮어쓰고 누워 있었다. 그녀가 가리킨 의자에는 푸른색 담요가 펼쳐져 있었고, 퀼트로 만든 가방이 한쪽에 놓여 있었다. 우리는 담요 위에 나란히 앉았다. 모니터 화면 속 아빠 이름 옆에 '회복 중'이라는 글씨가 떠 있는 게 보였다. 그녀는 수술이 시작되자마자 차를 몰고 집에 가서 담요랑 세면도구를 챙겨 왔다고 했다. 혹시라도 수술이 빨리 끝날까 봐 땀을 뻘뻘 흘리며 갔다 왔더니 겨우 삼십 분밖에 안 걸렸고, 그 뒤로 네 시간 반을 기다렸다고. 그렇게 말하고는 입을 가리면서 조용히 웃었다. 우리 엄마는 웃을 때마다 옆에 있는 사람 등짝을 내리치는데. 버스 타고 왔어요? 약간 상기된 얼굴로 아빠 애인이 물었다. 그러려고 했는데, 나는 잠시 망설이다가 대답했다. 친구가 차로 태워다 줬어요. 좋은 친구네요, 아빠 애인이 눈가에 주름을 만들며 웃었다. 화장기 없는 얼굴에 옅은 주근깨가 흩어져 있었는데 그래서 오히려 젊어 보이는 느낌이었다. 또래 아줌마들에 비하면 몸매도 날씬했다. 아니 날씬하다기보다는 너무 말라 보였다. 엄마의 젊은 시절에 비하면 볼품없었다. 엄마는 글래머였고 수영 선수의 어깨를 가지고 있었다. 수영을 배운 적은 없었지만.

수술 안내판 옆에 있는 모니터에서는 텔레비전 뉴스가 음소거된 채 흘러나오고 있었다. 무슨 말을 해야 할지 몰라서 나는 한동안 뉴스 화면만 열심히 들여다보았다. 아빠 애인이 내 얼굴을 흘끗흘끗 쳐다보는 게 느껴졌다. 한참 만에 그녀가 말했다. 드디어 만나게 돼서, 반가워요. 나는 어색하게 웃으며 저도요, 했다. 눈이 마주쳤다. 나는 얼른 시선을 피했다. 아빠가 정민 씨 얘기를 정말 많이 해요. 그녀가 말했다. 편하게 부르세요. 내가 말했다. 아빠 애인이 웃으며 자기를 아줌마라 부르라고 했다. 나는 고개를 끄덕였다. 보고 싶어 했어요. 아줌마가 말했다. 좀 바빴어요, 하고 우물쭈물하다가 나는 화제를 돌려 아빠가 오토바이를 계속 타냐고 물었다. 그럼요. 아줌마가 고개를 끄덕였다. 주말마다 같이 타러 다녀요. 네? 아줌마도요? 네, 우리 동호회에서 만났잖아요, 몰랐구나. 아줌마가 웃었다. 나는 놀라서 입을 헤 벌리고 있었다. 모임 끝나고 각자 바이크 타고 집에 가는데, 아빠가 계속 저를 따라오는 거예요. 저 아저씨가 날 좋아하나? 생각했는데 알고 보니까 같은 동네에 살더라고요. 나는 풉, 하고 웃었다가 얼른 표정을 지웠다. 한번은 내가, 아파트 주차장에서 후진하는 차하고 살짝 부딪혔어요. 그때 바이크에 깔려서 발목이 부러졌거든요. 그래서 여기, 철심을 넣었어요. 아줌마가 발목을 가리키며 말했다. 난 오랫동안 혼자 살아서, 혼자 입원하고 수술받고 했는데, 깨어나 보니까 아빠가 있더라고요. 퇴원할 때까지 같이 있어 줬어요. 그게 고맙고, 좋더라고요. 그래서 그 뒤로 내가 쫓아다녔어요. 아줌마가 수줍게 웃었다. 언제부터 같이 사신 거예요? 내가 물었다. 일 년쯤 됐나. 그녀는 잠시 망설이더니 말했다. 그때가 토요일이었는데, 갑자기 아빠가 복권을 사야 한다면서 편의점에 들어가는 거예요. 그러더니 숫자를 골라 달래요. 그래서 골라줬죠. 편의점서 나와서는 갑자기 그걸 나한테 주면서, 이게 당첨되면 같이 살자고 하더라고요. 그게 그날 오천 원 당첨됐어요.

그때 모니터의 글씨가 '중환자실 이동 중'으로 바뀌었다. 그걸 보고 아줌마가 잠깐만요, 하고 자리를 떴다. 복권을 나눠 갖는 건 아빠랑 나만의 일이라고 생각했기 때문에 잠깐 배신감이 들기는 했지만, 아빠의 로맨틱한 모습을 상상하니 웃음이 났다. 아빠는 쑥스러우면 콧구멍이 커진다. 그날 복권을 건네던 아빠의 콧구멍은 얼마나 컸을까. 잠시 후 나타난 아줌마가 미안해하며 말했다. 내일 오라고 할 걸 그랬어요. 면회를 열한 시에나 할 수 있대요. 중환자 대기실로 옮겨야 하는데, 나는 집에 가서 한숨 자는 게 좋겠다고 그녀는 말했다. 괜찮다고 해도 소용없었다. 결국 나는 택시를 타고 집으로 가기로 했다. 밥솥에 밥이 있을 거예요. 냉동실에 곰탕 얼려놓은 것도 있으니까 아침에 챙겨 먹어요. 아줌마가 말했다. 택시 안에서, 아빠가 깨어날 때까지 곁을 지키는 사람이 더는 나도 엄마도 아니라는 생각을 하니 이상한 기분이 들었다.

마당에 들어서자 개 한 마리가 웡웡 짖었다. 잡종 발바리였는데 몸집이나 생김새가 어릴 적 키웠던 개와 비슷했다. 아빠가 동네 고물상 집에서 얻어온 새끼 강아지였다. 개 이름도 정민이었다. 장난을 좋아하는 아빠가 그렇게 붙였다. 정민아, 하고 불러서 내가 대답하면 아빠는 너 부른 거 아닌데, 하고 놀리곤 했다. 나한테는 줄곧 딸, 하고 부르면서 자기가 고르고 골라 지은 이름은 개 부르는 데 쓴다고 투덜거렸던 기억이 난다. 어느 날 학교에서 돌아왔는데 엄마가 정민이를 개장수한테 팔아버렸단 얘기를 들었다. 아빠가 없을 때였다. 그 일로 아빠와 나는 며칠 동안이나 침묵시위를 했다. 그러고는 다시는 동물을 키우지 말자고 약속했는데. 약속을 어기고 데려온 이 녀석의 이름은 뭘까 궁금했다. 가까이 다가가자 개는 목에 묶인 줄이 팽팽해지도록 달려들었다. 하도 사나워서, 나는 얼른 집 안으로 들어갔다.

도배를 새로 한 것 같기는 한데 그 후로도 꽤 시간이 지난 것 같았다. 아마 아줌마랑 같이 살기 시작했을 때쯤 했겠지.

텔레비전 크기는 커졌지만 인조 가죽 소파는 그대로였다. 저건 너무 크고 무거워서 버리기도 쉽지 않았을 거다. 소파 등받이 부분에 퀼트로 만든 덮개가 드리워져 있었는데 들춰 보니 가죽이 낡아서 벗겨지고 있었다. 아줌마는 퀼트가 취미인 걸까. 냉장고를 열어보았다. 적당히 지저분했고 그다지 엄격한 질서는 없는 듯했다. 베란다 한쪽 천장에 매달린 빨래걸이에 수수한 브래지어 몇 개가 걸려 있는 것이 보였다. 안방에는 엄마가 쓰던 화장대와 붙박이장이 그대로 있었지만, 예전에 없던 침대가 있었다. 침대보는 촌스러운 보라색이었고 베개는 짝짝이로 한 세트가 아니었다. 그게 왠지 기분이 좋았다. 나는 방 안으로 들어가 화장대 위를 찬찬히 살펴보았다. 크게 비싼 화장품은 없었다. 뭔가 시시한 기분이 들었다. 마지막으로, 나는 떠나기 전까지 내가 썼던 방문을 열어보았다. 매운 냄새가 코를 찔렀다. 바닥에 나무 발이 펼쳐져 있고 그 위에 빨간 고추들이 흩어져 있었다. 전부 한 세트인 에메랄드색 MDF 책꽂이와 책상, 옷장은 제자리에 그대로 있었지만, 방 안에는 주인 없는 방임이 분명한 기운으로 가득 차 있었다.

집 안 전체가 그대로인 듯 전부 달라져 있었다. 하지만 그 변화라는 게 참 미묘하고 평범해서, 나는 실망스러운 기분과 다행스러운 기분을 동시에 느꼈다. 어째서인지 나는 엄마에게 전화를 걸고 싶어졌다. 엄마한테도 애인이 있는지 물어

보고 싶었다. 엄마는 아빠가 이 집에서 다른 여자랑 살고 있는 것을 알까. 엄마가 고른 벽지가 다른 벽지로 덮이고, 딸내미가 고등학교 때까지는 쓸 줄 알았던 방에서는 고추가 말라가고 있다는 사실을. 공장과 집의 뼈대가 세워지는 것부터 지켜보며 인부들에게 잔소리깨나 했을 게 분명한 엄마가, 차근차근 대출금을 갚아나가는 게 사는 낙이었다던 엄마가 어떻게 이 모든 걸 그냥 내버려 두고 떠날 생각을 했을까. 왜 나는 동생이 없어? 하고 어느 날 엄마한테 물어봤던 적이 있다. 그러자 엄마는 아빠와 자식을 하나 더 낳는 것을 원하지 않았다고 했다. 엄마가 원하는 것은 아빠랑 헤어지는 것이었다. 나를 키우면서 마음속으로는 이혼할 생각을 키웠다고. 하지만 그렇다고 불행하기만 했던 것은 아니었다고 엄마는 말했다. 사이드 미러에 '사물이 보이는 것보다 가까이 있음' 하고 쓰여 있잖아? 엄마는 말했다. 행복할 때는 행복감으로 꽉 차서 행복하다고 생각할 겨를이 없었고, 불행하다고 느낄 땐 불행의 감정만이 엄마 머릿속을 꽉 채워버려서, 조금 떨어져 생각해 볼 틈이 없었다고.

나는 아줌마가 일러준 대로 안방 옷장에서 이부자리를 꺼내다가 소파에 깔고 누웠다. 너무나도 고요해서, 냉장고의 소음이 유난히 크게 들렸다. 나는 한참을 뒤척이다가 휴대폰을 켜고 메시지 창을 열었다. 잘 도착했어? 라고 썼다가 지웠다.

오늘 정말 고마웠, 까지 썼다가 또 지웠다. 고맙다는 말은 돌아가서, 얼굴을 보고 해야겠다고 생각했다.

일어나 보니 아줌마에게 문자가 와 있었다. 아침을 꼭 챙겨 먹고, 방 안에 있는 고추를 마당에 내다 널어달라는 부탁이었다. 알겠다고 답장을 보낸 뒤 본사 사무실에 전화를 걸어 휴무일을 바꿨다. 그러고서 세수도 안 한 채로 곰탕을 끓여 따끈한 밥과 함께 먹었다. 맛이 괜찮았다. 개수대에 설거짓거리가 그대로 있어서 내가 먹은 그릇과 같이 씻었다. 설거지를 하면서 아줌마랑 아빠가 마주 보고 앉아 밥 먹는 장면을 잠깐 떠올렸다가 지웠다. 아줌마의 부탁대로 낑낑대며 고추를 가져다가 햇볕이 내리쬐는 마당에 펼쳐 놓았다. 아침인데도 햇살이 뜨거웠다. 개가 고혈압으로 쓰러질 것처럼 짖고 있었다. 털이 덥수룩해서 무척 더워 보였다. 눈이 거의 안 보일 지경이었다. 나는 녀석에게 물을 줘야겠다고 생각하고, 기억을 더듬어 공장 뒤편에 있던 수도꼭지로 갔다. 거기 아빠의 애마가 있었다. 그리고 그 옆에, 아빠의 것보다는 크기고 조금 작고 날렵하게 생긴 바이크가 하나 더 있었다. 아줌마도 징 달린 가죽점퍼를 가지고 있을까. 아빠와 아줌마가 바이크를 타고 앞서거니 뒤서거니 달리는 모습을 상상해 보았지만 잘되지 않았다.

나는 플라스틱 바가지에 물을 채워다가 밥그릇인지 물그릇인지 구분할 수 없는 이 빠진 사기 대접에 부어 주었다. 그러자 개는 짖는 것을 관두고 목부터 축였다. 쪼그려 앉아서 가만히 그 모습을 바라보았다. 정민아, 하고 불러 보았다. 그러자 개는 모터를 단 것처럼 꼬리를 빠르게 흔들었다. 너 정민이니? 내가 묻자 엉겨 붙은 털 사이로 까만 눈이 반짝 빛났다. 나는 집 안으로 들어가 쓸 만한 가위가 있나 살펴보았다. 거실 서랍장 안에 커다란 가위가 있어서 가지고 나왔다. 장갑 공장인데 면장갑 하나가 안 보였다. 장갑 찾는 것은 포기하고, 대신 꽃무늬 천이 달린 밀짚모자가 벽에 걸려 있길래 그걸 눌러썼다. 정민이 앞에 엉덩이를 깔고 앉았다. 그렇게 짖어대던 녀석이 배를 내보이며 누워 있었다. 나는 정민이의 앞머리를 조심스럽게 잘라주었다. 눈곱을 떼주고, 덩어리처럼 엉킨 털도 군데군데 잘라내 주었다. 그것만으로도 시원한지 녀석은 가뿐하게 몸을 털었다.

나는 수도꼭지에서 손을 씻고, 슬리퍼를 끌며 공장 주변을 둘러보았다. 간판을 대신해 공장 벽에 쓰여 있는 '칠성 장갑' 글씨는 흐려질 대로 흐려지긴 했지만 그대로 있었다. 박스를 펼쳐 연필로 대강 글자를 쓴 뒤 모양대로 오려내고, 그걸 벽에 대고 초록색 락커를 뿌린 것이었다. 완전 주먹구구식이였구나. 그땐 몰랐는데 이제 보니 그랬다. 엄마는 저걸 보고 얼마나 속이 터졌을까. 공장 문은 굳게 잠겨 있었다. 아빠가 잠시 없다고 문을 닫을 필요까지는 없을 텐데 의아했다. 나는 오랜만에 공장에 한번 들어가 보고 싶었다. 엄마는 위험하다면서 들어가지 못하게 했지만, 어릴 적 나는 공장 안에 가득 차 있는 먼지 냄새가 좋았다. 기름 냄새와 고무 냄새가 한데 섞인, 어딘가 유해한 그 냄새. 장갑 기계가 돌아가는 모습은 정말 신기했다. 솜사탕처럼 커다란 흰색 실패들이 돌아가는 와중에 재봉틀처럼 생긴 부분이 양쪽으로 왔다 갔다 하면서 장갑을 짠다. 그런가 하면 반코팅 장갑은 손이 많이 갔다. 코팅 기계에 달린, 톱니바퀴처럼 튀어나온 부분에다 면장갑을 하나씩 일일이 끼워줘야 했다. 그 톱니바퀴같이 생긴 것이 돌아가면서 장갑을 액체 고무에 살짝 담그게 되는데 그러면 코팅이 되는 것이다. 장갑을 비닐로 자동 포장하는 기계도 있었다. 그때 내게는 그 기계들이 꼭 최첨단 로봇같이 보였다. 그렇다고 사람 손이 필요하지 않은 것은 아니었다. 장갑의 목 부분을 마무리하고, 불량품을 골라내고, 포장된 장갑을 한데 묶고, 그것을 또다시 박스로 포장하고 배달하는 모든 과정에 사람이 필요했다. 기억으로는 당시 직원들이 열댓 명은 되었던 것 같다. 공장 안은 늘 시끄러워서 얘기를 나누려면 고래고래 소리를 질러야 했지만, 그럼에도 언제나 활력이 넘쳤다. 기계들은 움직임을 쉬는 법이 없었고 어른들은 바쁘게 뛰어다녔다. 곁에 있으면 나에게도 활기가 전염되는 것 같았다. 그 부산스러움이라고는 온데간데없이 사라진 공장을 보니 마음이 썰렁해졌다.

십사 년 만에 마주한 마을 풍경은 예전과는 아주 딴판이었다. 이맘때쯤이면 온 사방이 녹색 천지였는데. 논두렁에는 알이 굵은 벼가 허리 높이까지 자라나고, 눈을 어디에다 두어도 짙푸른 산등성이가 보였다. 그런데 지금 이곳은 완전히 아파트촌이 되어 있었다. 오른쪽을 봐도 왼쪽을 봐도, 온통 아파트 단지들뿐이었다. 얼마 남지 않은 논밭은 마냥 비어 있었고, 논둑길은 아스팔트로 포장되었다. 마을 입구와 연결되어 있던 이 차선 도로는 사 차선으로 넓어졌다. 예전과 그대로인 것은 아버지의 공장과 오래된 주택 몇 채뿐으로, 아파트에 의해 양쪽에서 서서히 포위되어 가고 있는 것처럼 보였다. 마을 한가운데 아주 작은 면적만이 오래된 스티커 자국처럼 불편하게 남아 있었다.

병원에 가기 위해 정류장에서 버스를 기다렸다. 길 건너 편의점 앞에 흰옷을 입은 노인이 앉아 있는 것이 보였다. 차들이 배기가스를 뿜으며 지나다니는 한낮의 도로변에서, 흰색 모시옷을 입고, 흰색 부채를 규칙적으로 흔들고 있는 모습이 마치 부채질하는 자동인형처럼 보였다. 오른손의 움직임마저 없다면 거기 있는지조차 모를 정도로, 흰색 플라스틱 의자와 완전히 동화되어 있었다. 편의점 자리에는 원래 슈퍼가 있었다. 성아 슈퍼. 성아와 나는 초등학교 시절 매일같이 하굣길을 함께 걷던 사이였다. 성아는 부모님이 일찍 돌아가셔서 슈퍼를 운영하는 할아버지, 할머니와 살고 있었다. 구멍가게라지만 편의점 못지않게 있을 건 다 있었고, 마을 근처 유일한 슈퍼여서 장사가 제법 잘되었다. 그 생각을 하다가 문득 알아보았다. 저기 앉은 노인이 바로 성아 할아버지였다. 여름날이면 학교에서 돌아온 손녀와 손녀 친구에게 아이스크림을 물려주곤 했던 할아버지는 이제 백발이 성성한 노인이 되어 있었다. 나는 정류장 벤치에서 일어나 길을 건넜다. 가까이 다가가도 할아버지는 내게 눈길 한번 주지 않았다.

나는 편의점에 들어가 쭈쭈바 하나를 샀다. 계산대 앞에서 점원에게 물었다. 저 할아버지 아세요? 글쎄, 두 달 전에 제가 일 시작할 때부터 계셨는데, 매일 저기 앉아 계세요. 점원이 말했다. 곤란하다는 듯이, 그러나 하는 수 없지 않느냐는 듯이. 나는 잠시만요, 하고 돌아가 아이스크림 하나를 더 골랐다. 단팥이 든 것으로. 편의점에서 나와 내가 맞은편 의자에 앉자 할아버지가 심상한 눈빛으로 나를 보았다. 나는 아이스크림의 포장을 벗겨 할아버지에게 건넸다. 할아버지가 손을 떨며 그것을 받아들었다. 할아버지는 한입 깨물었다가 이가 시린지 곧 포기했다. 나도 쭈쭈바를 입에 물었다. 더운데 뭘 그렇게 보세요? 내가 물었다. 뭐? 할아버지가 큰 소리로 되물었다. 뭘 그렇게 보시냐구요! 내가 소리치다시피 말했다. 아 왜 소리를 질러! 할아버지가 소리를 빽 질렀다. 풉, 하고 웃음이 터졌다. 보긴 뭘 봐. 볼 게 뭐 있다고. 할아버지가 중얼거렸다. 나는 주위를 둘러보았다. 할아버지 말대로 볼 거라곤 아파트밖에 없었다. 달궈진 아스팔트에서 피어오른 아지랑이가 시야를 일그러뜨렸다. 아파트가 이렇게나 많은데도 보이는 사람이라고는 할아버지와 나뿐이었다. 근데 넌 누구냐? 할아버지가 문득 생각났다는 듯이 물었다. 성아 친구예요. 나는 대답했다. 누구? 성아 친구요! 알아듣기는 한 건지 할아버지는 아무 말이 없었다. 저 기억나세요? 내가 물었다. 할아버지가 고개를 저었다. 매일같이 성아랑 같이 슈퍼에 들러 과자며 아이스크림이며 축내던 그 녀석이 나라고 말하고 싶었지만 그만두었다. 대신 손가락으로 가슴팍을 가리키며 말했다. 장갑집 딸이요! 그러자 할아버지 눈에 순간 총기가 돌았다. 장갑 공장 딸내미? 네! 할아버지는 고개를 끄덕였다.

내가, 다 알면서 말 안 했어. 갑자기 할아버지가 말했다. 네? 할아버지가 손을 떨며 나를 가리켰다. 풍선껌, 오십 원짜리, 할아버지가 말했다. 오랫동안 잊고 있었다. 처음이자 마지막으로 뭔가를 훔쳐본 기억. 포장지에 공룡 캐릭터 판박이가 들어 있던 달콤한 풍선껌이었다. 오십 원이 없었던 것도 아니고, 잘하면 공짜로도 먹을 수 있었는데 나는 할아버지가 안 볼 때 풍선껌을 하나 집어 몰래 바지 주머니에 넣었다. 집으로 돌아오고서도 한참을 꺼내지 못하고 있다가, 그게 그대로 세탁기에 들어가 엄마에게 야단을 맞은 기억까지도, 돌아왔다. 할아버지가 알고 있을 줄은 몰랐다. 에이, 할아버지, 저 아니에요, 하고 말해보았다. 뭐라고? 저 아니라고요! 아니야, 맞아, 할아버지가 말했다. 부끄러웠지만 왠지 웃음이 났다. 할아버지가 그때 저를 혼냈다면 지금 전 좀 더 나은 사람이 되지 않았을까요, 물어보고 싶었다. 저 맞아요, 죄송했어요, 내가 말했다. 그러자 성아한테도 말 안 했어, 하고 할아버지가 생색을 냈다. 고맙습니다, 내가 소리치자 할아버지가 뜬금없이 말했다. 우리 성아는 은행 다녀! 그래요? 우리 손주 사우는 시청 다녀. 성아 결혼했어요? 증손주가 겨울에 나와. 할아버지가 모처럼 신이 나서 말했다. 축하드려요. 할머니도 잘 계세요? 할아버지는 갑자기 아무 말이 없었다. 아이스크림이 녹아서 하얀 모시옷에 갈색 국물이 뚝뚝 떨어졌다. 나는 쭈쭈바를 내려놓고 편의점에 뛰어들어가서 물티슈를 하나 샀다. 몇 장을 뽑아 할아버지에게 건넸다. 할아버지는 떨리는 손으로 옷에 묻은 얼룩을 닦아냈지만 더 악화될 뿐이었다. 그동안에도 아이스크림은 할아버지의 손의 떨림을 타고 계속해서 녹아내렸고 테이블과 바닥, 할아버지 다리 위를 가리지 않고 뚝뚝 떨어졌다. 할아버지는 옷을 닦던 티슈로 테이블을 닦고, 입도 닦았다. 잠시 지켜보던 나는 할아버지 손에서 아이스크림을 빼앗아 막대 부분을 물티슈로 감싼 뒤 다시 할아버지에게 건넸다. 저 갈게요! 소리쳤지만 할아버지는 나를 흘끗 쳐다보기만 했다. 할아버지의 눈빛이 다시 흐려졌다. 건강하세요. 나는 작은 목소리로 중얼거렸다. 그리고 돌아섰다.

첫 번째 면회 시간은 이미 지났고, 두 번째 면회까지는 시간이 아직 조금 남아 있었다. 점심은? 아줌마가 물었다. 나는 고개를 저었다. 먹으러 갈까? 여기 돈까스가 맛있대요. 아줌마가 반말과 존댓말을 섞어서 말했다. 나는 잠시 망설였다. 엄마도 돈까스를 좋아하는데. 엄마는 본인도 식당에서 일하면서, 파는 음식은 짜기만 하고 맛이 없다고 외식하는 걸 안 좋아했다. 하지만 유일하게 집 근처에 있는 왕돈까스 집만은 좋아했는데, 우리는 한 달에 한 번쯤은 거기 가서 왕돈까스랑 쫄면을 시켜 먹었다. 그건 엄마와 나만의 것이었다. 나는 결국 좋다고 대답했다. 그러자 아줌마가 내 등에 살짝 손을 얹었다가 뗐다.

병원 지하 식당이 돈까스 맛집일 줄은 몰랐다. 나는 돈까스를 썰다가 말했다. 곰탕 맛있었어요. 그러자 아줌마가 그래요? 하고 수줍게 웃었다. 아빠 맛있는 거 너무 많이 해주지 마세요. 배 너무 나왔던데. 내가 말했다. 그죠, 하고 아줌마가 맞장구쳤다. 금목걸이도 좀 못 하게 해주세요. 진짜 별로예요. 아줌마는 또 그죠, 하고 대답하더니 그게 또 우스운지 입을 가리고 웃었다. 아줌마는 잘 웃는 사람인 것 같았다. 아빠에게 누가 있을 바에야 잘 웃는 사람이면 좋겠다고 생각했다. 쉽게 웃는 사람과는 행복하다고 느끼기가 좀 더 쉬울 것 같았다. 근데 난 인제 뭐 하지 말란 소리 안 하려고요. 아줌마가 말했다. 왜요? 내가 되묻자 아줌마는 말했다. 이왕이면요, 하고 싶은 거 다 해보면 좋겠어요. 먹고 싶은 것도 다 먹고요. 담배는 끊었으면 좋겠지만, 하고 아줌마가 덧붙였다. 저도 만날 끊으라고 그랬어요. 말을 안 들어. 아줌마가 또 그죠, 하며 웃었다.

중환자실에는 처음 들어가 보았다. 아빠 몸에 이런저런 게 잔뜩 달려 있어서 낯설었다. 아줌마 말에 의하면 아빠 심장은 수술하는 동안 멈춰 있었다고 한다. 인공 심폐기가 아빠의 심장을 대신해서 뛰었다고. 아빠 얼굴은 수척했고 입술이 군데군데 찢어져 있긴 했지만, 표정은 편해 보였다. 딸, 그게 나를 본 아빠의 첫마디였다. 언제 왔어? 아빠가 물었다. 어젯밤에, 하고 대답했다. 아줌마 만났어? 나는 고개를 끄덕였다. 아빠는 진짜 묻고 싶은 건 묻지도 않았으면서 대답을 기대하는 눈빛으로 나를 쳐다보았다. 좋은 분 같네. 아빠가 희미하게 웃었다. 아줌마랑 사니까 좋아? 아빠는 대답 없이 콧구멍만 벌렁거렸다. 그러는 걸 오랜만에 보니 좋았다. 수액이 꽂혀 있는 팔 안쪽에 동전만 한 크기의 검푸른 멍이 있었다. 나는 거기 새끼손가락을 살짝 대보았다.

입원해 있는 동안 공장은 쉬는 거냐고 묻자 아빠는, 아빠 이제 공장 안 해, 하고 말했다. 공장 문을 닫은 지가 벌써 한참 전이라고 했다. 경기도 안 좋고, 중국 수입품이 너무 싸서 경쟁이 안 되었다고 했다. 들어오는 주문도 없고, 놀고 있을 수만은 없어 기계는 돌려도 재고만 쌓여가서 처치 곤란이었다고. 지금은 모 초등학교서 학교 보안관을 하고 있다고 했다. 카우보이모자 같은 것을 쓰고, 누런 유니폼을 입는데 도저히 폼이 안 난다고. 금목걸이보단 낫겠지, 하려다가 관두었다. 어쩐지 장갑이 하나도 안 보이더라. 내가 말했다. 장갑은 왜, 아빠가 말했다. 내가 정민이 머리를 깎아줬다고 말하자 아빠는 정민인지 어떻게 알았냐, 하며 웃었다. 뻔하지, 뭘. 엄마와 내가 떠나고 집이 너무 조용해서 고물상 아저씨한테서 또 새끼를 얻어왔다고 했다. 고물상 집 개들은 왜 그렇게 새끼를 잘 낳아? 내가 물었다. 그러게, 아빠가 대꾸했다. 딸, 니 엄마가 나 수술한 거 아냐? 아빠가 갑자기 물었다. 아니, 하고 나는 고개를 저었다. 알았으면 좋겠어? 내가 묻자 이번엔 아빠가 고개를 저었다. 있지, 나 그때 복권 4등 당첨됐어. 내가 말했다. 아빠 눈이 동그래졌다. 그래놓고 암말도 안 하냐, 치사하게. 아빠가 말했다. 그걸 누구 코에 붙여. 내가 다 썼어. 내가 말했다. 그러자 아빠는, 아빠 인제 복권 안 산다, 하고 말했다. 왜? 내가 물었다. 이제 안 사도 돼. 아빠가 대답했다.

가끔 놀러 와요, 하고 아줌마는 말했다. 그렇게 될 것 같지는 않았지만 알겠다고 했다. 터미널에 가기 위해 택시를 불렀다. 아줌마가 주차장까지 배웅해 주었다. 택시 문을 열려고 하는데 아줌마가 손을 내밀었다. 나는 손을 잠깐 잡았다가 놓았다. 따뜻한 손이었다. 택시가 출발하고, 잠시 후에 돌아보자 아줌마가 손을 흔들고 있었다. 나는 엄마에게 전화를 걸었다. 니는 살아 있었냐? 엄마가 말했다. 뭐해? 하고 묻자 엄마는 손님이 없어서 이모랑 텔레비전 드라마 재방송을 보고 있다고 했다. 별일 없는지 물어도 대답이 도통 건성이었다. 드라마에 빠져 있는 게 분명했다. 수화기 너머로 어머머, 아이고, 하고 추임새를 넣는 이모 목소리가 들려서 웃음이 났다. 엄마, 쉬는 날에 왕돈까스 먹으러 갈까? 내가 물었다. 좋지, 엄마가 대답했다.

내일의 날씨

돌고래가 울음을 터뜨린 것이 그때는 아니었다. 아주머니가 펄펄 끓는 해물탕 냄비를 버너 위에 올려놓았을 때. 순간 탈출하려는 돌문어의 머리를 아주머니가 낚아채 냄비 속으로 도로 집어넣었을 때도, 아니었다. 그때 그녀는 소리를 지르며 눈을 가렸고 그 모습을 본 아주머니와 나머지 우리 세 사람은 하하하 웃었다. 손님들이 이렇게 나오는 걸 좋아해요, 아주머니는 변명하듯 말했고 우리는 네네, 그렇겠네요, 하고 대답했다. 아주머니가 딱새우 까는 법을 알려주고 사라졌을 때도, 문어의 꿈틀거림이 잠잠해지고 은호 씨가 문어 다리를 적당한 크기로 잘라 우리 앞접시 위에 몇 점씩 놓아줄 때도 아니었다. 내 맞은편에 앉은 돌고래는 고개를 숙인 채 부추전 한 조각이 담겨 있는 자신의 앞접시를 가만히 내려다보고 있었다. 은호 씨가 그녀의 앞접시에도 문어를 놓으려 하자 그녀는 고개를 세차게 내저었다. 못 먹겠어, 그녀가 말했다. 나는 막 입에 넣은 야들야들한 문어 조각이 순간 뻣뻣해지는 것을 느꼈다. 내가 그럼 뭐 다른 것을 드시겠, 까지 말했을 때 그녀가 고개를 들었다. 눈이 새빨갰다. 그러곤 입가가 천천히 일그러지더니 울음이 터졌다. 그녀는 두 손으로 얼굴을 가리고 어깨를 들썩이며 소리 없이 울었다. 건배하려고 성급하게 소주잔을 들고 있던 성훈은 그것을 도로 내려놓았고, 나는 씹다 만 문어를 그냥 꿀떡 삼켰으며, 은호 씨는 당혹스러운 표정으로 그녀의 등을 쓸었다. 그래, 먹지 마, 먹지 마, 하면서.

공깃밥이 담긴 쟁반을 들고 온 아주머니는 뭔가 한마디 보태고 싶지만 참고 있는 듯한 얼굴이었다. 딱, 딱, 침묵 속에 스테인리스 밥그릇이 테이블에 부딪히는 소리가 유난히 크게 울려 퍼졌다. 미안해요, 이윽고 눈물을 그친 돌고래가 말했다. 하지만 툭 건드리면 바로 다시 무너질 것 같은 얼굴이었다. 저는 먼저 차에 가 있을게요. 그녀가 자리에서 일어나자 은호 씨도 그녀를 따라 일어났다. 그가 우리에게 눈짓하며 말했다. 먹어, 먹고 있어. 성훈과 나는 멍하니 끓어오르는 해물탕을 바라보았다. 어떡하지, 성훈이 말했다. 뭘 어떡해. 내가 말했다. 해물탕을 먹고 싶다고 성화한 건 성훈이었다. 해물탕에 낮술 한잔하고 싶어! 하고 애타게. 아까 차 안에서 돌고래는 정확히 이렇게 말했었다. 나는 해물탕은 별로지만, 성훈 씨가 먹고 싶다면 먹을게요, 라고. 은호 씨와 나는 별다른 의견이 없었으므로 점심 메뉴는 자연스럽게 해물탕으로 정해졌다. 어떡하지, 성훈이 또 한 번 말했다. 먹자, 먹지 뭐, 나는 그렇게 말하고 문어 조각 하나를 입에 넣었다. 그러자 눈앞에, 좀 전까지 온몸을 비틀어대던 문어의 모습이 생생하게 떠올랐다. 문어 머리통은 내 주먹보다도 컸다. 문어 조각을 한참 동안 질겅질겅 씹고 있는데 은호 씨가 식당 문을 열고 들어왔다. 아주머니와 무슨 얘기를 하는지 하하하 웃는 소리가 들렸다. 하여튼 붙임성 하나는 끝내줬다. 은호 씨가 다가오자 괜찮아? 하고 성훈이 물었다. 그가 웃으며 말했다. 동족이라서 그래. 이해해 줘요.

나는 솔직히 돌고래가, 문어의 죽음 앞에 눈물을 흘릴 만큼 물기 있는 사람이라고는 전혀 생각하지 못했다. 돌고래가 돌고래가 된 것은 어언 십팔 년 전의 일로, 당시 은호 씨와 돌고래가 속해 있던 대학 동아리 — 역사연구회지만 실은 데모 동아리 — 에서는 모두가 서로를 별명으로 불렀다고 한다. 전부 동물 이름이었는데, 신입이 들어오면 선배들끼리 짧은 토의, 때로는 긴긴 토론을 거쳐 가장 닮은 동물을 선정했다. 은호 씨는 생쥐였다. 지금은 살이 쪄서 기니피그 쪽에 가까웠지만, 생쥐였던 시절을 상상하기가 그리 어렵지는 않은 용모였다. 하지만 돌고래의 경우에는, 당시 모습이 어땠는지는 몰라도, 나는 그녀에게서 돌고래를 떠올리게 할 만한 무엇도 찾아내지 못했다. 마른 몸에 핏기없는 얼굴, 관자놀이에 살짝 튀어나온 핏줄과 미간에 세로로 옅게 파인 주름은 그녀를 다소 파팍하고 신경질적으로 보이게 했다. 눈썹 사이가 약간 멀어서, 돌고래가 된 것은 그것 때문인가, 하고 생각하는 정도였다. 그녀의 본명은 애정인가 애진인가 그랬는데 나는 성훈에게 몇 번이나 물어보고서도 매번 잊어버렸다. 세 사람 모두 나보다 나이가 여섯 살이나 많았으므로 나는 그녀를 언니라고 불렀고, 성훈과 은호 씨는 그냥 돌고래라고 불렀다.

성훈도 그들과 같은 대학 동기였지만 동아리 회원은 아니었는데, 만약 회원이었다면 성훈의 별명은 분명 시조새가 되었을 거라고 은호 씨는 말했다. 성훈이 은호 씨를 만나기 위해 동아리방에 몇 차례 다녀간 뒤 선배들이 그렇게 얘기했다고. 내가 거기 있었다면 별명이 뭐가 되었겠느냐고 묻자 은호 씨는 나무늘보 아니면 남생이, 둘 중 하나가 아니었을까, 했다. 맞다, 문어도 있었지, 문어 조각을 입에 넣다 말고 은호 씨가 말했다. 아, 문어 선배! 성훈이 맞장구쳤다. 넓은 이마를 감추기 위해 머리를 빡빡 밀고 다녔다고. 노동자를 위한 궐기가 있을 때마다 맨 앞줄에 서곤 했던 문어 선배는 십 년 뒤 노무사가 되었다. 동아리는 사라진 지 오래였다.

해물탕에서는 별다른 맛이 느껴지지 않았다. 그게 돌고래 때문인지, 우리 테이블을 제외하고 손님이 하나도 없는 이유인지는 모르겠지만. 손님이 없는 건 태풍 때문일 수도 있었다. 나는 운동화에 발을 넣다 말고, 아주머니가 틀어 놓은 텔레비전에서 흘러나오는 기상 예보에 귀를 기울였다. 태풍은 내일 오후에 이곳을 관통해 동쪽으로 간다. 비행기 탈 수 있을까? 성훈이 말했다. 내일 비행기를 탈 수 있을까요? 은호 씨가 아주머니에게 물었다. 몇 시 비행긴데. 아침 여덟 시요. 탈 수 있어, 걱정하지 마. 아주머니는 말했지만 믿음이 가지 않았다.

식당 문을 나서자 분무기로 뿌리는 것처럼 살살 비가 오고 있었다. 한낮인데도 저녁 어스름처럼 서늘하고 어두웠다. 나는 차로 가 보았다. 돌고래는 없었다. 언니 없는데? 나는 남자들에게 말했다. 그래? 어디 갔지? 전화해 봐. 성훈이 말했다. 은호 씨의 휴대폰 너머로 신호음이 들렸다. 음성 메시지 안내음이 나올 때까지 돌고래는 전화를 받지 않았다. 근처에 있지 않을까? 호텔에 갔을 수도 있지. 해안도로를 따라 십오

분 정도만 걸으면 우리가 묵는 호텔이었다. 바람이 제법이었다. 길 건너편 커다란 야자수 나무가 풍선 인형처럼 흐늘흐늘 춤췄다.

어떡하지? 성훈이 말했다. 점심을 먹은 뒤 사려니 숲길이라는 곳에 가보자고 했었다. 성훈이 낮술을 하고 싶어 해서 그곳까지는 돌고래가 운전하기로 되어 있었다. 나는 면허가 없었고, 은호 씨는 3년 전 술을 마시고 차로 우체통을 들이받아 면허가 정지된 상태였다. 그때 그는 우리에게 자신이 전혀 취하지 않았었다고 주장했다. 들이받기 전까지 와, 우체통이네, 우체통이라니 정말 오랜만이군, 요즘은 우표 한 장에 얼마나 할까, 하고 또렷하게 생각했다는 것이다. 게다가 너무 천천히 달리던 중이라 우체통은 넘어지지도 않았고 은호 씨도 전혀 다치지 않았다. 그렇지만 그는 그날 이후로 다시는 차를 몰지 않겠다고 결심했다. 술을 먹지 않겠다고 결심한 게 아니고? 그 얘기를 들었을 때 내가 말했다. 그러자 은호 씨는 하하하, 운전은 끊어도 술을 끊을 순 없지, 하고 말했다. 그러고는 8년 동안 타고 다닌 흰색 아반떼를 술 한번 사는 조건으로 우리에게 떠넘겼다. 찌그러진 앞 범퍼를 고치지도 않고. 하지만 성훈은 출퇴근할 때 셔틀버스를 이용했기 때문에, 아반떼는 주차장 한구석을 차지한 채 동네의 주차난을 심화시키고 있었다.

조금만 기다려 봅시다. 은호 씨가 말했다. 우리는 길을 건너 도로 가장자리에 쌓여 있는 방죽 위로 올라갔다. 파도가 으르렁거리며 발밑에서 부서지는 것을 바라보았다. 검푸른 바닷물은 거의 심술궂게 보였다. 어제와는 전혀 다른 곳에 온 것 같았다. 어제는 완벽했다. 총무 및 회계인 은호 씨 — 나머지 세 사람은 아무것도 아니었다 — 가 예약해 둔 호텔 방은 한쪽이 커다란 통창으로 되어 있어서 해변 풍경이 한눈에 들어왔다. 짐을 풀고 해변을 거닐었다. 하늘은 필터를 씌운 것처럼 깨끗했고, 바닷물은 그보다 더 맑았다. 모래사장으로 밀려 나온 커다란 해파리를 발로 툭툭 건드려 보기도 하고, 웨딩 촬영을 하는 커플을 구경하기도 했다. 예쁘게 나오겠다. 우리도 여기서 찍었어도 좋았겠네. 성훈과 나는 그런 얘기를 했다. 우리는 얼마 전 작은 스튜디오에서 셔츠와 원피스 차림으로 웨딩 사진을 찍었다. 흑백사진이었는데, 시골 초등학교 5학년생하고 교생 선생님 같다며 은호 씨가 놀렸다. 청첩장을 건네던 날, 그는 결혼 전에 다 같이 여행을 가야 한다고 주장했다. 결혼해도 달라질 건 없다고 하자 아니라고, 절대 달라진다고 우겼다. 게다가 삼십 대의 마지막 여행이잖아, 은호 씨는 말했다. 나는 아직 아니긴 해도 나머지 세 사람은 그랬다. 누구도 은호 씨만큼 적극적이지는 않았지만 어쨌든 휴가를 맞춘 게 지금이었다. 2박 3일 일정으로, 돌아가는 비행기

표는 아침 여덟 시 것밖에 없었다.

우산을 사 올까? 더 많이 올지도 모르니까. 내가 그렇게 말하자 성훈이 알겠다며 편의점 쪽으로 뛰어갔다. 남겨진 두 사람은 별로 할 말이 없었다. 은호 씨와 단둘이서만 있어 본 적은 거의 없었다. 커다란 쓰레기통 밑으로 노란색 고양이가 얼굴을 빼꼼 내밀고 우리를 보고 있었다. 어제까지 북적이던 도로변 가게들은 오늘은 한산했다. 그땐 가게도 별로 없었는데. 그렇게 말하고 은호 씨는 오래 전 얘기네요, 하고 덧붙였다. 성훈과 은호 씨는 고등학교 때부터 친구였다. 수능을 마치고 여행을 떠난 두 사람은 자전거를 타고 해안선을 따라 이 섬을 한 바퀴 돌았었다고 한다. 그땐 주머니가 얇아 해물탕도 흑돼지도 못 먹어 봤다며, 오늘 성훈이 해물탕을 고집한 이유도 거기 있었다. 그때 해물탕을 먹어 봤으면 우린 벌써 비자나무 숲을 걷고 있을 텐데. 은호 씨가 그렇게 말하고 혼자 웃었다. 근데 문어 때문인 게 맞아요? 내가 물었다. 그렇다는데요. 집에 있는 화분에는 물도 안 주는 사람이. 하하하. 시청에서 일하는 돌고래가 7급으로 승진했을 때 은호 씨가 사 준 커피나무 화분은 베란다 구석에서 말라 죽었다고 한다. 돌고래 우는 거 처음 봤어요. 그래요? 은호 씨가 고개를 끄덕였다.

나는 성훈이 우는 것을 한 번도 보지 못했다. 지난 5년간 깨를 볶은 것도 아니지만 눈물 쏟으며 싸운 일도 없었고, 별달리 나쁜 일도 일어나지 않았다. 함께 영화를 보다가 눈물 날 것 같은 장면에서 얼른 돌아보면 성훈은 덤덤했다. 안 슬퍼? 내가 물으면 그는 슬프지만 눈물은 안 난다고 했다. 오래전에 이미 다 울어 버려서. 성훈의 두 살 어린 남동생 지훈이 갑작스러운 뇌출혈로 세상을 떠났을 때, 성훈과 함께 오랫동안 울어 준 게 은호 씨였다. 대학 가기 전에 주도를 익혀 놓아야 한다며 지훈에게 처음으로 술을 마시게 한 것도 그였다. 지훈이 상경한 후에는 종종 셋이서 함께 마시기도 했다고. 나는 사진 속 지훈의 여드름투성이 얼굴을 알고 있고, 제일 좋아했던 안주가 콘 치즈였다는 것도 알고 있지만, 은호 씨와 성훈이 얼마나 오랫동안, 얼마나 많이 울었는지는 알지 못한다. 그때 나는 노량진을 배회하던 재수생이었다. 성훈 역시 은호 씨가 머리를 샛노랗게 물들였던 시절이며 파란만장한 연애사를 모두 알고 있었다. 한번은 성훈조차도 모르게 일 년 가까이 사라져 버린 일이 있었다. 그때 성훈은 은호 씨의 부모님으로부터 아들의 행방을 묻는 전화를 받기도 했는데 아무 말도 못했다고 한다. 성훈은 그 일을 두고두고 섭섭하게 여겼다.

돌고래의 과거에 대해서는, 성훈도 나도 아는 게 별로 없었다. 성훈은 돌고래와 대학 동기이기는 하지만 전혀 친분이 없었다. 우리가 돌고래를 처음 만난 건 두 사람이 사귀기로 했다는 얘기를 듣고도 한참 후였다. 정식으로 소개해 주겠다 뭐 그런 자리는 아니었고, 근처에서 친구들을 만나고 있었다며 돌고래가 우리가 있던 종로 3가 맥줏집으로 찾아왔다. 연애 기간 내내 성훈과 나는 은호 씨와 자주 술을 마셨다. 마치 셋이서 데이트라도 하는 것처럼. 성훈과 내가 함께 살기 시작하면서부터는 더했다. 단둘이 술 마시러 나가는 일은 드물어졌다. 나쁠 건 없었다. 나도 성훈도 은호 씨를 좋아했으니까. 함께 있으면 갑자기 침묵이 찾아오는 법도 없었고, 나중에는 기억나지도 않는 시시한 이야기들로 맘 놓고 웃을 수 있었다.

은호 씨는 오랫동안 연애를 쉰 터라, 우리는 그에게도 애인이 생겨서 넷이 같이 놀면 좋겠다고 종종 말하곤 했다. 그랬는데 돌고래가 나타난 것이다. 은호 씨는 늘 빠르게 마시고 빠르게 취했는데, 기분이 좋을 때는 맥주 딱 한 잔만, 한 잔만 더 하자고 말하고, 기분이 별로일 때는 너희 이제 빨리 집에 가, 가버려, 라고 몇 번씩이나 말했다. 하지만 돌고래와 함께 마시면 둘 중에 어떤 말도 하지 않았고 좀 재미가 없어졌다. 그래서 처음에 나는 돌고래가 별로 맘에 들지 않았다. 자주 본 건 아니지만 만날 때마다 말수가 적었고 표정도 적었다. 우리 커플과 만나는 것이 그다지 즐거워 보이지 않았다. 묻는 말에는 대답했지만 뭘 먼저 묻는 법이 없었고, 똑같은 양을 마셔도 전혀 취하지를 않았다.

드물게 넷이서 보는 날이면 우리는 성훈과 은호 씨의 어릴 적 이야기를 하거나, 성훈과 나의 연애 이야기를 했다. 은호 씨와 돌고래의 연애에 관해서는 거의 들은 것이 없었다. 때로는 내가 모르는 그들 세 사람의 대학 시절 이야기를 했는데, 그럴 때면 나는 소외감을 느끼기보다는 옛날이야기를 듣는 것 같은 기분이었다. 나와 아무런 상관이 없는 사람들의 이야기는 재미있기만 했다. 복권 일등에 당첨된 당나귀 선배가 그 돈을 어떻게 탕진했는지 — 경마였다 —, 십 년 만에 학교에 재입학한 개미 선배가 두 번이나 에프를 맞았던 회계 원리 과목을 드디어 통과했다는 기쁜 소식이랄지, 은호 씨의 첫사랑 참치가 부산 남자를 만나 결국 바닷가 근처에서 아이 둘을 낳고 잘 산다는 얘기 같은 것. 하지만 돌고래가 아직 그림에 없었던, 그래서 그녀가 알지 못하는 지난 몇 해 간의 이야기를 할 때면 그녀는 약간 쓸쓸해 보였다. 나만의 착각인지도 몰랐다.

멀리 성훈이 돌아오는 게 보였다. 돌고래와 함께였다. 만났어. 성훈은 커다란 장우산 두 개를 들고 있었고, 돌고래는 커피가 담긴 종이 캐리어를 들고 있었다. 미안해서, 돌고래가 말했다. 네 잔의 아메리카노. 와아, 은호 씨가 손뼉을 쳤다. 손난로처럼 커피 잔을 손에 꼭 쥔 채로 우리는 잠시 말없이 바닷바람을 맞으며 서 있었다. 적당한 말이 떠오르지 않았고, 상관없었다. 은호 씨가 노래를 흥얼거렸다. 여행의 시작부터 줄곧 같은 곡이었다. 떠나요, 제주도, 푸르매가 살고 있는 곳. 푸른 매 아냐? 하고 성훈이 끼어들었다. 아냐, 푸르매야. 은호 씨가 대꾸했다. 푸르매가 뭔데요? 내가 물었다. 그건 모르죠. 은호 씨가 대답했다.

약속대로 돌고래가 운전대를 잡았다. 돌고래는 내내 말이 없었다. 나는 백미러에 비친 돌고래의 눈, 사이가 먼 눈썹, 집중해서인지 좀 더 짙어진 미간의 주름을 보았다. 성훈이 말했다. 제주도에 살던 작곡가 친구의 딸 이름이라는데. 그새 스마트폰으로 검색해 본 모양이었다. 예쁜 이름이네. 은호 씨가 말했다. 아이가 태어나면 푸르매라는 이름도 괜찮겠다고, 나는 잠시 생각했다. 하지만 성훈과 나는 오래전부터 결혼해도 아이는 낳지 않기로 했었다. 성훈이 그러기를 원했고 나도 동의했다.

여기부터 입구까지 걸어서 한 시간이라는데. 안내판을 보고 있던 성훈이 말했다. 어떡하지. 가는 데까지는 가보자고 내가 말했다. 우리는 화장실 앞에서 은호 씨를 기다리고 있었다. 바람이 더 차가워졌다. 돌고래는 팔짱을 꼭 낀 채 겨드랑이 밑에 양손을 집어넣고 있었다. 얇은 티셔츠에 헐렁한 니트

카디건만 걸친 채였다. 내가 목에서 스카프를 풀어 돌고래에게 건네자 그녀가 아니라며 손사래 쳤다. 내가 바람막이의 지퍼를 턱밑까지 올려 채우고 나서야 돌고래는 스카프를 자신의 목에 감았다. 고마워요. 돌고래가 말했다.

곧 은호 씨가 멋쩍은 웃음을 지으며 나타났다. 똥 쌌냐. 성훈이 말했다. 은호 씨는 성훈의 말을 무시하고, 여전히 팔짱을 끼고 있는 돌고래를 보더니 겉옷을 바꿔 입자고 했다. 은호 씨의 점퍼를 돌고래가 걸치고 돌고래의 카디건을 은호 씨가 걸쳤다. 돌고래에겐 헐렁했던 가디건이 은호 씨 몸에는 꽉 끼었다. 잘 어울리네요. 내가 말하자 은호 씨가 그쵸, 하고 웃었다. 돌고래와 은호 씨가 앞서 걷고 우리가 뒤따랐다. 연분홍색 카디건을 입은 은호 씨는 덩치에 어울리지 않는 조그만 배낭을 메고 있었다. 휴대폰 카메라로 두 사람의 뒷모습을 찍었다. 엄마 곰 같다, 그치. 내가 말했다. 성훈은 무슨 생각에 빠져 있는지 대꾸하지 않았다.

근처에 도로가 나 있어서 쌩쌩 달리는 차들의 소음이 그대로 밀려 들어왔다. 아니, 대체 왜 여기에다 도로를 뚫었대? 은호 씨가 투덜거렸다. 숲길이 좁아서 우리는 한 줄로 걸었고, 그래서 더 조용해졌다. 까마귀들이 시끄럽게 울었다. 길이 조금 넓어지자 이번엔 두 줄로 걸었다. 은호 씨와 성훈이 앞서 걷고 돌고래와 내가 뒤에서 나란히 걸었다. 실은 돌고래에게 물어보고 싶은 게 많았다. 언젠가 사이가 더 가까워지면, 하고 담아 두었던 질문들. 결혼해야겠다는 확신이 든 건 언제였는지—, 헤어질 마음을 먹은 건 또 언제였는지, 그런 것들. 어느 날 뚝 하고 마음이 끊기는 건지, 아니면 서서히 미지근해지다가 결국 얼어붙는 건지. 그런가 하면 절대로 물어볼 수 없는 질문도, 있었다. 딸이었는지 아들이었는지. 이후의 시간을 어떻게 견뎠는지. 견디고 있는지. 돌고래의 아이가 세상에 나왔더라면 어떤 이름으로 불렸을까. 산달이 다 되어 유산했었다는 이야기를, 언젠가 돌고래가 없는 술자리에서 들었다. 회복하기까지 아주 오래 걸렸다고. 동아리 사람들은 돌고래가 남편과 헤어진 이유가 그것 때문이라고 수군거렸다. 하지만 아니었다. 담배 때문이었다.

은호 씨는 2년 전 깨비 형 — 일명 방아깨비 — 의 결혼식에서 돌고래를 다시 만났다. 식장에 들어가기 전에 담배를 피우러 흡연 구역에 갔더니 돌고래가 있었다. 안녕. 오랜만이네. 누구랑 왔어? 은호 씨가 묻자 돌고래는 다람쥐, 펭귄과 함께 왔다고 했다. 넌? 난 두더지랑. 돌고래가 푸우, 하고 웃었다. 진짜 이상하네, 우리. 그렇네. 하하하. 돌고래는 물을 뿜는 것처럼 푸우 푸우 웃었다. 그렇다는 것을 은호 씨는 처음 알았다. 하지만 그때는 아니었다. 이혼할 거 같아, 돌고래가 말했다. 그래? 은호 씨가 말했다. 내가 담배 피우는 걸 못 견디

겠대. 돌고래가 말했다. 그래? 은호 씨는 자신이 멍청이 같다고 생각했다. 그때 돌고래는 정확히 이렇게 말했다고 한다. 남편은 끊어도 담배는 못 끊지. 하하하, 은호 씨가 웃었고 돌고래도 푸우 푸우, 하고 웃었다. 그때였다고. 이렇게 돌고래와 함께 몇 번쯤 더 웃어보면 근사하겠다고 생각한 것이. 이렇게 맞담배나 피우며 늙어가든 죽어가든 하면 어떨까 생각한 것이. 돌고래가 웃는 것을 나는 아주 드물게 보았다. 푸우, 하고 웃는다기보다 풋, 하고 웃었다. 한번 웃어 준다는 식으로.

결혼 준비는 잘돼가요? 까마귀 소리를 뚫고 돌고래가 물었다. 그게, 잘 모르겠어요. 내가 말했다. 중요한 건 다 한 것 같은데, 제일 중요한 건 안 한 것 같아요. 내 말에 돌고래가 푸웃, 하고 웃더니 뭔지 알 것 같아, 하고 말했다. 물어보고 싶었다. 은호 씨 말대로, 결혼하면 모든 게 완전히 달라지는 건가요. 사실 그 말을 듣기 전까지는 달라질 게 없다고 생각했다. 성훈과 나는 이미 같이 산 지 일 년이 다 되어가고 있었고, 아무도 타지 않지만 함께 소유한 자동차도 한 대 있었으니까. 하지만 성훈은 결혼을 원했다. '조만간' 직장을 그만두고 싶어 했고, '언젠가' 자기만의 사업을 하고 싶다고 말했다. 분재를 키워서 팔아볼까, 외국인을 위한 기념품을 모아 놓은 쇼핑몰을 만들어볼까, 일주일에 하나씩 새로운 아이디어를 내놓았다. 성훈은 줄곧 불안해했다. 부모님이 늙어가는 것도, 자신이 늙어가는 것도. 뭐라도 해야 해, 성훈은 늘 그렇게 말했지만, 그 무엇이 뭔지는 자신도 모르고 있었다. 그러다 갑자기 그 무엇이 결혼이 된 것이다. 어차피 달라질 게 없으니까 아무렇지도 않았는데, 결혼식 날짜가 다가올수록 누구라도 붙잡고 물어보고 싶어졌다. 만족할 만한 대답이 나올 때까지. 내 마음을 읽기라도 했는지, 내가 왜 이혼했는지 궁금하죠, 하고 돌고래가 말했다. 나는 고개를 끄덕였다. 그녀가 말했다.

고양이를 키웠었거든요. 일 년쯤 된 고등어였죠. 어느 날 내가 일주일 정도 출장을 갔다가 돌아왔는데, 남편 말이 글쎄 녀석이 죽었다는 거예요. 퇴근했는데 한참 동안 보이질 않아서, 녀석이 좋아하는 옷장 구석을 들여다봤는데 싸늘해져 있었다고요. 남편은 내 출장이 엉망이 될까 봐 얘기하지 않았다고 그래요. 한참 만에 정신을 차리고, 그래서 걔를 어떻게 했느냐고 물었더니 글쎄, 종량제 봉투에 넣어서 버렸다는 거예요. 인터넷에 찾아보니까 돈 내고 화장을 하거나 아니면 그 방법밖에 없다고 했다면서요. 어어, 나는 그 얘기를 듣고 무슨 말을 해야 할지 몰라 어어, 하고 있었다. 그런 사람이랑 같이 살 수 있겠어요? 돌고래가 물었다. 못 살죠, 못 살 것 같아요, 얼빠진 표정으로 내가 중얼거리자 돌고래가 푸웃, 하고 웃음을 터뜨렸다. 미안. 내 얘기 아니에요. 네? 들은 얘기에요. 난 고양이 키워 본 적 없어요. 돌고래는 그렇게 말했고, 웃지 않았다. 그때 내 표정이 어땠는지는 나도 모른다.

더는 아무런 얘기도 하지 않았다. 숲 안으로 들어갈수록 조금씩 더 어두워졌다. 은호 씨가 배낭에서 주섬주섬 작은 꾸러미를 꺼냈다. 어젯밤 시장에서 산 귤이었다. 하나씩 건네받아 부슬부슬 내리는 빗속에서 귤을 까먹으며 걸었다. 귤이 차가워서 더 추웠다. 그때 이거 봐요, 하고 돌고래가 어떤 나무 하나를 가리켰다. 눈높이쯤에 칼로 새겨 놓은 엑스 자가 보였다. 뭘까요. 보물일까요. 시체일까요. 제일 처음 여기에 왔던 사람일까요. 그런 시시껄렁한 얘기만을 잠깐 했다. 점차 빗방울이 굵어져 우산을 펼쳐야 했다. 앞서 걷고 있는 남자 둘이 작은 우산 안에서 애써 어깨를 맞대고 있는 게 우스웠다. 얘는 너무 두꺼워서 안 되겠다며, 결국 성훈이 내 옆으로 왔고 돌고래는 은호 씨 옆으로 갔다. 그나저나 아까는 왜 울었냐고, 그것도 슥 지나가듯 물어보고 싶었는데 결국 못 했다.

잠시 후 벤치가 있는 커다란 공터가 나왔다. 거기가 비로소 숲길 입구였다. 비는 폭우라고 해도 좋을 만큼 쏟아졌고 은호 씨마저 덜덜 떨고 있었다. 다들 한쪽 어깨가 흠뻑 젖어 있었다. 그만 가죠, 돌고래가 말했다. 비자나무 숲은, 하고 은호 씨가 말했다. 비자나무가 어떻게 생겼는지는 아냐. 성훈이 말했다. 오늘 알아보려고 했지. 은호 씨가 웃었다. 안내소 직원에게 물어보니 입구 쪽 도로에 버스 정류장이 있다고 했다. 한 시간에 한 대씩인데 아마 방금 떠났을 거라고. 우리는 일단 버스 정류장으로 가서 비를 피했다. 성훈은 스마트폰으로 버스 시간을 검색하고 있었다. 나는 성훈이 혼자 주차장으로 가서 차를 가져왔으면 했지만 아무 말도 하지 않았다. 대신 나는 성훈의 등 뒤로 바짝 붙어 섰다. 그의 등에 닿은 내 팔뚝으로 천천히, 천천히 온기가 흘러들어 왔다.

그때 택시 한 대가 지나갔다. 돌고래가 재빨리 손을 흔들어 택시를 잡았다. 은호 씨가 택시 아저씨에게 저녁으로 뭘 먹으면 좋을지 물어봤고, 우리는 주차장에서 차를 갈아타고 아저씨가 추천한 맛집으로 갔다. 바닷가 근처에 있는 해녀 식당이었다. 메뉴는 다양했지만 네 사람 모두 따끈한 성게 전복죽을 먹었다. 밑반찬으로 나온 톳무침과 깍두기가 맛있어서 몇 번씩이나 가져다 먹었다. 손님은 이번에도 우리밖에 없었고, 해녀 아주머니들 대여섯 명이 나란히 앉아서 성인가요 프로그램을 보고 있었다. 아주머니들은 왠지 비슷비슷해서 쌍둥이 자매들 같았다. 몸뻬 바지의 총천연한 무늬와 색깔이 아니라면 구분할 수 없을 것 같았다.

식사를 하는 동안 성훈이 휴대폰으로 뉴스를 읊어 주었다.

공항은 이미 인산인해라고 했다. 우리도 가서 기다리는 편이 낫지 않을까? 은호 씨가 말했다. 그거 진짜 못 할 짓, 하고 돌고래가 고개를 절레절레 흔들었다. 몇 년 전 친구들과 놀러 왔다가 발이 묶인 적이 있다고 했다. 여기 월요일에 출근 못 하면 잘리는 사람 있어요? 돌고래가 말했다. 안 잘릴 거란 보장은 없는데요. 성훈이 그렇게 말하고 혼자 웃었다.

내일 아침에 비행기 탈 수 있을까요? 은호 씨가 아주머니들한테 물었다. 못 탄다는 답이 절반, 탈 수 있다는 답이 절반이었다. 해녀들은 날씨에 대한 감각이 다르지 않을까 생각했는데 딱히 그렇지도 않은 모양이었다. 그때 아주머니 한 분이 괄괄한 목소리로 말했다. 그게 걱정되면 여길 왜 와! 눈 깜빡할 새 해가 날지 가로수가 뽑힐지 아무도 몰라. 우리는 살짝 혼이 난 것 같기도, 아닌 것 같기도 했다.

은호 씨가 후식으로 아이스크림을 먹고 싶다고 해서 아이스크림 가게에 들렀다. 성훈이 캔맥주를 사야 한다고 해서 편의점에도 들렀다. 돌고래는 묵묵히 핸들을 꺾었지만 조금 화가 난 듯 보였다. 나는 먹고 싶은 게 없어서 다행이었다. 호텔 주차장에 도착하자 성훈이 내게 우산 하나를 건네고 먼저 내렸다. 운전석 문이 열리기 전에 그 위로 우산을 펼치고 있었다. 나는 조수석에서 내리는 은호 씨에게 우산을 씌워 주었다. 바람이 거세서 무의미했지만 어쨌든 또다시 짝을 바꾸어 우산을 쓰고 로비로 뛰어들어갔다.

여기저기 헤매고 다닌 것 같은데 저녁 6시도 안 되어 있었다. 탁구나 칠까? 엘리베이터 앞에서 성훈이 말했다. 맞다, 은호 씨가 말했다. 안내판에 8층에 탁구장이 있다고 쓰여 있어서 아침을 먹은 후에 가 보았었다. 탁구장이라고 해서 기대했는데 8층도 똑같이 객실 층이었고, 그저 구석에 있는 커다란 방 하나를 칸막이로 나누어 한쪽에 기다란 소파와 탁구대만 덜렁 놓아 둔 것이었다. 다른 한쪽은 아이들 놀이방이었다. 알록달록한 매트가 깔려 있고 알록달록한 장난감 몇 종류가 선반에 들어 있었다. 저녁때 한판 칠까, 그런 얘기를 했었는데 잊고 있었다.

돌고래가 잠깐 방에 갔다 오겠다며 먼저 내렸고 나머지 세 사람은 8층으로 올라갔다. 탁구채가 네 개, 탁구공이 두 개 있었다. 진짜 오랜만이네, 은호 씨가 바닥에 공을 탁탁 튀기며 말했다. 고등학교 기숙사에 탁구대가 있어서 잠 안 오는 밤에 몰래 가서 자주 쳤다고. 군대에도 있었지. 성훈이 말했다. 조금 세게 튀기자 탁구공은 은호 씨 손을 빠져나가 천장에 부딪혔다가, 탁구대에 부딪혔다가, 구석으로 굴러갔다.

나는 놀이방 쪽으로 가서, 신발을 벗고 매트 위에 올라갔다. 누군가 놀다 갔는지 건반이 달린 장난감과 공룡 인형이 바닥에 뒹굴고 있었다. 나는 그 사이에 몸을 펴고 누웠다. 성훈과 은호 씨가 탁구공 주고받는 소리가 들렸다. 똑, 똑-딱, 똑딱, 똑딱. 칸막이에 '동물 이름으로 배우는 알파벳' 포스터가 붙어 있었다. A는 악어, B는 곰, C는 고양이, D는 의외로 개가 아니라 돌고래였다. 유선형의 푸른색 돌고래가 마치 고리를 통과하는 것처럼 D자 안에 허리를 걸치고 있었다. 똑딱, 똑딱. 돌고래는 영어로 돌핀.

문이 열리고 공이 또르르 바닥을 구르는 소리가 났다. 왔어? 뭐 했어? 은호 씨가 말했다. 뉴스 봤어, 돌고래가 말했다. 비껴간대? 아니. 그럼 탁구 칠 때가 아닌데. 성훈인지 은호 씨인지가 말했다. 잠시 후 돌고래가 신발을 벗고 매트로 올라서는 게 느껴졌다. 내가 몸을 일으키자 이거, 하고 돌고래가 뭔가를 건넸다. 내가 아침에 빌려준 스카프였다. 고마웠어요. 나는 그것을 받아 목에 감았다. 희미한 담배 냄새와 향수 냄새가 났다. 돌고래는 향수를 뿌리는구나, 생각했다. 내가 모르는 향기였다. 돌고래가 공룡 인형을 발로 툭 차더니 내 옆에 대자로 드러누웠다. 나도 도로 누웠다. 거센 바람 사이로 들려오는 탁구공의 똑딱거림이 나름 연주 같았다.

잠시 후 은호 씨와 성훈이 아이스크림을 들고 우리 쪽으로 왔다. 알록달록한 매트 위에 넷이 둘러앉아서 알록달록한 아이스크림을 떠먹었다. 돌고래다. 은호 씨가 벽에 붙은 포스터를 가리켰다. 진짜네. 성훈이 말했다. 근데 돌고래랑 닮아서 돌고래예요? 성훈이 묻자 돌고래는 대답 대신 웃었고 은호 씨가 아, 너 몰랐냐, 하고 웃었다. 닮았잖아, 하하하. 잘 모르겠는데. 성훈이 말했다. 저도 잘 모르겠는데요. 내가 말했다.

돌고래가 돌고래가 된 사연은 이랬다. 그녀가 동아리에 들어왔을 때 선배들은 마땅한 별명을 지어주지 못했다. 유일한 사례였다. 누구는 설치류를, 누구는 파충류를, 누구는 포유류 중 하나를 주장했지만 의견 일치를 보지 못해 '일단 그냥 인간'으로 불리고 있었다. 그러다가 신입생 환영회 날이 되었다. 3차까지도 스무 명 이상 남아 있었고 다들 서서히 취해가고 있었다. 은호 씨는 그때 돌고래가 어디 앉아 있는지도 몰랐다. 문득 바깥이 소란스러워, 은호 씨 포함 몇 명이 나가 보니 돌고래가 웬 남자의 팔뚝을 꽉 물고 있었고 동아리 사람들이 그녀를 뜯어말리고 있었다. 건너편 삼겹살집에 있던 아저씨들이 여자들이 담배 피운다며 한소리 했고, 그래서 시비가 붙은 모양인데 어째서 팔뚝을 물고 있었는지는 모르겠다고 은호 씨는 말했다. 나도 모르겠어, 돌고래가 말했다. 겨우겨우 두 사람을 떼어 놓는 순간 이거 완전 또라이 아냐! 아저씨가 외쳤고 그렇게 '일단 그냥 인간'은 '돌아이'가 되었다. 선배 몇 명이 남자에게 사과하고, 몇 명은 약국으로 뛰어가는 동안 안으로 끌려 들어온 돌아이는 식식거리며 맥주를 들이켰다. 끝도 없이 들이켰다. 선배들이 혀를 내두르며 돌아이가 완전 술고래네, 술고래야, 하다가 어어? 돌고래가 되었다고.

돌고래는 영어로도 돌로 시작해요. 내가 말했다. 돌고래. 돌문어. 그래서 울었어요? 같은 돌 씨라서? 성훈이 말하자 돌고래가 풋, 하고 웃었다. 재미없어. 내가 말했다. 재미없어. 은호 씨가 따라 했다. 탁구나 치자. 토너먼트 경기가 진행되는 동안 심판 맡은 사람과 노는 사람은 맥주를 마셨다. 심판이 몇 대 몇이라고 하면 선수들은 아니라고 했다. 막상 겨뤄보니 제일 실력이 좋은 건 돌고래였다. 직원 휴게실에 탁구대가 두 대나 있다고 했다. 경기가 과열될수록 돌고래 미간의 주름이 깊어졌다. 한 판만 치자더니 이게 뭐야. 돌고래가 소매로 땀을 닦으며 말했고 모두 웃었다. 돌고래는 개인 토너먼트에서는 우승이었지만 남녀로 팀을 나눈 복식경기에서는 졌다. 탁구가 처음인 데다 맥주를 잔뜩 마신 내가 자꾸만 탁구공을 천장으로 날렸기 때문이다. 깔깔거리는 소리에 사람들이 유리문 안을 들여다보고 지나갔다.

잠시 후 문이 빼꼼 열리더니 일곱 살쯤 되어 보이는 남자아이 하나가 얼굴을 들이밀었다. 탁구 치게? 은호 씨가 말했다. 아이가 고개를 젓고는 칸막이 뒤편으로 뛰어갔다. 뒤따라 아이 엄마가 들어와 놀이방 쪽으로 사라졌고 잠시 후 다른 꼬맹이 하나를 안은 아빠까지 나타났다. 그는 누구에게랄 것 없이 목을 까닥여 인사하고는 아이를 소파 위에 내려놓았다. 그러고선 팔짱을 끼고 서서 우리가 탁구 치는 것을 구경했다. 돌고래와 나는 뒤로 물러났다. 똑, 똑딱, 똑, 똑딱. 선수들이 긴장했는지 랠리가 자꾸만 끊겼다.

얼마 안 가 아까 그 꼬마가 놀이방에서 나와 소파에 걸터앉았다. 쳐 볼래? 성훈이 남자아이에게 말했다. 아이는 수줍은 듯 주뼛거리며 성훈에게 다가갔다. 내가 들고 있던 탁구채를 아이에게 건네자 성훈이 잡는 법을 알려 주었다. 탁구대가 너무 높았다. 은호 씨가 소파와 한 세트인 작은 스툴을 가져다가 탁구대 앞에 놓아 주었다. 아이가 거기 올라서자 탁구대가 얼추 허리쯤에 왔다. 자, 이렇게, 사선으로 치는 거야. 성훈이 말했다. 사선이 뭐에요? 아이가 물었다. 응? 이렇게, 이렇게. 성훈은 사선이 무엇인지를 온몸으로 보여주었다. 아이는 열심히 고개를 끄덕였다. 그리고 공이 저쪽 테이블에 한 번 떨어져야 해. 이렇게, 이렇게. 자, 해 봐. 아이는 탁구공을 받아 들고 성훈이 가르쳐 준 대로 팔을 비스듬히 휘둘렀다. 공은 바로 앞에 부딪혔다가 튕겨 나갔다. 아이 아빠가 볼 보이처럼 달려가서 공을 주워 왔다. 어느새 아이 엄마까지 소파에 앉아 있었다. 동생이 자기도 하겠다고 칭얼거렸다. 나는 옆에 서 있는 돌고래의 얼굴을 흘긋 보았다. 웃고 있었다.

무슨 일만 있으면 저한테 어떡하지, 어떡하지 물어보는 남자랑 결혼해도 될까요? 내가 나지막이 물었다. 돌고래가 푸우, 하고 웃더니 말했다. 글쎄, 물어보는 게 아닐 수도 있잖아요. 네? 그냥 혼잣말일 수도 있다구요. 주문 같은 거. 돌고래가 말했다. 그럴 수도 있겠다고 생각했다. 다음엔 아무 대답도 하지 말고 가만히 있어 봐야지. 똑딱. 아이가 드디어 네트 너머로 공을 넘겼다. 은호 씨가 맞은 편에서 그것을 아주 살짝 받아쳐 넘겨주었다. 똑딱. 그때 돌고래가 말했다. 어느 날 밤에 남편 친구한테서 전화가 왔어요, 하고 돌고래가 말했다. 나도 몇 번 본 적 있는 친한 친구인데, 아버지가 갑자기 돌아가셨다고요. 나는 가만히 듣고 있었다. 근데 전화를 끊고 나서 남편이 울더라고요. 우는 걸 8년 만에 처음 봤어요. 그때였다고, 돌고래는 말했다. 정말이에요? 내가 물었다. 아뇨, 하고 돌고래가 대답했다. 그때 내 표정이 어땠는지는 나도 모른다.

일찍 일어나야 하니까 일찍 잠들기로 하고 헤어졌다. 따뜻한 물로 샤워를 하고 침대에 누워 잠을 청했다. 거짓말처럼 고요했다. 어둠 속에 잔잔한 파도 소리만이 들려왔다. 지나갔구나. 내일 바다는 또 다른 색을 띠고 있을 것이다. 그때 문득 옆에 누워 있던 성훈이 말했다. 아이가 갖고 싶어지면 어떡하지? 나는 아무 말도 하지 않고 가만히 있어 보았다. 이내 고른 숨소리가 들려왔다. 나는 어둠 속에 누워, 저쪽 방에 누운 커플은 지금쯤 무슨 얘기를 하고 있을까, 잠들었을까 껴안고 있을까 생각했다.

눈 속의 겨울

비행기를 타던 날, 첫눈이 왔다. 이륙을 기다리며 창밖으로 진눈깨비가 흩날리는 것을 지켜보았다. 눈송이는 콘크리트 바닥을 어둡게 만들며 흔적도 없이 사라졌다. 그걸 바라보는 것만으로도 추웠다. 작은 눈송이들이 어느 순간 함박눈이 되었을지, 쌓이기 시작했을지는 알지 못한다. 나는 어두운 구름 속으로 들어갔고, 구름 위로 올라갔다. 그리고 아주 깊은 잠을 잤다. 눈을 떴을 때, 이전의 기억들은 마치 꿈처럼 희미하게 느껴졌다.

그해 시드니의 12월은 대체로 맑았다. 가끔 어마어마한 폭우가 쏟아지는 날도 있었지만, 다음 날이면 하늘은 더 맑아졌다. 나는 한껏 늦잠을 자고, 백팩커에서 빠져나와 오페라 하우스 근처에 있는 공원에서 대부분의 시간을 보냈다. 거기에는 수령을 가늠할 수 없는 거대한 나무들이 여럿 있었다. 나는 나뭇등걸에 기대앉아 바람이 머리카락을 헝클어뜨리게 내버려 둔 채 사람들을 구경했다. 조깅하는, 카메라를 든, 속옷만 입고 잔디밭에 누워 있는 사람들과, 개를, 유모차를 끌고 산책 나온 가족들을 지켜보았다. 나무 밑에 혼자 앉아있는 아시아 여자는 보지 못했지만, 공원이 워낙 넓으니 어딘가에는 있었을지도 모르겠다. 맞은편으로 보이는 나무들에는 커다랗고 검은 열매가 주렁주렁 매달려 있었다. 그게 날개로 몸을 감싼 박쥐라는 것을 깨달은 것은 공원으로 출근한 뒤 며칠이 지난 후였다.

저게 뭔지 알아? 내가 나무를 가리키며 물었을 때 미아는 과일(fruits), 하고 말했다. 검은 과일(black fruits). 무슨 맛이 날까? 미아는 대답한다. 블랙(black). 검은 맛이 나는 검은 과일. 나는 그게 박쥐라는 것도, 같은 제목의 노래가 있다는 것도, 말해주지 않는다. 매번 같은 곳, 같은 나무 아래로 데려와도 미아는 싫증을 내지 않는다. 미아는 커다란 나무 아래서 더 작아 보인다. 미아는 말이 많은 편은 아니다. 조용히 그림을 그리거나 내가 바라보는 것을 바라본다. 때로 미아는 내가 온 나라에 대해 이것저것 묻기도 하는데, 주로 겨울과 눈에 관한 것이다. 똑같은 것을 몇 번이고 물어본다. 주이의 나라에는 눈이 오는지, 얼마나 오는지. 나는 떠나오던 날 보았던 진눈깨비에 대해, 회사 옥상에서 내려다본, 도시를 새하얗게 덮어버리는 폭설에 대해, 말해준다. 눈사람을 만들어봤는지. 어렸을 때 이글루도 만들어봤어. 미아의 눈이 휘둥그레진다. 주이의 나라에서는 눈을 뭐라고 발음하는지. 눈. 누운. 미아는 따라한다. 나는 미아에게 눈과 눈[ː]의 차이에 대해, 싸락눈과 함박눈, 가랑눈이 어떻게 다른지 말해주고 싶지만 쉽지 않다. 미아는 눈이 어떤 맛인지 묻는다. 화이트(white). 나는 대답한다. 미아가 웃는다. 누군가 그 웃음이 무슨 색이냐고 묻는다면, 나는 똑같이 하얀색이라고 대답할 것이다.

미아는 어두운 갈색 머리카락을 가지고 있다. 아주 부드럽고 라일락 향이 난다. 라일락 향이 나는 샴푸로 머리를 감기 때문이다. 랜든의 머리카락에서도 같은 향이 날 것이다. 나는 바람에 헝클어진 미아의 머리카락을 손가락으로 빗어 넘긴다. 미아는 자기 머리가 엘사처럼 밝은 금발이었으면 한다. 그 애는 '프로즌'이라는 제목의 애니메이션 영화를, 다른 많은 여자애들처럼 굉장히 좋아한다. 미아는 엘사 드레스도 가지고 있다. 지난 겨울 미아의 생일 파티 테마도 그것이었다. 파티 전날 밤 미아가 잠든 사이, 랜든과 나는 흰색과 하늘색 헬륨 풍선을 백만 개 정도 만들었다. 랜든이 헬륨 가스를 들이마시고 프로즌의 주제가인 'let it go'를 불러대서 둘 다 거의 실신할 지경으로 웃었다. 양 볼이 다 아플 정도였다. 하지만 파티 당일, 이웃 친구 중 하나가 엘사 드레스를 입고 나타났다. 그 애는 밝은 금발이었다. 미아는 울음을 터뜨렸고, 친구 엄마가 딸을 집으로 데려가 평범한 원피스로 갈아입혀 돌아올 때까지 방에 틀어박혀 나오지 않았다. 미아는 퉁퉁 부은 얼굴로 케이크의 촛불을 껐고, 파티는 싱겁게 끝났다.

그날 밤 미아가 잠든 뒤 랜든과 나는 파티의 잔해를 내버려 둔 채 부엌 식탁에 앉아 와인을 마셨다. 랜든이 심각하게 말했다. 주이, 미아에게 뭔가 말해줘야 할 것 같은데. 내 이름은 '주희'인데 다들 나를 '주이'라고 부른다. 어떤? 친구가 엘사 드레스를 입고 와도 화를 내면 안 된다고? 내가 되묻는다. 응, 그런 거. 그런데 나라도 화가 날 것 같거든. 화가 나는 게 당연하잖아. 랜든은 말하고, 나는 어깨를 으쓱한다. 담부턴 드레스 코드를 정하자. 내가 말한다. 올라프 온리. 랜든이 낄낄댄다. 랜든의 붉은 얼굴이 더 붉어진다. 랜든은 잔디를 깔거나 깎는 일을 한다. 아버지가 하던 사업을 물려받았다. 그래서 얼굴이 늘 빨갛게 익어 있다. 검어지지는 않고 빨개지기만 한다. 직원이 몇 명 있지만, 직접 하는 걸 좋아한다. 잔디 깎을 때 나는 냄새는 마약만큼 중독성이 있다고 랜든은 말한다. 랜든은 나보다 나이가 열 살 정도 많은데도 나보다 젊어 보인다. 웃음이 많은 사람만 가질 수 있는, 사람 좋아 보이는 주름이 눈꼬리에 매달려 있다.

처음 랜든과 그의 부인을 만났을 때, 나는 그들이 내가 아는 커플 중 가장 행복해 보인다고 생각했다. 랜든은 시드니 하버 근처의 브로엄 스트리트에 있는 이층짜리 유닛에서 산다. 크지는 않지만 잔디가 깔린 마당이 있는 집, 좋은 가구와 모던한 장식들로 채워진 내부. 거실 벽은 그들의 사진이 담긴 액자들로 장식되어 있었다. 무엇보다 그들에게는 엄마를 꼭 빼닮은 네 살짜리 딸이 있었다. 랜든의 아내인 니콜은 아름다웠다. 미아처럼 어두운 머리카락을 가진 그녀는 모델 에이전시에서 일한다고 했다. 나는 그녀를, 지상에서 쉽게 볼 수 없는 희귀한 것을 대할 때처럼 똑바로 바라보지 못한다.

일주일간 생활해 보고 일을 계속할지 말지 결정하기로 했다. 일주일 동안 나는, 최선을 다하지 않았다. 니콜은 나의 그런 점이 마음에 든다고 했다. 다들 너무 애를 써. 내가 오기 전 그들은 세 명의 아시아 여자를 '오페어'로 두었다고 말했다. 무엇보다 니콜은 내가 말이 많지 않은 것이 좋다고 했다. 하지만 나는 제대로 표현하지 못할 바에야 입을 다무는 것이 낫다고 생각했을 뿐이다. 내 영어 실력은 미아보다 조금도 나을 게 없었다. 나는 작은 창문이 있는 다락방에서 지냈다. 천장이 지붕 모양 그대로 삼각형이었다. 그래도 내 키에는 모자라지 않았고, 오히려 아늑한 느낌이 들었다. 침대 역시 내 키에 꼭 맞았다. 나는 거기 누워 여기 누웠던 다른 세 명의 여자들에 관해 생각했다. 누군가는 다리를 접고 옆으로 누워야 했을지도 모른다. 그들은 몸을 덮칠 듯이 기울어진 천장을 바라보며 무슨 생각을 했을까. 그런 게 궁금했다.

니콜은 출장이 잦았고, 밤늦게 퇴근할 때가 많았다. 랜든은 저녁 여섯 시쯤 집에 돌아왔다. 가족들이 모두 집을 떠나면 나는 집 안을 청소하고, 그 후에는 근처 공립 도서관에 가서 책들을 구경하며 시간을 보냈다. 그곳에는 내 키의 스무 배쯤 되는, 사방의 벽을 가득 채운 책장들이 있었고 나는 그곳에서 커다란 나무 밑에 앉아 있을 때와 같은 편안함을 느꼈다. 미아의 유치원 일과가 끝나는 시간에 맞춰 천천히 거리를 걷는다. 미아를 데리고 공원으로 간다. 가는 길에 우리는 장식품을 파는 조그만 상점이나 헌책방에 들러 시간을 보내기도 한다. 랜든은 이따금씩 일찍 퇴근하는데, 그런 날에는 랜든이 준비한 근사한 저녁 식사가 우리를 기다리고 있었다. 나는 니콜이 없는 그들의 식탁에 끼어 식사를 할 때면, 마치 내가 다리가 하나 빠진 테이블을 임시로 받쳐놓은 무언가처럼 느껴졌다.

단 한 번, 그들 가족과 함께 해변에 놀러 간 적이 있다. 나는 수영복이 없어서, 니콜이 하나 빌려주겠다고 했지만 괜찮다고 했다. 어차피 수영도 못하는 걸. 나는 말했다. 니콜은 근사한 비키니 수영복을 입고 해변에 누워 일광욕을 했다. 랜든은 미아를 어깨에 태우고 바다로 들어갔다. 미아의 웃음소리가 공기를 가르며 달려온다. 나는 미아에게 보여주기 위해 모래성을 하나 만든다. 눈의 여왕이 사는, 근사한 궁전을 만들고 싶었지만 그건 오히려 무덤처럼 보인다. 내가 무릎을 꿇고 성을 쌓는 데 열중해 있는 사이, 어느새 다가온 랜든이 뒤에서 나를 번쩍 들어 올린다. 무릎 밑에 손을 넣어서, 나는 앉아 있던 자세 그대로 들어올려져 꼼짝하지 못한다. 나는 소리를 지르고, 미아는 몇 발짝 떨어진 곳에서 양손으로 입을 막고 웃고 있다. 랜든은 나를 바닷속에 던진다. 한참을 허둥대다가 겨우 발을 디뎌 보니 물은 내 허리 높이밖에 오지 않는다. 얼굴에 달라붙은 머리카락을 쓸어넘긴다. 물에서 빠져나오자 미아가 내게 달려와서 다리를 껴안는다. 주이, 괜찮아? 미아가 걱정스러운 얼굴로 묻는다. 괜찮아. 재밌었어. 내가 말한다. 그러자 랜든이 장난기 가득한 얼굴로 말한다. 한 번 더? 나는 웃으며 고개를 가로젓는다. 랜든이 내게 커다란 수건을 건넨다. 나는 몸의 물기를 닦아내다가 얼핏 니콜을 본다. 니콜은 선글라스를 낀 채로 저 멀리 선 베드에 기대어 있어, 이쪽을 보고 있는 것인지 잠든 것인지 알 수 없다. 순간 나는 죄책감 비슷한 것을 느낀다. 나는 다시 모래성으로 돌아간다. 미아와 랜든이 니콜 곁으로 다가간다. 그들이 몇 마디 대화를 나누는 것이 보이지만 무슨 얘기를 하는지는 알 수 없다. 니콜이 미아의 이마에 입을 맞춘다. 미아는 곧바로 내게 달려온다. 우리는 함께 엘사의 성을 짓는다. 성은 얼마 안 가 녹아 없어질 것이다.

그로부터 몇 주 지나지 않아 두 사람은 별거에 들어갔다. 어째서인지 아주 뜻밖이라는 생각은 들지 않았다. 니콜은 직장 근처에 있는 아파트로 이사했다. 그녀가 집을 떠나던 날, 그들은 나를 앉혀놓고 말했다. 그만두고 싶으면 그만둬도 좋아. 랜든과 나만 집에 남아 있는 것이 불편하다면 말이다. 원래 넌 거의 없었잖아, 라고 니콜에게 말하지는 않았다. 나는 괜찮다고 말하고, 방으로 올라갔다. 잠시 후 니콜의 차가 떠나는 소리를 들었다.

K와 나에 대해서도, 누군가는 행복한 커플이라고 이야기했을 것이다. 우리는 7년간 성실하게 만났고, 성실하게 각자의 직장에서 일했다. 주말에는 예외 없이 만나 데이트를 하고, 일 년에 한 번쯤 휴가를 맞춰 푸켓이며 홍콩이며 그리 멀지 않은 곳으로 여행을 다녀오곤 했다. 그러는 게 당연하다는 듯이. K는 배드민턴과 테니스 관련된 용품을 판매하는 회사에 다녔다. 그의 회사에서 만드는 셔틀콕은 지난 몇 회간 올림픽 대표팀이 쓰고 있는 것이었다. 그렇다는 데 자부심이 있

는 회사였다. K가 어쩌다 그 회사에 입사하게 되었는지는 본인도 모르고 있었다. K는 배드민턴을 정말 못 쳤다. 입사하고 얼마 되지 않아 첫 회식을 마치고 돌아온 K는 만취해 있었다. 그리고 내게 말했다. 셔틀콕 하나를 만드는 데 거위가 몇 마리 필요한지 알아? 나는 모른다고 했다. 네 마리야, 네 마리. 그는 손가락을 네 개 펴고 말했다. 그리고 울었다. K는 원래 만취하면 운다. 하지만 그날 이후로는 술에 취할 때마다 같은 질문을 한 뒤에야 울기 시작했다. 나는 가끔은 네 마리라고 정답을 말하기도 하고, 모른다고 말하기도 하고, 대꾸하지 않기도 했지만, 상관없었다. 새로 생긴 술버릇 때문에 K에 대한 나의 감정이 달라졌다고 말할 수는 없다. 하지만 나는 K만큼 지속적으로 털이 몽땅 뽑힌 네 마리 거위에 대해 생각하는 일이 잦아졌다. 죽지 않고 살아서, 털이 자라는 것을 스스로 멈추지 못하고, 같은 수난을 반복하는 거위들에 대해. 생각하지 않을 수 없었다.

내가 일을 그만두고 싶다고 말했을 때, K는 침대에 누워 스마트폰으로 뉴스 기사를 읽으며 말했다. 그만두면 뭐하게? 그때 머릿속에 호주가 떠올랐다. 왜인지는 알 수 없었다. 대학 시절, 학교를 휴학하고 호주에 다녀온 친구들이 몇 명 있었다. 그들은 낡은 자동차를 렌트해 인적 드문 도로를 달리고, 농장에서 돈을 벌어 스쿠버 다이빙을 즐기고, 피부가 까

맞게 그을려 돌아왔다. 지금은 모두 나처럼 회사원이 되었지만, 그들은 나는 결코 목을 축일 수 없는 그들만의 우물을 하나씩 가지고 있는 셈이었다. 나는 단 한 번의 휴학 없이 졸업했고 바로 출판사에 취직했다. 그들처럼 떠날 용기가 없었고 여유도 없었다. 혹은 그렇다고 생각했다. 호주 안 갈래? 나는 K에게 물었다. 호주 가서 뭐하게? K가 여전히 스마트폰에서 눈을 떼지 않은 채 되물었다. 다시 시작하고 싶어. 아무도 나를 모르는 곳으로 가고 싶어. 완전히 백지가 되고 싶어. 그렇게 말하는 대신 나는 입을 다물었다. 나는 그대로 가방을 챙겨 K의 집을 떠났고 다시 돌아가지 않았다. K는 나를 붙잡지 않았고, 황당하다는 표정으로 현관문이 닫힐 때까지 침대 위에 그대로 누워 있었다.

호주에 와서 두 달 동안은 아무것도 하지 않았다. 백팩커 근처에 있는 울월스에서 네 개 들이 머핀이나 비스킷 등을 사서 아침을 때운다. 그리고 공원으로 향한다. 멀리 보이는 오페라 하우스는 누런색이다. 나는 오페라 하우스 근처를 지날 때마다 어릴 적 내가 살던 집 마당에 있던, 유난히 싯누런 색 꽃이 피던 목련 나무를 떠올렸다. 나는 목련꽃을 싫어했다. 꽃잎이 처참해지다가 바닥에 떨어져 뒹구는 것을 지켜보면 탐스럽게 피어 있던 꽃의 기억이 모욕적으로 느껴졌다. 부모님은 그 집을 허물고 4층짜리 원룸 빌딩을 세웠다. 목련 나무는 사라졌다. 그들은 지금 그 건물의 4층에서 살면서, 옥탑방까지 하나 지어서 근처 대학교 학생들에게 월세를 받아 생활한다. 내 부모의 삶이 나와 상관없는 것처럼, 오페라 하우스건 하버 브릿지건 내게는 마찬가지였다. 공원에 도착해 커다란 나무 밑에 앉아 있으면 나는 점점 작아지다가 거의 사라지는 느낌이 들었고, 그 느낌만이 오직 편안했다. 미아도 지금 같은 느낌일까. 빙하처럼 시린, 미아의 눈동자를 들여다보고 있으면 깊은 물 속에 들어와 있는 것처럼 사위가 고요해졌다.

하지만 미아는 오늘 유난히 들떠 있다. 공원까지 걸어올 때 우리는 마틴 스트리트를 지난다. 크리스마스를 앞둔 지금, 가게들은 모두 최선을 다해 성탄 장식을 해 놓았고, 건물과 건물 사이에 수많은 크리스마스 전구들이 매달려 있다. 전구에 불이 들어올 시간이면 미아는 늘 잠들어 있어, 미아는 한 번만이라도 그것들이 빛나는 것을 보고 싶다고 랜든과 나에게 몇 번씩이나 졸라댔다. 결국 오늘 저녁에 다같이 그것을 보러 가기로 한 것이다. 지금 미아는 지난 해 자신이 받은 크리스마스 선물에 대해 얘기하는 중이다. 그것은 엘사 드레스이고, 나는 이 이야기를 여러 번 들었다. 올해는 무엇을 갖고 싶냐고 묻자 미아는 비밀이라고 대답한다. 나는 이번 크리스마스에, 미아에게 '프로즌'의 원작이라고 할 수 있는 「눈의 여왕」

동화책을 선물하고 싶었다. 그래서 얼마 전 도서관에서 그것을 찾아 읽어보았다. 하지만 이야기의 주인공은 눈의 여왕이 아니었다. 눈의 여왕은 기쁨이나 슬픔을 느끼지 못한다. 그런 인물은 어떤 이야기에서도 주인공이 될 수 없을 것이고, 미아는 눈의 여왕이 주인공이 아닌 이야기를 좋아하지 않을 것 같다. 한편으로 나는 카이를 찾아가는 게르다의 기나긴 여정이 무슨 의미가 있는지 알 수 없었다. 게르다는 오로지 직진한다. 여러 가지 장애물이 있고, 때로는 목숨이 위험하지만 결국에는 카이를 찾아낸다. 그리고 둘은 집으로 무사히 돌아온다. 그런 이야기. 하지만 나는 게르다가 길을 잃고, 어딘가에서, 지난 것들을 망각하면서 나이 들어가는 이야기를 상상한다. 한때 내게 카이라는 친구가 있었지, 근데 이름이 정말 카이였던가, 파이였던가, 그렇게 중얼거리면서. 나는 때때로 미아에게 한국어로는 '미아'라는 단어가 잃어버린 아이를 뜻한다는 것을 말해주고 싶다는 충동에 사로잡히지만, 하지 않는다.

오페어를 시작하기 전 한 달 동안 청소 일을 했다. 한인 사이트에서 새벽 두 시간 동안 하는 호텔 청소 일을 구했다. 누구도 만나지 않고 혼자 하는 일이라는 점이 좋았다. 막상 가보니 그곳은 호텔이 아니라 불법 마사지 업소였다. 나는 그렇다는 것을 알고도 일을 시작했다. 룸은 전부 네 개였고, 방마다 커다란 침대와 커다란 욕조가 있었다. 그리고 투명한 유리로 된 샤워 부스가 하나씩 있었다. 그것뿐이었다. 나는 그 샤워 부스들이 더 투명해지도록 닦았다. 그리고 부엌 냉장고에서 초콜렛이나 라자냐 조각 같은 것을 훔쳐먹었다. 대기실이라고 할 만한 작은 방에는 커다란 소파와 커피 테이블이 있었다. 그 위에는 재떨이와 성인잡지 두세 권이 놓여 있었다. 그리고 또 다른 방이 하나 있었다. 그곳에서 일하는 여자들이 쉬는 곳이었다. 방 안에는 커다란 매트가 여러 개 깔려 있었고, 그 위에는 누군가 빠져나온 모양 그대로 이불이 놓여 있었다. 작은 텔레비전과 '호주 100배 즐기기' 같은 제목의 관광 가이드북, 벗어던져 놓은 알록달록한 수면 바지들도 있었다. 나는 이불을 개고, 과자 껍데기와 부스러기를 치우고, 머리카락을 청소기로 빨아들였다. 어느 날 새벽, 그 방을 청소하러 들어갔을 때 거기 여자들이 있었다. 여자들은 얼굴 위로 이불을 덮어쓰고 자고 있었다. 대여섯 개의, 동그랗고 검은 정수리들이 이불 밖으로 삐져나와 있었다. 나는 조용히 문을 닫았다. 그리고 2주 뒤에 그 일을 그만두었다.

오늘 아침 나는 처음으로 늦잠을 잤다. 급히 계단을 뛰어 내려오니 미아는 이미 떠나고 없었다. 싱크대에서 그릇을 씻던 랜든이 날 보고 헤이, 어젯밤에 뭐 했어, 하고 말한다. 미아에게 하는 것처럼, 랜든이 시리얼 그릇과 숟가락을 아일랜드 식탁에 올려놓는다. 그걸 가리키며 나? 묻자 랜든은 너, 하고 대답한다. 고마워. 나는 의자에 앉아 알록달록한 후르트링 위에 우유를 붓는다. 미아가 가장 좋아하는 시리얼이다. 한 입 뜨다 말고 나는 내가 눈곱조차 떼지 않았다는 데 생각이 미치고, 얼굴이 붉어진다. 오늘 저녁은 밖에서 먹을까? 랜든이 대수롭지 않게 말한다. 그래, 나는 대답한다. 일을 시작하고 한동안 랜든과 나는 별다른 이야기를 나누지 않았다. 저녁을 먹는 동안에만 잠시 대화를 나누고, 상을 치우고 나면 나는 재빨리 방으로 올라갔다. 그와 단둘이 남게 되는 상황을 만들지 않으려고 했다. 미아를 재우는 것은 랜든의 몫이었다. 그래서 나는 주로 방에서 혼자 책을 읽거나 노트북으로 드라마를 보며 맥주를 홀짝였다. 가끔 미아가 방에 놀러 올 때도 있었다. 미아는 내 곁에 엎드려 자신도 책을 읽거나 그림을 그리거나 했다. 한번은 재미 삼아 미아에게 한국 노래를 들려준 적이 있다. 아이돌 그룹의 곡들과 다른 장르의 노래들을 몇 곡 들려줬는데, 미아는 엎드린 채 다리를 흔들며 열심히 들었다. 그러더니 심수봉 노래가 제일 좋다고 말했다. '그때 그 사람'이라는 곡이었다. 그게 왜 좋냐고 묻자 미아는, 목소리가 슬퍼, 하고 말했다. 그래, 나도 그래서 좋아해. 나는 동의했다.

니콜이 미아를 데려간 어느 주말이었다. 나는 그날도 하루 종일 밖에서 시간을 보내다가, 저녁 시간이 지난 뒤에야 집으로 돌아갔다. 랜든은 거실 소파에 눕듯이 기대 앉아 텔레비전을 보고 있었다. 헤이, 랜든이 인사한다. 좋은 하루 보냈어? 응, 너는? 랜든은 대답이 없었다. 나는 냉장고에서 캔맥주를 하나 꺼냈다. 계단을 올라가려던 나를 향해 랜든이 말했다. 주이, 같이 마실래? 그러지 뭐, 하고 나는 주뼛거리며 맥주를 하나 더 꺼내러 냉장고로 다가갔다. 랜든은 벌떡 일어나 성큼성큼 나를 앞질러 가서는, 냉장고에서 맥주를 꺼낸 뒤 내 손이 닿지 않는 높은 선반을 열고 감자칩 한 봉지를 꺼냈다. 랜든은 배가 제법 나왔다. 잔디를 깎아서인지 팔뚝은 튼튼하지만 몸매는 전형적인 아저씨 느낌이다. 감춰놨어. 미아 때문에? 아니, 랜든이 낄낄 웃는다. 니콜이 싫어해서. 배 나왔다고. 나도 따라 웃는다. 이제 여기다 이렇-게 쌓아둘 거야. 랜든이 커피 테이블 위에다 과장된 손짓으로 언덕 모양을 만들며 말했다. 랜든은 농담하는 걸 좋아한다. 재미없는 농담을 하고서는 내가 영어를 못해서 이해를 못한 거라 우기곤 했다. 랜드과 나는 보타닉 가든의 박쥐에 대해서, 헌책방서 사온 모르는 작가의 책에 대해서, 크리스마스에 미아에게 줄 선물에 대해서 이야기한다. 그날부터, 미아가 잠든 후에 우리는 함께 맥주를 한 캔씩 마셨다. 두 캔이 될 때도 있었고 가끔은 와인일 때도 있었다. 랜든은 나의 과거에 대해서도, 미래에 대해서도 묻지 않았다. 오늘 미아와 뭘 했는지, 뭘 먹고 보았는지,

서로 무슨 이야기를 했는지 그런 것들만을 물었다. 그래서 나도 생각하지 않는다. 돌아가야 할 날이 얼마 남지 않았다는 것도, 혹은 K나 거위에 대해서도, 아무것도. 나 역시 랜든에게 아무것도 묻지 않는다.

랜든이 일터로 떠난 뒤, 나는 샤워를 하고 내가 가진 유일한 원피스를 입어 보았다. 연하늘색의 민소매 원피스. 호주로 올 때 나의 다짐은 하나였다. 짐을 늘리지 말자. 나는 24인치 노란색 캐리어 하나에 모든 짐을 꾸렸다. 회사에 사표를 낸 뒤, 얼마간은 퇴근해서 잠들기 전까지 내가 가진 물건들을 하나씩 살펴보며 그것들의 운명을 결정했다. 대개는 버려졌고, 나머지는 상자에 넣어 부모님 집으로 보내졌다. 옷이라고 해봐야 티셔츠 다섯 장과 청바지 세 벌이 전부였다. 원피스를 챙길까 말까 한참 고민하다가, 혹시 그런 옷을 입어야 할 자리에 가게 될까 싶어 챙겨 넣었지만 그런 일은 없었다. 나는 한참 동안 거울 속의 내 모습을 들여다보았다. 떠나오기 전보다 얼굴에 살이 올라 있었다. 매일같이 공원에 다녀와서인지 피부도 제법 어두워져서 원피스 색깔과는 어울리지 않았다. 나는 원피스를 입은 채 청소기를 돌리고 설거지를 했다. 그러다 혼자 실없이 웃었다. 나는 방으로 올라가 원피스를 벗고, 도로 티셔츠와 청바지로 갈아입었다.

눈의 여왕의 마지막 이야기. 여왕은 카이에게 말한다. 어떤 단어를 말하거나 쓰면 이곳을 떠날 수 있다고. 하지만 카이는 무언가를 바랄 수도 없이 마음이 얼어붙어 있고, 그래서 그 단어가 무엇인지를 알아내려고 하지도 않는다. 그저 얼음 조각을 쌓으며 놀 뿐이다. 게르다의 눈물에, 마침내 심장에서 얼음 조각이 빠져나온 뒤에야 그는 그 단어가 무엇인지 깨닫게 된다. 그건 바로 '영원'이라는 단어였다. 나는 왜 다른 것이 아닌 바로 그 단어인지, 이유를 생각해보려고 애쓰지만 답을 얻지 못한다. 그 단어의 정확한 의미조차 알 수 없다. 미아, 영원하다는 게 무슨 뜻인지 알아? 나는 내 팔뚝에 머리를 기대고 앉은 미아에게 묻는다. 팔뚝이 동그랗게 따뜻하다. 미아는 고개를 가로젓는다. 그게 뭔데? 미아가 되묻는다. 나도 몰라. 내가 대답한다. 미아는 더는 궁금해하지 않고, 대신 해가 빨리 졌으면 좋겠다고 말한다. 나는 미아에게 크리스마스 선물로 뭘 원하는지 물어보려다가, 그만둔다. 비밀은 비밀로. 이루어지지 않은 소원 역시 미아만의 것. 주이, 엘사 드레스로 갈아입고 싶어. 미아가 말한다. 나는 미아를 데리고 집으로 간다. 오늘도 날씨는 거짓말처럼 맑아서, 시드니 하버 근처 카페는 사람들로 북적거린다. 갈매기들이 바닥에 떨어진 샌드위치 부스러기를 주워 먹느라 잔뜩 모여 있다. 해가, 서서히 바다를 붉게 만든다. 그 광경을 바라보며 걷는 동안 미아는 아무 말이 없다. 미아는 어떤 단어를 생각하고 있는 것일까.

집에 도착하자마자 미아는 방으로 뛰어들어 간다. 나는 그 애를 뒤따라가서, 드레스를 입는 걸 도와준다. 그리고 머리카락을 엘사처럼 하나로 엮어준다. 미아는 만족스럽게 거울을 들여다본다. 주이는 드레스 없어? 미아가 묻는다. 응, 없어. 나는 대답한다. 미아는 자신의 보석함 뚜껑을 열고 잠시 고민하다가, 플라스틱 보석이 나란히 세 개 박혀 있는 머리핀을 꺼낸다. 내 티셔츠와 똑같은 녹색이다. 미아는 그것을 내 머리에 끼워준다. 나는 가만히 앉아서 미아의 손길을 느낀다. 따뜻하고, 간지럽다. 미아는 내 얼굴 앞에 장난감 거울을 들이민다. 나는 그것을 들여다본다. 예쁘지? 미아가 묻는다. 응, 나는 말한다. 그때 차고의 셔터가 올라가는 소리가 났다. 아빠다, 하고 미아가 달려나간다. 나는 정수리에 우스꽝스럽게 꽂혀 있는 핀을 빼내려다가 그냥 내버려 둔다. 잘 어울리네, 랜든이 나를 보자마자 말한다.

어둑해져 가는 거리를 나란히 걷는다. 하늘에는 손톱 달이 희미하게 떠 있다. 마틴 스트리트에 접어들자 민소매를 입은 산타가 우리를 반긴다. 미아가 까르르 웃는다. 멀리서 노랫소리가 들려온다. 노란색 반팔 티셔츠를 맞춰 입은 중창단이 크리스마스 캐럴을 부르고 있다. 가까이 다가가자 산타 모자를 쓴 아주머니가 작은 종이를 건넨다. 거기에는 몇 곡의 캐럴

가사가 적혀 있다. 내가 모르는 곡도 있었다. 길을 가던 사람들이 중창단 앞에 멈춰 서서 함께 노래를 부른다. 우리도 잠시 거기 머문다. 랜든이 미아를 한쪽 팔로 안아 올린다. 그는 군가를 부르듯이 나머지 한쪽 팔을 힘차게 흔들면서, 중창단 전체를 합친 것보다 더 커다란 목소리로 캐럴을 따라 부른다. 술에 취한 해적 같다. 미아도 열심히 입을 벙긋거린다. 머리 위로 전구 불빛이 하나둘씩 켜지기 시작한다. 미아는 입을 다물고, 그것을 가만히 올려다본다. 불빛 아래 사람들은 하나같이 즐거워 보인다. 한여름의 크리스마스.

중창단은 이제 '고요한 밤 거룩한 밤'을 부른다. 그 순간, 미아가 울기 시작한다. 푸른 눈동자에서 눈물방울이 뚝뚝 떨어져 내린다. 허니, 왜 울어. 랜든이 미아를 품에 안는다. 미아는 랜든의 어깨에 머리를 묻고 훌쩍거린다. 랜든이 당혹스런 얼굴로 미아를 어른다. 미아, 엄마 보고 싶어? 엄마도 같이 있었으면 좋겠구나, 응? 그러자 미아가 고개를 천천히 가로젓더니 말한다. 너무 아름다워. 랜든이 눈을 크게 뜨고 나를 본다. 그리고 입모양으로 말한다. 들었어? 기특해서 견딜 수 없다는 표정이다. 응. 나는 미소지으며 고개를 끄덕인다. 랜든은 미아를 더 안을 수 없이 꼭 끌어안는다. 그 순간 나는 몸 어딘가에 박혀 있던 얼음 조각이 씻겨 나간 것처럼 느꼈다. 그리고 영원이라는 단어가 무엇인지 알았다. 그건 멈췄던 시계가 다시 움직인다는 뜻. 모든 것에는 끝이 있다는 걸 안다는 뜻.

우리는 말 없이 쏟아지는 불빛을 한동안 올려다보았다.

방공호

X는 두 마리의 고양이를 키운다. 레오와 라라. 레오는 성격이 무난하고 덩치가 좋은 수컷 고등어다. 처음 보는 사람에게 다가와, 양해도 구하지 않고 당당하게 무릎을 차지한다. 라라는 네 발 모두에 하얀 양말을 신은 암컷 턱시도. 길에서 살던 기억을 떨치지 못해 늘 사료를 급하게 먹고 절반을 도로 토한다. 그래서 앙상하게 뼈가 만져진다. 나는 종종 고양이들을 봐주러 X의 집에 들르곤 했다. 레오는 처음 봤을 때부터 내 다리에 몸을 감았지만, 라라는 아직도 꼬박꼬박 하악질을 한다. 그렇지만 나는 라라에게 더 마음이 간다. 나는 라라를 데리고 방으로 들어가 문을 닫고 녀석에게만 간식 하나를 더 주곤 한다. 레오는 X가 직접 길에서 구조했다. 홀로 버려진, 눈

을 막 뜬 갓난쟁이였을 때도 레오는 X에게 먼저 뒤뚱거리며 다가왔다고. 레오를 데리고 동물병원에 갔을 때 거기 라라가 있었다. 누군가 병원 문 앞에 두고 갔다고 했다. 한 달 뒤 레오의 예방접종을 위해 병원을 다시 찾았을 때, 라라는 여전히 거기 있었고 X는 결국 라라를 데려오고 말았다고.

고양이를 두 마리나 키우는 사람치고 X는 자주 집을 비우는 편이었다. 러시아를 주로 상대하는 자동차 부품 무역업체에서 일하는 X는, 이번에는 주말을 포함해 일주일 정도 집을 비울 거라고 했다. X는 워낙 지인이 많아 고양이를 봐줄 친구들이야 여럿 있겠다 싶은데도 내가 항상 리스트의 첫 순번이었다. 아마 내가 유일한 프리랜서이기 때문일 것이다. 프리랜서라는 게 시간이 남아돈다는 뜻은 아니라고 몇 번이나 말해도 X는 그때마다 대꾸한다. 알아, 근데 너는 남아돌잖아, 시간. X는 그렇게 정곡을 찌르는 말을 잘 한다. 나는 결국 매번 임시 집사 직을 수락하고 만다.

대학 시절 X의 집은 주막으로 불렸다. X는 현관문을 잠그지 않고 살았다. 여자 혼자 사는데 위험하지 않을까 생각해도, 그곳에는 언제나 적어도 세 명 이상의 인간들이 있었다. X와 내가 속해 있던 영화 동아리 사람들과 노문학과 사람들, 술집에서 사귄 사람들까지 모두 그 집을 제집처럼 들락거렸다. 처음 만나는 사람들도 그곳에서 친구가 되었다. 누군가는 커플이 되기도. 그 집에 있는 유일한 방에는 늘 이불이 펼쳐져 있었고, 방이 만원일 때 어디서든 잘 수 있도록 침낭이 세 개 정도 구비되어 있었다. 부엌에는 항상 솥째 끓여놓은 북엇국이 있었고, 냉장고에는 술이 종류별로 있었다. 그런 곳이었다. 취해서 가면 술이 깨서 나오고, 제정신으로 가면 술에 취해야만 나올 수 있는 도깨비 주막. X의 별명은 주모였다. 비둘기 슈퍼 2층에 있던 그 집에서, 나 역시 내 자취방에서보다 많은 밤과 낮을 보냈다.

신발장 위에는 빔프로젝터를 위한 성금 모금함이 있었다. 머리에 하얀 꽃을 달고 있는 커다란 돼지 저금통이었다. 거기 들락거리는 사람들은 숙박료 조로 주머니에 있는 동전을 죄다 거기 털어놓고 나오곤 했다. 그렇게 할 때까지 X가 지켜보고 서 있었다. 저금통이 꽉 차서 개봉했을 때, 만원 짜리 지폐가 꽤 나와서 놀랐다. 술에 취하면 사람들이 관대해지는 것인지, 등 뒤에서 지켜보고 서 있던 X 때문인지는 모르겠지만. 그렇게 저금통을 몇 차례 털어 마침내 중고 빔 프로젝터를 샀고, 창고로 쓰는 옥탑방 외벽에 불빛을 쏘아서 토요일 밤이면 희귀 영화를 상영했다. 동아리 사람들이 수소문해 구해온 영화들이었다. 국내 개봉하지 않은 타르코프스키나 켄 로치의 작품들, 몬티 파이선의 코미디물도 있었고, 수위 높은 일본 공포물 따위도 있었다. 다들 맥주를 콸콸 들이켜며 담배 연기를 내뿜어대서 옥상 위로 거대한 연기구름이 형성되곤 했다. 그런 밤이면 맥주 서너 박스는 거뜬히 팔 수 있어서 주인집인 비둘기 슈퍼 내외도 좋아했다.

딱히 그 시절을 그리워하는 것은 아니지만, 그래도 가이 매딘의 영화만큼이나 희귀한 시절이었던 것만은 분명하다. 비둘기 슈퍼와 X의 집이 사라지고, 거기 상가 건물이 새로 들어섰다는 얘기를 들었을 때 우리는 꼼짝없이 또 취하고 말았다. 이제 X는 예전 그 집에서 버스로 한 시간도 넘게 떨어진, 서울 근교에 있는 아파트에서 살고 있다. 제법 평수가 넓고 방이 세 개나 되는 신축 아파트였다. 혼자 살면서 왜 그렇게 넓은 집을 구했냐고 묻자 X는 누가 언제 올지 모르잖아, 하고 대답했다. X의 집 비밀번호를 알고 있는 사람이 전부 몇 명인지는 나도 모른다. 비밀번호가 X의 메신저 프로필에 적혀 있었으니까. 하지만 내가 그 집에 고양이를 봐주러 가 있는 동안 난데없이 쳐들어오는 방문객은 하나도 없었다. 단지 마주치지 못했을 뿐인지도 모르지만. 방 세 개 중 침실을 제외한 나머지는 모두 고양이들 차지였다.

나는 X의 집까지 지하철로 20분 정도 걸리는 서울 끄트머리에 산다. X가 집을 비울 때면 주로 이틀에 한 번 정도 들러 고양이들에게 밥과 물을 챙겨주고, 화장실을 치워주는 정도였는데 이번에는 아예 작은 캐리어에 짐을 꾸려 건너왔다. X

가 없는 동안 처리하고 싶은 일이 있었기 때문이다. 이 집에는 모든 물건이 모든 곳에 있었다. 원하는 걸 찾는 것보다 나가서 사 오는 게 빨랐다. 아일랜드 식탁 위에 놓여 있는 커다란 선인장에는 고양이 털이 끼어 있었다. 침대 시트는 말할 것도 없었다. 공기청정기 필터에도 털이 가득했고, 라라의 토사물이 집안 여기저기에 굳어 있었다. 나는 이번 기회에 X의 집을 대대적으로 청소해야겠다고 생각했다. 종량제 봉투 두 묶음을 사고 라벨 메이커까지 챙겼다. 내가 뭘 버려도 X는 자기가 그걸 갖고 있었는지도 모를 것이 분명했다.

X는 고양이들에게 시간을 쏟지 못하는 게 미안해서 지갑으로 고양이들을 키웠다. 커다란 캣 타워며 캣 휠이 방마다 있었고 화장실만 해도 다섯 개나 되었다. 어디를 가도 각종 장난감이 발에 채였으며, 골판지로 된 스크래처에서는 종이 부스러기가 끝없이 생성되었다. 냉장고 안에는 유통기한이 지나지 않은 식품이 하나도 없을 정도였다. 정체불명의 액체가 담긴 유리병들이 한 칸을 다 차지하고 있었고, 청양고추나 생강 따위가 미라처럼 말라 있었다. 냉동고에는 웬 아이스 팩만 가득했다. 사람이 먹을 거라곤 없는데도 선반에는 고양이 간식과 캔 사료가 차곡차곡 쌓여 있었다. 그리고 위스키 병들이 잔뜩 있었다. 나이가 들고 돈을 벌기 시작하면서 X는 싱글 몰트 위스키에 맛을 들였다. 잘은 모르지만 맥캘란 21년 파인

오크, 발베니 21년 포트우드 등 제법 값비싸 보이는 것도 여러 병 있었다. 누군가 그 병을 다 비우고 떠난대도 화낼 X는 아니었지만, 다행히 나는 비싼 위스키에는 취미가 없었다.

거실에 아주 커다란 창문이 있는 것은 좋았다. 거리의 소음 때문에 창문을 열어두기는 어려웠지만, 어느 때고 창밖으로 북한산의 절경을 볼 수 있었다. 거실만 조금 깨끗해진다면 작업을 하기에도 나쁘지 않은 곳이었다. 창문 앞에 어떻게 집 안에 들였는지 모를 거대한 알로카시아 화분이 하나 있었다. 천장에 닿도록 잎이 자라 있었다. 가뜩이나 복잡한 거실에 크게 한 자리를 차지하고 있기는 해도 짙푸른 녹색이 보기 좋았다. 그 밖에 의자가 여섯 개 들어가는 커다란 테이블이 하나 있었다. 나는 집 안을 싹 치우고, 그 커다란 테이블에 앉아 모닝커피를 마시며 작업을 하는 내 모습을 상상했다. 이따금 고개를 들어 창밖 풍경을 바라보고, 고양이들은 내 곁에서 평화롭게 잠들어 있는 장면을. 내가 사는 원룸은 하루 종일 들어앉아 있기에는 갑갑해서, 나는 일하기 좋은 카페를 찾아 전전하곤 했지만 자주 실패했다. 물론 이곳이 일하기에 최적의 공간이 된다 한들, 한동안 일 없는 기간이 계속되고 있었다. 일어일문학과 출신인 나는 외주로 번역 일을 하는데, 일을 구하기가 점점 더 어려워지고 있었다. 일본에 가본 적도 없는 나 같은 얼치기 전공자들이 지금도 계속 배출되고 있을 테니 말이다. 내가 경력을 이어온 것도 어찌 보면 운이 좋았다고 할 수밖에. 석 달째 아무런 의뢰가 들어오지 않았고, 그래서 X집 대청소라도 하자는 마음으로 여기 온 것이다.

사춘기 시절부터 엑스 재팬의 광팬이었다. 히데에게 청혼하기 위해 독학으로 일본어 공부를 시작했다. 하지만 고등학교 2학년이 끝나갈 무렵 엑스 재팬이 해체했고, 이듬해 히데가 세상을 떠났다. 나는 시름에 빠져 고3 시절을 허우적대며 보냈다. 이제 다시는 누구에게도 마음을 주지 않을 거라 다짐하면서. 그러다 수능날이 왔다. 1교시 1번 문제부터 망했다는 걸 알았지만, 시험장을 뛰쳐나가지는 않았다. 꾸역꾸역 버티다가 마지막 제2외국어 시험 시간이 왔다. 그때 깨달았다. 엑스 제팬과 히데가 내게 남긴 것은 일본어밖에 없다는 것을. 그렇게 한 시절이 끝났다는 것을. 나는 대기 번호를 받아 겨우 일본어학과에 입학했다. 그리고 X를 만났다.

1학년 학생 모두가 들어야 하는 교양 영어 시간이었다. 매시간 무작위로 짝을 지어 함께 대화를 짜고, 그걸 한 차례씩 돌아가며 전부 발표해야만 끝나는 수업이었다. 한 달쯤 지났을까, X와 짝이 되었다. 그날의 주제는 '내가 좋아하는 스타'였다. 나는 엑스 재팬의 히데를 좋아했었어, 라고 과거형으로 말했다. X는 깜짝 놀라며, 나는 타이지를 좋아해, 하고 현재형으로 말했다. 당시만 해도 엑스 재팬의 팬들이 세상에 널려 있었으니까 크게 놀랄 일은 아니었지만. 우리의 발표는 엑스재팬의 파란만장한 일대기와 요시키에 대한 성토로 이어지다가 선생님의 저지를 받고 끝났다.

그때부터 X와 붙어 다녔다. 영화 동아리에 들어가게 된 이유도 별 게 아니었다. 봄 축제 마지막 날 영화 동아리에서 여는 일일 호프에 함께 발을 들였다가 그대로 밤을 지새고, 다음 날 아침 천막 철거를 돕고 있는 스스로를 발견했을 뿐이다. X와 나 사이에는 엑스재팬의 팬이라는 점을 제외하면 공통점이 거의 없었다. 나는 서울 토박이로 자랐고, X는 스무살이 되기 전까지 서울에는 와본 적도 없었다. 집에서 용돈을 받아 지내던 나와는 달리 X는 과외를 세 개나 뛰었다. 나는 하루키를 좋아했고 X는 도스토예프스키를 좋아했다. 애를 써야 누군가를 사귈 수 있었던 나와는 달리, X는 모르는 이와 쉽게 친구가 되었다. 나에겐 X밖에 없었고, X는 모두에게 있었다. X와 나는 히데와 타이지만큼 달랐지만, 결국에는 마찬가지였다. 타이지는 X가 서른 한 살이 되던 해 죽었다.

첫째 날에는 일단 냉장고를 비웠다. 음식 쓰레기봉투가 작은 것뿐이어서 다섯 꾸러미나 나왔다. 둘째 날에는 사계절 옷이 뒤섞여 있는 빨래통을 비우기 위해 종일 세탁기를 돌렸다. 삼 일째 되는 날이었다. 내가 고양이 화장실을 분해해 욕실에서 스펀지로 문지르고 있을 때였다. 삑삑삑삑, 하고 현관 비밀번호 누르는 소리가 들렸다. 나는 잠시 얼어붙었다가, 밖으로 튀어 나갔다. 그러자 거기 X와 똑같이 생긴 여자가 있었다. 여자가 나를 보고 어깨를 들썩이며 놀랐다. 앗! 깜짝이야. 여자가 소리를 지르더니 가슴에 손을 얹고 숨을 골랐다. 짧게 자른 단발머리에 꽃무늬 원피스를 입고 있었다. 커다란 녹색 캐리어를 끌고 있어서, 휴가라도 온 모양새였다. 누구세요? 여자가 나를 똑바로 쳐다보며 물었다. 내가 물어야 할 질문 같았지만, 나는 그녀가 X의 여동생이라는 것을 단번에 알았다. X에게 한 살 어린 여동생이 있다는 건 알고 있었지만 그뿐이었다. X는 다른 사람들의 하소연은 전부 들어주면서도 자신의 개인사는 잘 이야기하지 않는 타입이었다. 내가 아는 거라곤 X의 아버지가 돌아가셨다는 것, 어머니와 여동생이 고향 집에서 함께 살고 있으며, 여동생의 직업이 어린이집 교사라는 것 정도였다.

고양이 봐주러 왔는데요. 친군데요. 내가 더듬거리며 말했다. 언니 없어요? 동생이에요. 여자가 말했다. 출장 갔는데. 모르고 오셨구나. 내가 말했다. 뭐, 잘됐네요, 여자가 후후 웃었다. 그러고는 일러주지 않았는데도 현관 앞에 놓여 있던 실내용 슬리퍼를 신었다. 어두운 현관에서 환한 집 안으로 들어서자 여자의 얼굴에 땀이 송글송글 맺혀 있는 게 보였다. 지하철역부터 이거 끌고 오느라 죽는 줄 알았어요. 여자가 손등으로 땀을 훔치며 말했다. 공들여 한 듯한 화장이 얼룩져 있었다. 와, 풍경 죽이네. 여자가 창밖으로 펼쳐진 풍경을 보며 말했다. 여자는 죽는다는 말을 많이 쓰는 것 같았다. 처음 와보거든요. 여자가 테이블 의자 위에 털썩 소리를 내며 앉았다. 처음이요? 내가 되물었다. X한테 온다고 얘기는 했어요? 그러자 여자가 고개를 저었다. 말하면 못 오게 할 거라서요. 왜요? 원래 그래요. 예전에 살던 집도 한 번밖에 못 가봤어요. 그런 얘기를 들으니 의외였다. X의 집에 자유롭게 드나들 수 없는 인간이 존재한다는 것도, 게다가 그게 엄마와 여동생이라는 것도.

나는 손에 끼고 있던 고무장갑을 벗었다. 뭐, 하고 계셨어요? 여자가 물었다. 저, 고양이 화장실을… 진짜 더럽죠? 하고, 내 말을 끊으며 여자가 말했다. 나는 정수기에서 물 한 잔을 따라다가 여자에게 건넸다. 여자는 며칠 동안 탈수에 시달렸던 사람처럼 그것을 벌컥벌컥 남김없이 마셨다. 테이블에 컵을 내려놓고 여자가 말했다. X가 대학에 가기 전까지 둘이서 한방을 썼다고. X가 하도 너저분해서, 방을 정확히 반으로 갈라 청테이프로 천정부터 벽을 타고 바닥까지 선을 그어 놨는데 언제나 X의 물건이 선을 넘어 삐져나와 있었다고 했다. 그럴 때면 그게 뭐든지 간에 선 너머로 뻥뻥 차버렸다고. 뭔가 잘못됐다니까요. 여자가 손가락으로 자기 머리를 톡톡 치며 말했다. 여자는 말이 많은 것 같았다. 말투에 사투리 억양이 짙게 배어 있었다.

라라는 어디에 있는지 보이지 않고, 레오가 나타나 여자의 다리를 감았다. 어쩐다고 고양이는 두 마리나 키워. 여자가 말했다. 그러더니 아참, 하고 현관으로 뛰어갔다. 그리고 끙 소리를 내며 캐리어를 집 안으로 들여왔다. 이거 냉장고에 넣어야 해요. 여자가 캐리어를 펼치자 음식 냄새가 확 풍겨왔다. 여자가 자리에 털썩 주저앉더니, 캐리어에서 비닐봉지에 쌓인 것들을 하나씩 끄집어내기 시작했다. 냉장고를 비워놓아서 다행이었다. 킁킁대며 냄새를 맡던 레오가 캐리어 안에 빈 공간이 생기자 그 안으로 쏙 들어갔다. 어머, 얘 웃기네. 여자가 웃었다. 나는 뭔가를 포기하는 심정으로 아일랜드 식탁에 딸린 스툴에 엉덩이를 대고 앉았다. 그러자 무슨 친구예요? 학교 친구? 하고 여자가 물었다. 네, 하고 나는 고개를 끄덕였다. 점심은 드셨어요? 아뇨, 아직. 여자는 질문도 많은 것 같았다. 여자가 봉지에서 플라스틱 통을 꺼내 뚜껑을 열었다. 깻잎 장아찌에요. 양념으로 촉촉한 깻잎 장아찌였다. 군침이 돌았다. 이건 간장게장, 이건 갈비찜. 여자가 반찬통 뚜껑을 하나하나 열어 속에 든 것을 내게 보여주었다. 배가 고파왔다. 엄마가 다 만드신 거예요. 근데 밥 있어요? 여자가 물었다. 햇반은 있어요. 내가 대답하자 여자가 말했다. 밥 먹을래요? 배고파 죽겠어요.

여자와 나는 햇반 하나씩을 먹고 하나를 더 데워 절반씩 나눠 먹었다. 전라도 음식이 맛있다더니 정말이었다. 나는 밥 한 공기를 더 비울 수 있을 것 같았지만 초면이라 참았다. Y예요. 여자는 자신의 이름을 말했다. 휴가예요? 내가 물었다. Y가 반쪽으로 잘린 게의 몸통을 와그작 깨물더니 고개를 저었다. 이윽고 Y는 손가락을 쪽쪽 빨더니 말했다. 휴가는 아니고, 관뒀어요. 나는 뭐라고 해야 할지 몰라 그래요, 하고 대꾸했다. 십 년 동안 쉬지 않고 일했거든요. 휴가도 제대로 한 번 못 갔어요. 좀 쉬어야지 싶어서. 나는 고개를 끄덕였다. 며칠 묵을 거면, 난 집에 갈게요. 가깝거든요. 내가 말하자 Y가 잠시 머뭇거리더니 말했다. 아직 안 정했는데… 근데 꼭 가야 해요? 뭐, 꼭 가야 하는 건 아니지만, 하고 내가 얼버무리자 Y가 말했다. 그럼 그냥 계세요. 방도 많은데. 혼자 있기 심심해요.

내가 설거지를 하는 동안 Y는 샤워를 한다며 욕실에 들어가 한참을 나오지 않았다. 나는 아침에 걷어놓은 이불과 매트리스 커버를 세탁기에 돌렸다. 욕실 문이 열리고 Y가 화장기 없는 얼굴로 나타났다. 이거, 마저 닦았어요, Y가 말했다. 함께 햇볕이 드는 거실 창틀에 고양이 화장실을 나란히 세워 놓았다. 그때 저는 좀 자야겠어요, 하고 Y가 졸린 목소리로 말했다. 이불이 없다고 얘기하려는 찰나 Y는 침실 문을 닫고 안으로 들어가 버렸다. 나는 집 안에 있는 서랍장을 하나씩 뒤집어 안에 들어 있는 잡동사니를 한데 모았다. 실핀과 클립이 오백 개 정도 나온 것 같았다. 그것들을 분류하다 보니 어느덧 해가 넘어가고 있었다. 나는 하던 일을 그만두고 침실 문을 살짝 열어보았다. Y는 어두워져 가는 방 안에서, 매트리스 위에 아기처럼 몸을 접고 양손을 무릎 사이에 넣은 채로 잠들어 있었다. 나는 어제 빨아서 말려 놓은 담요를 걷어다 Y에게 덮어주려고 했다. 그러자 Y가 깨어났다. 뭐야, 벌써 저녁이에요? 나는 왠지 쑥스러워졌다. Y가 몸을 일으키더니 이제 저녁 먹어야지, 하고 중얼거렸다. 먹고 자고, 먹고 자고, 이런 게 휴가죠.

X의 어머니가 보내주신 반찬들로 또 한차례 거나하게 저녁을 먹고, 이번에는 Y가 설거지를 했다. 물소리와 접시가 달그락거리는 소리만이 집 안에 울려 퍼졌다. 나는 잡동사니 분류를 계속하며, 이 넓고 고요한 집 안에서 혼자 밥을 먹고, 혼자 설거지를 하는 X를 떠올렸다. 나도 혼자 사는 건 마찬가지였지만 X의 집은 넓어서 더 괴괴하게 느껴지는 듯했다. 그때 설거지를 마친 Y가 위스키병을 하나씩 들어보면서 말했다. 글램오렌지? 이건 오렌지 맛인가? Y가 혼자 중얼거렸다.

아닐걸요. 내가 웃으며 말했다. Y는 위스키 뚜껑을 열고 냄새를 맡아보더니 웩, 하고 코를 쥐었다. 소독약 냄새! 그러면서도 유리잔을 하나 꺼내서는 위스키를 조금 따랐다. 한 모금을 마시더니 얼굴을 잔뜩 찡그렸다. 이걸 무슨 맛으로 먹지? 나도 모르겠어요. 내가 말했다. 같이 마셔볼래요? Y가 말했다. 나는 고개를 저었다. 난 맥주 마실게요. 내가 말했다. Y는 잔을 들고 선반을 뒤지기 시작했다. 안주가 없네? 최고의 안주는 물이랬어요. 내가 말했다. 그래요? Y는 잔을 들고 테이블 의자에 가서 앉았다. 나는 냉장고에서 캔맥주를 하나 꺼내 Y 앞에 마주 앉았다. 어색한 침묵이 흘렀다. 나 혼자만 어색하게 느낀 것인지도 모른다. 언니랑 진짜 많이 닮았어요. 침묵을 깨고 내가 말했다. 그러자 Y가 고개를 끄덕였다. 그쵸, 예전에 같이 다니면 쌍둥이냐고 했어요. 근데 성격은 정반대예요. 언니는 뭐랄까, 엄마랑 똑같아요. 우리 집도 진짜, 대문이 없거든요. 동네 아줌마들이 다 와서 밥 먹고 낮잠 자고 화투 치고 간다니까요. 울 엄마는 옛날부터, 동냥하러 온 사람한테도 진수성찬을 차려줬거든요. Y가 말했다. 나를 대하는 Y의 경계 없는 태도를 보아서는, Y도 엄마를 닮은 것 같았다. 말이 많은 건 X와 정반대기는 했다.

언니는 엄마가 그러는 걸 진짜 싫어했어요. 여기가 무슨 무료 급식소야! 하면서. 지겹다고, 학교만 졸업하면 집 떠날 거라고, 얼마나 그랬는지 몰라요. 언닌 고등학교 때부터 알바를 했어요. 서울 가서도 달마다 꼬박꼬박 몇십만 원씩 부치는 거예요. 그래서 엄마랑 나는 언니가 서울 가서 공부하고 일까지 하느라 얼마나 고생하나 싶었죠. 그래서 제가 반찬 같은 거 바리바리 싸 가지고 한 번 올라간 거예요. 수능 치고 나서, 예전에 언니 살던 집 있잖아요, 슈퍼 있던 데. 나는 고개를 끄덕였다. 거기를 찾아갔죠. 깜짝 놀래주려고 연락을 안 했어요. 근데 웬일, 집이 북적북적한 거예요. 저는 언니가, 엄마가 그러던 걸 하도 질색해서 혼자 문 걸어 잠그고 조용히 살 줄 알았는데 무슨 여관이 따로 없더라니까요. 언니는 날 보고 우두커니 서 있는데 거기 있던 사람들이 와, 네가 X 동생이냐, 하면서 막걸리판에 끼워 주더라구요. 그때 숙취 때문에 이틀 동안 밖엘 못 나갔어요. Y가 웃었다. 서울 구경도 하나도 못 하고 바로 기차 타고 내려갔다니까요. 그러고는 위스키를 한 모금 더 마셨다. 그날 언니가 절 역까지 바래다줬는데, 가는 동안 한마디도 안 하는 거예요. 엄청 화가 난 것처럼 보였어요. Y는 잠시 침묵했다. 근데 난 아직도 모르겠어요. 연락도 없이 간 것 때문인지, 아니면 내가 간 것 자체가 싫었는지. Y는 혼잣말처럼 말했다. 아니다, 알 것도 같아요. Y가 웃으며 말했다. 그때 방안에 잠들어 있던 레오가 기지개를 켜며 나타났다. 내가 깃털이 달린 고양이 장난감을 이리저리 흔들자 Y가

제가 해볼게요, 하며 손을 내밀었다. 나는 Y에게 장난감 낚싯대를 건네주었다. Y가 그것을 흔들자 레오가 신나게 점프를 했다. Y가 말했다. 그래도 이제는 언니랑 저랑 다 돈도 벌 만큼 벌고, 크게 부족한 거 없이 사니까 나는 울 엄마가 동네 아줌마들 한 부대를 부른대도 상관없어요. 언니도 고양이를 두 마리 키우든 열두 마리 키우든 언니 맘이죠. 레오가 장난감을 낚아채자 낚싯대가 Y의 손에서 빠져나가 바닥에 떨어졌다. Y는 그것을 다시 주워왔다.

일은 어쩌다 그만둔 거냐고 묻자 Y가 말했다. 교실에서 장난감이 하나씩 없어지는데, 하고 Y는 한숨을 내쉬었다. 며칠 후에 어떤 꼬맹이 엄마한테서 전화가 온 거예요. 우리 애가 이걸 이렇게 가방에 하나씩 갖고 와서 내가 엄청 혼내 줬다, 그러면서 나는 모른 척해 달라면서요. 그래서 나는 애한테 암말도 안 했죠. 근데 개가 계속 그러는 거라. 내가 어느 날 애들 바깥에 나가서 놀 때 따로 불러다 가방을 열어보라고 했죠. 그랬더니 블록 조각 하나가 나오네? 그래서 내가 도둑질은 나쁜 거다, 경찰 아저씨가 올 수도 있다, 하고 겁을 줬죠. 근데 그날 저녁에 애엄마가 나한테 전화해서는, 내가 애한테 경찰 불러서 잡아가게 한다고 그랬다면서, 어떻게 그럴 수가 있냐면서 악을 쓰고 따지는 거예요. 그러고는 원장한테 전화해서 또 따지고. 다음 날에 원장이 절 불러다가 내가 그러면 안 됐다는 거예요. 내가 잘못한 거예요? Y가 말했다. 내가 잘못했나? 내게 물어본 것인지 아닌지 알 수 없어 가만히 있었더니 Y는 말을 이었다. 그래서 관뒀어요. 그런 건 사실 아무것도 아니지. 여지껏 그보다 더한 일도 몇 번이나 겪었는데, 내가, Y는 입을 다물고 위스키를 한 모금 더 마셨다. 이거 희한하네, 은근 잘 넘어가는데요. Y가 다시 장난감을 흔들며 이야기를 계속했다.

난요, 어렸을 때부터 여동생이 갖고 싶었거든요. 내가 머리도 빗겨주고, 같이 소꿉놀이도 하고 그럴 수 있게요. 언니는 보통 여자애들이랑은 달랐어요. 인형놀이 같은 걸 전혀 안 좋아했다니까요. 학교 가서도 남자애들이랑 공 차고 놀고, 한여름에도 긴바지만 입었어요. 친구들이 너네 언니는 왜 긴바지만 입냐고 물어볼 정도였어요. 다리에 엄청 큰 화상 자국이 있다고 소문이 났는데, 아니었거든요. 언니 다리가 얼마나 예쁜데요. 암튼 나는 언니랑 못 놀았어요. 나 혼자 1인 3역 하면서 인형놀이 하고. 인형 머리 따주고. 유치원 선생님 되면 애들이랑 실컷 같이 놀 수 있을 것 같았어요. 그런 거 좋잖아요. 애들이 병원놀이 한다고 절 눕혀놓고, 청진기를 가슴에 이렇게, 갖다 대는 거예요. 그런 느낌. 알아요? 알 것도 같아요. 나는 대답했다. 그런 느낌이 좋아요. 어떨 때는 막 달려와서, 이유도 없이 꽉 끌어안아요. 그럴 땐 울컥해요. 나도 모르게요.

Y가 미소지었다.

토요일, 나는 Y에게 침대를 내주고 작은 방에서 고양이들과 함께 잤다. X의 옷장에는 여전히 침낭이 있었다. Y는 숙취 때문에 거의 하루 종일 누워 있었다. 나는 근처 편의점에서 인스턴트 북엇국을 사다가 끓여 주었다. Y는 허어, 허어 소리를 내며 그것을 거의 마시다시피 했다. 일요일엔, 청소가 거의 마무리되어 가고 있었다. X가 돌아올 날이 이틀밖에 남지 않았다. Y와 힘을 합쳐 매트리스를 뒤집고, 커튼을 떼서 빨았다. 분리배출 할 쓰레기들이 몇 박스나 나와서 몇 번이고 건물을 오르내렸다. 저녁으로 치킨을 시켜 먹기로 했다. 테이블에 앉아 수다를 떨고 있는데 갑자기 삑삑삑삑, 하고 비밀번호를 누르는 소리가 들렸다. Y와 나는 놀라서 눈을 마주쳤다. 설마 배달 아저씨한테도 비밀번호 알려준 건 아니겠죠? Y가 말했다. 설마요. 누구세요오, 하고 Y가 총총 현관으로 달려갔다. 나도 뒤따라 갔다. 현관문에 등을 기대고 서 있는 여자는, 나이가 제법 있어 보였지만 얼굴이 고왔다. 육십 대 여성들이 흔히 하는 뽀글뽀글한 파마머리가 아니라 어깨 정도 오는 길이의 생머리를 하고 있었고, 레이스가 달린 로브를 걸치고 있었다. 그런데 손에는 너부죽한 주물 냄비를 들고 있어 다소 묘한 느낌이 들었다. 웬일로 손님이 많네? 여자가 조심스럽게 안을 기웃거리며 말했다. X는요? 여자가 말했다. 지금 없는데요. 누구세요? Y가 말했다. 옆집이에요. 가끔 저녁 같이 먹었거든요. 이거 버섯찌개인데. 여자가 곤란하다는 얼굴로 말했다. 버섯찌개요? 버섯찌개 좋죠. Y가 냄비를 받으려고 손을 내밀었다. 주시는 거예요? 그렇다기보단, 여자가 냄비를 꼭 붙잡고 말했다. 같이 드시려고 했구나? 눈치 빠른 Y가 말했다. 저는 X 동생이에요. 친동생. 여기는 친구. Y가 나를 가리키며 말했다. 저희도 저녁 먹을 참인데. 같이 드세요. 치킨이지만. 그래도 될까, 하면서도 여자는 안으로 들어왔다. 등 뒤로 현관문이 닫혔다. Y가 없었다면, 나 혼자였다면 여자를 안으로 초대하는 일은 없었을 거라는 생각이 들었다.

Y가 여자에게서 냄비를 받아들고 테이블로 가져갔다. 여기 친구? 여자가 내게 말했다. 아뇨, X 친구요, 라고 대답하고서 나는, 이 정도면 Y의 친구라고 할 수도 있지 않을까 싶었다. 고양이 봐주러 왔어요. 여자가 고개를 끄덕였다. 그렇구나, 나도 종종 봐줬는데. 여자가 그렇게 말하며 테이블 의자에 걸터앉았다. 그제야 나는 내가 집사 후보의 첫 순번이 아니라는 것을 알았다. 여자가 말했다. 근데 주중엔 손녀딸이 와 있어서 잘 못 와. 걔가 고양이 알러지가 있거든. 내가 여기 들렀다만 가도 재채기를 하고 난리도 아니에요, 쪼그만 게. 이것도 지금 먹을까요? Y가 대답도 듣지 않고 부엌에서 밥숟가락 세

개를 가져왔다. 성급히 냄비 뚜껑을 열고는 한 숟가락 퍼먹더니 맛이 죽인다며 난리였다. 나도 한 숟가락 떠먹었다. 정말 맛이 좋았다. 햇반 돌릴까 봐요. Y가 말했다. 내가 고개를 끄덕이자 Y가 또다시 부엌으로 총총 달려갔다. Y는 엉덩이가 가벼운 것 같았다. 소주? 전자레인지에 햇반을 집어넣으며 Y가 말했다. 좋죠, 앞에 앉은 여자가 대신 대답했다. X가 소맥을 기가 막히게 말던데. 여자가 말했다. 맞아요, 그걸로 유명했어요. 내가 맞장구쳤다. 걔 별명이 주모였어요. 여자가 입으로 손을 가리며 웃었다. 그렇게 웃자 소녀 같았다. 나는 X가 Z 언니라고 불러요. 여자가 말했다.

Z 언니는 올봄에 여기에 이사 와서, 12층 집집마다 떡을 돌렸다고 한다. 갓 쪄 온 팥시루 떡이 얼마나 맛있다고. 그쵸? Z 언니가 이야기를 계속했다. 근데 다들 얼굴만 빼꼼 내밀고 고개 꾸벅하고 받아가는데, X가 유일했어. 나보고 잠깐 들어왔다가 가시겠냐는 거야. 들어와 봤더니 주말 저녁인데 집이 썰렁해요. 이제 막 저녁 먹을 참이었다고 하데. 라면을 끓이고 있었다면서, 떡을 손으로 집어서 몇 조각을 호로록 먹더니 정말 맛있다고, 기가 막힌다고 그러는 거야. 라면 먹겠냐고 그래서 먹겠다고 그랬어요. 같이 소주에 라면 국물 떠먹으면서, 그러고 앉아서 얘기를 좀 했어요. 나도 주말에는 혼자라고 그랬더니 그러면 앞으로 밥이나 같이 먹자고 그러는 거야. 그래

서 그때부터 주말에 적어도 한 끼는 같이 먹었어요. 그러다 친해졌지.

Z 언니는 예전에 살던 동네가 재개발되면서 돈을 꽤 많이 받았는데, 그 돈의 절반을 받고 드디어 이혼했다고 말했다. 딸 하나 있는 건 결혼해서 서울 사는데, 나 혼자 여기로 왔어. 손주 안 봐주려고. 여기가 그래도 서울보단 집값이 싸잖아요. 근데 걔가 굳이 여기까지 쫓아와서, 지 딸래미 맡겨 놓고 주말이나 되어야 데려간다니까. Z 언니는 묻지도 않았는데 이야기를 계속했다. Y와 나는 고개를 끄덕여 가며 부지런히 숟가락을 놀렸다. 찌개를 절반 넘게 비웠을 때에야 초인종이 울렸다. 또다시 Y가 재빨리 현관으로 뛰어갔다. 그러고는 치킨이 담긴 봉지를 가지고 왔다. 어쩌지, 배가 너무 부르네, 그렇게 말은 하면서도 우리는 몇 번이나 잔을 부딪치고 치킨을 뜯었다. 다들 배를 내밀고 의자 등받이에 등을 한껏 기대고 앉았다. 그때 라라가 나타나 Z 언니의 무릎 위로 펄쩍 뛰어 올라갔다. Z 언니는 손으로 라라의 등을 부드럽게 쓸어내렸다. 라라가 골골거리는 소리를 내기 시작했다. 처음 봐요, 내가 말했다. 제 무릎엔 한 번도 안 올라왔는데. 얘가 날 좋아해. Z 언니가 말했다. 이렇게 하고 있으면, 맘이 얼마나 평화로운지 몰라. 어쩜 이렇게 말랑말랑할까, 그쵸? 그때 레오가 나타나 Z 언니의 무릎 위로 한사코 비집고 올라갔다. 얘가 이런다,

하고 Z 언니가 웃었다.

그거 알아요? 내가 이 동네 고양이들 밥 다 준다. 집도 만들어 놨는데 봤어요? Z 언니가 말했다. 아뇨, 나는 고개를 저었다. 분리배출하는 데 보면 옆에 있어요. 여기 사람들은 그래도 뭐라고 하는 사람이 없어. 경비 아저씨도 고양이들 안 내쫓고 얼마나 다행이야. 있지, 남편이 고양이를 너무 싫어했어요. 전에 살던 집 담벼락에다가 이렇게 커다랗게 종이에 비닐까지 싸서 붙여놨다니까. '고양이 밥 주지 마시요. 혐오스럽게 생각하는 사람도 이씁니다.' 있습니다, 도 아니고 이-씁-니-다, 이렇게 써 가지곤. 내가 그거 틀렸다고 몇 번을 말해도 안 고쳤어요. 그런 사람이야, 우리 남편이. 고양이들 밥 준다고 동네 사람들이랑 몇 번을 고래고래 소리 지르면서 싸웠는지 몰라. 근데 나도 줬거든. 남편 몰래. Z 언니가 큭큭 웃었다. 나는 인제 그 돈 고양이 사료값으로 다 까먹다가 죽을 거야. 더 바라는 것도 없어.

창밖으로 해가 지고 있었다. 노을은 라라의 코처럼 연한 분홍색을 띠고 있었다. 그리고 점점 더 붉어지기 시작했다. 취해서인지, 아름다웠다. 우리는 한참을 말없이 북한산 능선 위로 물들어가는 하늘을 바라보았다. 나는 맞은편 의자에 앉아 함께 노을을 바라보고 있는 X의 모습을 상상했다. 그때 삑삑삑삑, 현관 비밀번호 누르는 소리가 들렸다.

골든 슬럼버

아버지가 인도로 떠난 것은 3개월 전의 일이다. 아버지는 지하철 기관사로 삼십 년을 일하고 지난여름 은퇴했다. 아버지가 후반 15여 년을 매일 왕복 운행해야 했던 구간은 지상 공간이 하나도 없는 6호선 라인이었다. 캄캄한 어둠 속을 달리는 동안 아버지가 무슨 생각을 했을지, 마지막 운행을 하면서 승객들에게 한 마디쯤 인사를 남겼는지 궁금했지만, 아버지는 그런 얘기는 하지 않았다. 대신 인도에 가야겠다고 했고, 나는 그게 농담인 줄 알았다. 하지만 정말로 아버지는 한 달도 채 되지 않아 그곳으로 떠났다. 커다란 배낭 하나만 달랑 메고. 태양에 좀 더 가까운 곳으로 가고 싶었던 것인지도 모르겠다. 나는 아버지를 말리지 못했다. 그때 나는 아버지가 원하는 게 무엇이든 그걸 했으면 했다.

한 달 뒤, 엽서가 도착했다. 커다란 초승달 아래 연보랏빛 호수와 낮은 집들이 모여 있는 풍경이 담긴 엽서였다. 푸쉬카르라는 곳이라고 했다. 보아라. 엽서는 그렇게 시작하고 있었다. 아버지는 델리에 도착해 하룻밤을 묵었다. 그러고는 가이드북에 실린 호수 사진을 보고, 밤 기차를 타고 무작정 푸쉬카르로 갔다. 하지만 도착해 보니 호수는 바짝 말라서 곳곳에 작은 물웅덩이만 있을 뿐, 그런데도 사람들은 거기서 빨래를 하고 목욕을 한다고 했다. 해가 질 때까지 호숫가에 앉아 그 광경을 지켜보며 시간을 보낸다고, 아버지는 적고 있었다. 그런가 하면 숙소 한가운데는 작은 수영장이 있는데, 아침마다 해먹에 누워 작은 새들이 수영장 물을 지치고 날아가는 모습을 바라본다고. 그날 낮에는 근처에 있는 브라흐마 사원에 가보았다고 했다. 신발을 벗어야 했고, 아버지 말고는 아무도 없었다고, 낡고, 버려진 느낌이다, 라고 아버지는 적었다.

인터넷에서 '브라흐마'를 검색해 보았다. 그는 창조의 신으로, 세계를 창조했는데도 불구하고 현세를 중시하는 힌두인들에게 천대받는 편이라고 했다. 인간은 참으로 감사를 모르는구나, 했다가 이내 일리가 있다 싶었다. 태어났다고 해서 삶이 저절로 굴러가는 것은 아니니까. 나를 세상에 홀로 덩그러니 내버려 둔 신보다는, 지금을 조금이라도 덜 고달프게 해주는 신에게 잘해주고 싶을 것이다. 내가 신을 믿는다면, 나 역시 그렇지 않을까. 나는 신발을 벗어 손에 든 채 홀로 사원 안을 돌아다니는 아버지를, 해먹에 누워 몸을 흔들고 있는 아버지를 상상해 보았지만 잘되지 않았다. 영어가 짧은 아버지가 식사는 잘 챙기고 있는지, 인도에 처음 간 사람들은 하나같이 물 때문에 배앓이를 한다는데 아버지는 어땠는지 걱정이 되었다. 하지만 엽서에는 발신 주소가 적혀 있지 않았고, 아버지는 또다시 어딘가로 이동할 것이므로 답장을 할 수도 없었다. 나는 엽서를 책상 앞 벽에 붙어 있는 코르크 보드에 압정으로 끼워놓았다. 사진 속 호수는 물로 가득 차, 마을의 저녁 풍경을 그대로 반사하고 있었다.

입시 철이라 정신없는 오후를 보냈다. 그 와중에도 연기과 조교인 A가 놀러 와 커피를 마시며 잠시 수다를 떨었다. 테이블과 소파에 서류 봉투가 잔뜩 쌓여 있어서 A는 소파 팔걸이에 앉아야 했다. 이번에 연기과 지원자가 역대 최고를 찍었다고 A는 말했다. 내가 일하는 극작과는 작년과 비슷했다. A는 나랑 같은 학번으로, 연기과 출신이었지만 무대 공포증이 있어서 배우가 되는 것을 포기했다. 우리는 학부 시절 연극을 만드는 수업을 함께 들었다. 팀별로 발표를 하고, 투표를 해서 1등에게는 상금도 주는 수업이었다. 나는 '안티고네'를 역으로 패러디해, 시아버지의 제사를 거부하는 며느리 안티고

네를 주인공으로 하는 내용의 대본을 썼다. 시아버지의 여섯 형제 중 셋째 작은아버지 역을 맡은 A의 대사는 딱 하나였다. '반역, 반역이다!' 식은땀을 흘리며 그 대사를 외치고 나서, A는 곧바로 무대에서 뛰쳐나갔다. 그게 A의 유일한 대사여서 크게 문제가 되지는 않았지만, 그 뒤로 A의 별명은 '반역자'가 되었다. 우리 팀은 꼴찌를 했다.

A와 내가 졸업을 한 건 기적에 가까운 일이었다. 애초에 입학을 한 것도, 조교가 된 것도. 반역자는커녕, A는 자신에게는 조교 일이 적성에 딱 맞는다고 했다. 육십 대까지 할 수 있으면 얼마나 좋을까, A는 종종 그렇게 말했다. 조교 일을 은퇴한 다음에는 정문 앞 경비실에서 일하고 싶어. 죽어서도 학교를 떠돌 거야. 지박령이 될 거야. A가 말했다. 지박령 이야기가 나온 김에, 나는 A에게 브라흐마 신의 슬픈 사연에 대해 말해주었다. A는 고개를 비스듬히 하고선, 그래도 원래 창조신이 짱 먹는 거 아닌가, 하고 말했다. 무에서 유를 만들어내는 게 세상에서 제일 힘든 일 아냐? A는 그렇게 말하고, 머그잔을 화장실에 가서 씻어다 햇볕 드는 창가에 두고 갔다. 그리고 퇴근 무렵 부음을 들었다. 작년에 은퇴한 극작과 이 교수님이었다. A에게 저녁때 장례식장에 함께 가자고 문자가 왔다.

검은 양복이 없어서 일단 아버지 집으로 갔다. 나는 학교 근처 원룸에서 혼자 따로 살고 있었다. 아버지가 비번인 날이면 어김없이 찾아가서 함께 저녁을 먹곤 했지만, 아버지가 없는 집에 혼자 간 적은 없었다. 현관문 비밀번호를 누르고 안으로 들어서자, 집 안에 있는 모든 게 잠들어 있는 것처럼 느껴졌다. 나도 모르게 살금살금 걸어서 안방으로 들어갔다. 옷장 문을 열었다. 옷이 별로 없었다. 와이셔츠와 스포츠 티셔츠 몇 벌, 유행이 한참 지난 스타일의 갈색 체크무늬 양복 한 벌과 장례식용 검은 양복이 걸려 있었다. 나는 그것을 꺼내려다 잠시 머뭇거렸다. 그걸 볼 때마다 이 년 전, 아버지가 어깨를 들썩이며 울던 모습이 눈에 선했다. 함께 오래 일한 동료가 레일에 몸을 던졌다. 어머니는 오랜 투병 끝에 돌아가셔서, 그때 아버지와 나는 다소 침착했었다. 눈물을 흘리기는 했어도 아이처럼 소리 내어 울지는 않았다. 그런데 그날은 술을 거의 마시지 않는 아버지가 만취해서 쓰러져 있다고, 데리러 오라는 전화를 받았다. 나는 장례식장에 가서 아버지를 업고 나왔다. 택시를 잡으려는데 갑자기 아버지가 내려달라고 했다. 내 등에서 내려간 아버지는 철쭉 화단으로 달려가 바위 사이에 대고 한참을 토했다. 그러면서 엉엉 울었다. 나는 오랫동안 아버지의 등을 쓸어주었다. 양복을 손에 쥐니 손바닥에 그때의 감촉이 되살아나는 것처럼 느껴졌다.

아버지가 병원에 다니기 시작한 것도 그즈음부터일 것이

다. 식탁을 정리하다가 한구석에 놓여 있는 약봉지를 발견했다. 정신 건강 의학과 이름이 적혀 있었다. 거기에 대해 아버지와 이야기해 본 적은 없었다. 아버지를 걱정했지만, 그 걱정을 꺼내놓는 순간 모든 게 뭍으로 쏟아져 나올까 봐 두려웠다. 물론 다른 이야기도 하지 않았다. 우리는 묵묵히 밥을 먹고, 8시 뉴스를 함께 봤다. 그리고 9시가 되면 나는 내가 사는 곳으로 돌아왔다. 아버지 집에서 잠을 잔 것은 어머니가 돌아가신 후로 한 번도 없었다. 나는 그곳의 침묵을 견디기 어려웠다. 내가 사는 원룸도 고요하기는 마찬가지였지만, 아버지 집에 들어찬 것은 눅눅하고 끈적한 종류의 것이어서 더 어렵게 느껴졌다. 나는 입고 간 와이셔츠 위에 아버지의 양복을 걸치고, 검정색 타이를 맸다. 조금 작기는 해도 그럭저럭 몸에 맞았다. 부엌으로 가서 식탁 위를 살펴보았다. 아버지의 약봉지가 그대로 있었다.

A는 몸에 꼭 달라붙는 검은색 블라우스에 검은색 슬랙스를 입고 있었다. 여자 친구 거야. A는 말했다. 몸이 호리호리해서 그런지 잘 어울렸다. 올겨울엔 꼭 양복을 한 벌 사야겠다고 A는 말했다. 나도 그래야겠다는 생각이 들었다. 앞으로는 어쩌면, 누군가 세상에 왔다는 소식보다 떠났다는 소식을 더 많이 듣게 되지 않을까, 우리는 이야기했다. 이번이 A와 함께

두 번째로 참석하는 장례식이었다. 지난번엔 A보다 앞서 조교로 일했던 모 선배의 장례였다. 배우로 막 이름을 알리기 시작한 그는, 밤에 홀로 오토바이를 타다가 사고를 당했다. A와 나는 그와 직접 만난 적은 없었지만, 학부 조교들 모두 장례식에 참석하기로 해서 함께 갔다. 그때도 나는 아버지의 양복을 입었고, A는 청바지에 검정색 티셔츠를 입고 나타났다가 이 교수님한테 혼이 났다. 기본을 지켜야 인간이라고. A는 무릎을 꿇고 앉아서 삼십 분 넘게 혼났다. 이 교수님은 그런 분이었다. 그래서 학생들하고 마찰이 잦았다. 수업을 듣는 걸 뻔히 아는데도 마주쳤을 때 인사를 안 한다든지, 흡연 구역이 아닌 곳에서 담배를 피운다든지, 지각을 하고도 소란스럽게 자리에 앉는다든지. 그러면 교수실에 불려가서 한 시간은 설교를 들어야 했다. 하지만 A와 나는 이 교수님을 존경하는 편이었다. 늘 주름 하나 없이 양복을 갖추어 입고, 술자리에 가도 술을 입에 대지 않았다. 학생들에게도 항상 존댓말을 쓰고, 조교를 하인처럼 부리는 일도 없었다. 은퇴할 무렵부터 이미 대장암 말기 진단을 받았는데 지병이 있다는 걸 학교 사람 중 누구도 몰랐다고 한다.

장례식장에 도착하자 벌써 과 사람들이 꽤 모여 있었다. 어이, 하며 서로 인사했다. 오래간만에 보는 얼굴들 사이로 승주가 있었다. 눈이 마주치자 승주는 눈썹을 살짝 들었다 내리는 것으로 인사를 대신했다. A와 나는 분향소에 들어가 절을 했다. 영정 사진 속 이 교수님은 평온해 보였다. 우리는 점잖은 인상의 이 교수님 아내와 맞절을 했다. 곁으로 아들 둘이 상복을 입고 나란히 서 있었다. 이 교수님을 꼭 닮은 아들들을 보자 왠지 다행이라는 생각이 들었다. 장례식장 안은 사람들로 제법 붐볐다. A와 나는 학과 사람들이 모여 있는 테이블로 가서 끄트머리에 앉았다. A는 자리에 앉자마자 소주병을 집어 들고 흔들었다. 그러자 사람들이 동시에 A를 쳐다보았다. 왜? 왜요? A가 말했다. 그러고 보니 아무도 술을 마시고 있지 않았다. 오해를 일으키는 건 말이기 쉽고, 술을 마시면 말이 많아지는 법이고, 그래서 술을 안 드신다던 이 교수님을 기념해서 다 같이 안 마시기로 했다는 것이다. A가 시무룩하게 술병을 내려놓았다.

드디어 공연 올린다며? 그때 선배 하나가 승주에게 말했다. 승주가 고개를 끄덕였다. 네, 드디어. 승주가 말했다. 연극 만들기 수업 때 승주네 팀은 승주가 쓴 대본으로 1등을 했다. 졸업도 하기 전에 희곡 공모에 당선되어 화제가 되기도 했었다. 그런데도 승주가 자신이 쓴 대본을 무대에 올리려고 할 때마다 번번이 뭔가 일이 생겨 막판에 틀어지곤 했다고 들었다. 공동으로 대본 작업을 했던 사람과 갈등이 생겨 오랫동안 싸우다가 지지부진하게 끝나버린 일도 있었고, 극단이 소속

된 회사가 갑자기 부도가 나서 공연이 취소되고 티켓을 모두 환불해야 한 적도 있었다. 나는 그 모든 걸 승주가 어떻게 버텨나가고 있는지 궁금했지만, 우리는 연락을 주고받는 사이는 아니었다.

승주와 나는 한 번 뽀뽀한 적이 있는 사이다. 그뿐이었다. 연극 만드는 수업을 하면서 가까워진 사람들끼리 친하게 지냈다. 나와 승주는 그룹의 중심이 아니었고, 같은 과 동기기는 했지만 오다가다 인사나 하는 정도였다. 그래도 이런저런 술자리에서 종종 만나게 되었다. 그날, 기다란 테이블 끝에 승주가 앉아 있었다. 나는 나도 모르게 흘끗흘끗 승주를 쳐다보았다. 안으로 말린 단발머리 끝부분이 승주가 맥주를 들이켤 때마다 자꾸 입안으로 들어가려고 했다. 그때마다 승주는 머리카락을 귀 뒤로 넘겼는데 그 모습이 괜히 설렜다. 승주가 옆에 앉아 있던 사람들 몇몇과 담배를 피우러 밖으로 나가는 게 보였다. 잠시 후 승주를 빼고 나머지 사람들만 돌아왔다. 나는 화장실에 간다며 밖으로 나가보았다. 한 손에 담배를 들고, 한 손으로는 휴대폰을 든 채 누군가와 통화를 하고 있는 승주가 보였다.

나는 곁으로 가서 담배에 불을 붙였다. 승주가 아, 좀 알았다니까, 알겠다고, 했다. 엄마인 것 같았다. 가만히 담배 연기를 빨아들이는데 전화를 끊은 승주가 나를 물끄러미 보았다.

약간 취한 것처럼 보였다. 눈이 마주쳤다. 승주 왼쪽 눈 흰자에 점이 있었다. 눈 안에 점이 있네, 나는 말했다. 그래서, 뭐, 승주는 말했다. 그냥 그렇다고. 그렇게 말하는데 나도 모르게 얼굴이 붉어졌다. 너 왜 계속 나 쳐다보냐? 승주가 말했다. 나는 가만히 있었다. 뽀뽀할래? 승주가 물었다. 나는 고개를 끄덕였고 우리는 잠깐 동안 키스했다. 머리가 어지러웠다. 그다음은 기억이 잘 나지 않는다. 각자의 자리로 돌아갔고, 술자리가 파할 때까지 승주가 나를 한 번도 쳐다보지 않았다는 것 정도만 기억난다. 이후로 나는 승주와 마주칠 때마다 가슴이 두근거렸는데, 승주는 아무 일도 없었다는 듯 무심한 얼굴이었다. 고백을 해야겠다고 마음을 먹었을 때쯤엔, 승주가 연출과 어느 선배와 커플이 되었다는 소식을 들었다.

사람들이 한차례 빠져나갔다. A와 나는 승주가 앉아 있는 안쪽으로 옮겨 앉았다. 넌 안 가냐? 내가 물었다. 나 방금 왔어, 승주가 말하고는 육개장을 한 숟가락 떠먹었다. 그러고는 젓가락으로 절편을 한 조각 집는 데 아주 한참이 걸렸다. A가 그 모습을 지켜보다가 너 젓가락질 이상하게 하네, 하고 말했다. 그래서, 뭐. 승주가 말했다. 승주는 셋째 손가락 대신 넷째 손가락으로 젓가락을 받쳤다. 그 때문인지 음식을 자주 흘렸는데, 한번은 그걸 지적했다가 '자기는 젓가락질 가지고 잔소리하는 걸 세상에서 제일 싫어한다'며 화낸 일이 있어 그 뒤로는 한마디도 하지 않았다. 젓가락질을 어떻게 하든 승주 맘이지, 하고 내가 A에게 말했다. 승주는 곧이어 홍어 무침을 집어 입으로 가져가다가 결국 떨어뜨렸다. 흰 셔츠에 붉은 얼룩이 생겼다. 승주는 물티슈로 얼룩을 닦아내려고 애썼다. 내가 웃었더니 승주는 할 말 있냐는 얼굴로 나를 보았다. 나는 고개를 저었다.

그나저나 무슨 공연인데? 내가 물었다. 승주는 대답 대신 입안에 있는 것을 오물오물 씹었다. 승주는 음식을 먹을 때면 풀 먹는 염소처럼 입을 꼭 다물고 아주 오래 씹었다. 그걸 보고 있으면 웃음이 났다. 눈 안에 있는 조그마한 갈색 점도 여전했다. 승주가 씹던 것을 꿀꺽 삼키고서 말했다. 직접 와서 봐라. 나는 알겠다고 했다. 티켓은 네가 사고. 나는 또 고개를 끄덕였다. 승주는 자기 몫의 육개장을 남김없이 비운 후에 간다, 하고는 가버렸다. 그날 나는 집으로 돌아와 승주가 말한 예매 사이트로 들어가 보았다. 공연은 이틀간이었고, 좌석이 많이 남아 있었다. 대학로 근처의 소극장이었다. 나는 마지막 공연을 보러 가기로 했다. 무대에서 가장 가까운 자리를 골랐다가, 다시 조금 떨어진 좌석으로 바꾸었다.

두 번째 엽서가 도착한 것은 승주의 공연이 있기 며칠 전이었다. 보아라. 그렇게 시작하는 엽서에서, 아버지는 자이뿌르에서 기차를 타고 아그라로 갔다고 적고 있었다. 멀미가 나서 도저히 버스는 탈 수가 없구나. 타지마할을 구경했다고, 아그라 근처에 있는 빠떼뿌르 시크리라는 곳에서 묵고 있다고 적혀 있었다. 폐허라고 해도 좋겠다만, 그런데 나는 타지마할보다 이곳이 더 아름답다. 아버지는 그렇게 적었다. 새벽녘이면 이슬람 사원에서 기도를 알리는 노랫소리가 들려온다고. 도시 전체가 메마르고 붉다고, 해가 질 때면 타오르듯 더 붉어진다고 아버지는 적었다. 숙소 창문 밖으로 넓은 황무지가 펼쳐져 있고, 무너진 돌들이 쌓여 있는데 이른 아침 지평선 너머로 해가 떠오르는 광경이 볼만 하다고. 나는 이번에는 '빠떼뿌르 시크리'라는 곳을 검색해 보았다. 그 도시는 무굴 왕국의 악바르 황제가 야심차게 건설했는데, 곧 도시 안에 물이 터무니없이 부족하다는 사실을 알게 되어 14년 만에 수도에서 탈락했다고 한다. 그리고 그 후로 500년 동안 버려졌다고. 아버지가 보낸 엽서 속 사진에는 타지마할이 아닌, 온통 주홍빛을 띤 그곳 성채의 모습이 담겨 있었다.

나는 그것을 연보랏빛 호수 사진 옆에 나란히 압정으로 꽂았다. 커피를 마시러 놀러 온 A가 저게 인도야? 하고 물었다. 나는 A에게 도시에 얽힌 비운의 사연을 들려주었다. 너희 아버지는 왜 그런 데만 가시냐. 그러게, 하고 나는 어깨를 으쓱했다. 나는 A에게 승주의 연극을 보러 갈 거라고, 같이 가겠느냐고 물었다. 그러자 A는 고개를 저었다. 가지 않을 게 분명해서 물어본 거긴 했다. 난 개 무서워, A가 말했다. 개가 뭐가 무서워, 하고 나는 말했지만 나도 가끔 승주가 무서울 때가 있었다. 승주는 마치 이 교수님처럼, 아니라고 생각하는 것은 바로 아니라고 말하는 사람이었다. 입학하고 얼마 되지 않아, 극작과 선배 몇몇이 군기를 잡을 셈으로 신입생들을 소집한 적이 있었다. 과방이 지저분하네, 인사를 똑바로 안 하네, 하면서 별것도 아닌 일로 험악한 분위기를 만들고 있었다. 승주는 그때 눈을 똑바로 뜨고 말했다. 선배들, 이런 거 정말 후져요. 하지 마세요. 당황한 선배들은 황급히 자리를 파하고 그곳을 떠났다. 그 자리에 있던 일 학년들은 승주를 헹가래라도 칠 기세였다. 하지만 승주는 나머지 우리들에게도, 너희들도 할 말이 있으면 해. 가만히 좀 있지 말고! 하고 또 우리를 엄하게 꾸짖고는 나가버렸다. 술자리에서 진상을 부려도 승주에게 혼이 났다. 다른 사람 고생시키지 말고 그럴 거면 술을 먹지 말라고 했다. 승주는 주로 맞는 말만 했기 때문에 맞서는 사람이 별로 없었다. 한번은 심지어 이 교수님과도 언쟁을 벌인 적이 있었다. 수업 중에 화장실에 가려면 허락을 받고 가라는 이 교수님에게 반기를 든 것이다. 승주는 공손하면서도 분명하게 자신의 의견을 말했고, 그날 이후 극작과 학생들은 이 교수님 수업 때 자유롭게 화장실을 왕

래할 수 있는 자유를 얻었다. 나는 승주가 며느리 안티고네 역을 맡았다면 우리 팀이 1등을 했을지도 모르겠다고 생각했다. 그런 승주가 무섭고 좋았다.

A는 이번에도 머그잔을 깨끗이 씻어놓고 갔다. 퇴근한 후 나는, 연극이 끝난 후에 승주를 볼 수 있을지 없을지도 모르면서 옷을 세 번이나 갈아입었다. 소극장은 오래된 빌딩 꼭대기 층에 있었다. 건물 내부에서 곰팡이 냄새가 났다. 분명히 좌석을 지정했는데 막상 입장하니 아무 데나 앉으라고 했다. 무대와 객석이 바로 붙어 있어서 나는 내가 골랐던 좌석이 아닌 맨 뒷줄에 가서 앉았다. 일찍 도착하기는 했지만, 앉아 있는 사람이 너무 없어서 승주의 공연이 망한 게 아닌가 걱정이 되었다. 하지만 막상 공연 시작이 임박하자 객석이 거의 다 찼다. 연극의 내용은 두 여자가 자동차로 강변 북로를 달리는 것이 전부였다, 고 해도 좋을 것이다. 한 사람은 중년으로 보이고 한 사람은 젊다. 그들은 각각 차를 몰고 앞서거니 뒤서거니 하며 달려가는데, 그것을 몸짓으로 표현할 뿐 다른 무대장치는 하나도 없었다. 두 사람은 간격을 두고 나란히 서 있고, 번갈아 대사를 하지만 대화를 하는 것은 아니다. 그럼에도 내용이 묘하게 이어진다. 중년 여성은 지나온 삶에 대한 회한과 자신을 잠식해 가는 우울에 대해 말하고, 젊은 여성은 바쁜 일상 속에 문득 끼어드는 불안과 고독에 대해 말한다.

내가 이해한 게 맞다면 그렇다. 그들의 대사에 서서히 빠져들 때쯤 네비게이터의 음성이 몰입을 방해하며 독백을 끊는다. 제한속도 80km 구간입니다. 제한 속도를 벗어났습니다. 속도를 줄이십시오. 단이 없는 무대여서, 중년 여배우의 시선이 내 눈높이와 딱 맞았다. 그녀가 자꾸만 나를 똑바로 쳐다본다는 느낌이 들어 나는 자주 시선을 돌려야 했다. 연극의 마지막에서, 중년 여자는 자신이 가야 할 곳으로 가지 않고 그대로 엑셀을 밟는다. 네비게이터가 말한다. 경로를 이탈했습니다. 경로를 재탐색합니다. 그리고 암전.

연극이 끝나고 나는 무대 뒤로 가볼까 망설이다가, 승주에게 문자를 보냈다. 나 왔어, 라고 썼다가 지웠다. 나 왔다 간다, 라고 쓰고 전송 버튼을 눌렀다. 그러고 사람들이 다 빠져나갈 때까지 자리에 앉아 있다가 마지막으로 일어났다. 지하철역에 거의 다 왔을 때쯤 승주에게서 문자가 왔다. '갔어?' 나는 지하철을 타려고 한다고 답신을 보냈다. 승주는 지금 사람들과 뒷풀이를 하러 갈 예정인데, 나도 와도 된다고 했다. 극작과 선배 B도 있다고 했다. B 선배가 왜? 물었더니 선배가 드라마터그를 했다고 했다. 나는 잠시 망설이다가 알겠다고 했다. 승주가 술집 이름을 알려주었다. 나는 괜히 편의점에 들어가 껌을 하나 사고, 담배 한 대를 끝까지 태웠다. 그리고 질겅질겅 껌을 씹으며 길가 게시판에 붙어 있는 연극 포스터들을 처음부터 끝까지 꼼꼼히 들여다본 뒤에 승주가 말한 술집으로 걸음을 옮겼다.

동동주를 파는 전통 주막이었다. 입구 옆에 커다란 맷돌이 있었다. 문을 열고 들어가자마자 그게 아니죠, 하는 승주의 목소리가 들렸다. 아니긴 뭐가 아니야, 라는 B 선배의 목소리도 들렸다. 다시 나갈까 잠시 망설이고 있는데 이내 승주가 내 이름을 불렀다. 나는 마지못해 테이블로 다가갔다. B 선배가 왔어, 하고 말했다. 나머지 사람들은 내가 오든 말든 인사도 하지 않았다. 뭐가 아닌지 물어보고 싶었지만, 내가 와서 겨우 분위기가 전환된 느낌이라 나는 아무 말 없이 승주 옆자리에 앉았다. 연극 잘 봤어, 내가 말했다. 뭘 잘 봤는데? 승주가 물었다. 말투가 조금 날카로웠다. 그러니까, 그게, 하면서 버벅거리자 승주가 깔깔 웃었다. 넌 왜 애를 괴롭히냐, 선배가 말했다. 선배의 말투도 까칠했다. 됐고, 술이나 마시죠, 승주가 말했다. 술이나 마셔서 뭐해. 세상을 똑바로 봐야지. 선배가 모 감독의 영화 대사처럼 말했다. 취하지 말고 똑바로 봐야지. 본인도 이미 취했으면서 선배는 혀 꼬인 소리로 그렇게 말했다. 묘한 긴장감에 나는 동동주 한 대접을 벌컥벌컥 들이켰다.

가만히 들어보니 극의 결말에 대해서 갈등이 있는 것 같았다. 선배는 주인공이 엑셀을 밟아 경로를 이탈한 결말이 너무 식상하다고 했다. 마치 죽음 쪽으로 돌진한 것처럼 묘사됐는데, 그런 건 너무 뻔한 결말이 아니냐고 했다. 주인공들은 원래의 목적지에 도착해야 한다. 적어도 이탈했다가 다시 돌아와야 한다. 그것이 바로 오늘날의 삶이며 오늘날의 연극이다, 선배의 주장은 그랬다. 너는 어떻게 생각하냐? 선배가 갑자기 나에게 물었다. 나는 머뭇거리다가 말했다. 저는 주인공이 죽었을 거라고 생각하지 않았는데요. 그럼? 안성휴게소까지 달려가서 소떡소떡 사 먹고 돌아왔을지도 모르잖아요. 내 말에 승주가 피식, 하고 웃었다. 봐라, 선배가 말했다. 보긴 뭘 봐요. 승주가 말했다. 소떡소떡을 사 먹고 왔든 아니든 간에, 막이 내리기 전에 유턴하지 않은 게 중요한 거라고요. 선배나 똑바로 보세요. 갑자기 머릿속에 아버지의 엽서가 떠올랐다. 보아라. 순간 그 말이 마치 어떤 지상 명령처럼 느껴졌다.

야, 담배 피우러 가자. 승주가 내 팔을 잡아끌었다. 그러더니 컨버스 백을 어깨에 걸쳤다. 나는 어리둥절하게 승주를 따라 밖으로 나왔다. 함께 담배를 피우는 동안 승주는 인상을 쓴 채 아무 말이 없었다. 담뱃불을 끄고 승주가 가자, 하고 말했다. 승주는 안으로 다시 들어갈 생각이 없어 보였다. 그냥 이렇게 가도 돼? 승주는 뭐, 어쩌겠어, 하고 말했다. 그러더니 커피 마실래? 하고 물었다. 나는 그래, 하고 고개를 끄덕였다. 우리는 근처에 있는 24시간 카페 체인점에 들어갔다. 취했는지 큰 소리로 떠드는 사람들과 테이블 위에 엎드려 잠들어 있는 사람들이 보였다. 주문한 커피를 받아 들고 우리는 꼭대기 층으로 올라갔다. 층마다 사람들이 가득했다. 꼭대기 층도 거의 꽉 차 있었다. 다들 왜 지금 여기 있는 걸까. 이렇게 많은 사람들이. 승주가 혼잣말하듯 중얼거렸다.

우리는 유일하게 비어 있는 창가 자리에 가서 앉았다. 그리고 잠시 말없이 커피를 홀짝였다. 아버지가 인도에 갔어. 내가 말했다. 승주가 흥미롭다는 표정으로 나를 보았다. 언제? 3개월 전에. 대박, 하고 승주가 말했다. 연락은 하고? 가끔 엽서가 와. 내 말에 승주가 미소지었다. 지금은 어디 계신대? 잘은 모르겠지만 아마도, 하고 나는 또다시 빠떼뿌르 시크리의 사연을 승주에게 들려주었다. 승주는 창밖을 내려다보며, 그럼에도 간간히 고개를 끄덕이며 내 이야기를 들었다. 써보고 싶다. 승주가 말했다. 응? 버려진 수도 이야기? 아니, 승주가 대꾸했다. 30년 직장을 은퇴하고 혼자 인도를 여행하는 중년 남자 이야기. 어때? 승주가 내 눈을 바라보았다. 승주의 눈 속에 있는 작은 점이 보였다. 오래전, 내가 승주를 좋아하는 만큼 승주가 나를 좋아하지 않았던 건 어쩌면, 내가 승주의 눈동자를 바라보는 대신 자꾸만 그 작은 점을 쳐다봐서가 아닐까, 나는 그 순간 문득 그런 생각을 했다. 나는 나쁘지 않을 것 같다고 대답했다. 카페를 나서면서, 승주는 언젠가 아버지의 엽서를 보고 싶다고 말했다. 아버지가 또 어디로 이동할지 궁금하다고도 했다. 나는 다음에 만나면 알려줄게, 하고 대답했다. 나는 무슨 말인가를 더 하고 싶었는데, 간다, 하고 승주가 돌아섰다.

인도의 우편 시스템이 허술한 탓인지, 두 번째 엽서에 이어서 세 번째 엽서가 바로 며칠 후에 도착했다. 역시 보아라, 로 시작하는 엽서에는, 이번엔 사진 대신 코끼리의 귀와 코를 가진 가네쉬 신의 그림이 그려져 있었다. 팔이 네 개였는데 그중 한쪽 손에는 밧줄을, 다른 한쪽 손에는 도끼를 들고 있었다. 아버지는 델리로 돌아가 다시 기차를 타고 북쪽으로 가는 중에 엽서를 쓰고 있다고 했다. 1박 2일이 걸리는 여정인데, 주말이라 입석 표밖에 구하지 못했다고. 하지만 젊은 청년이 아버지에게 자신의 침대를 내주어 잠시 눈을 붙일 수 있었다고 쓰여 있었다. 새벽녘에 깨어 바닥에 앉아서 졸고 있던 청년에게 다시 침대를 내주고, 청년이 앉았던 자리에 앉아 새벽 햇살을 받으며 이걸 쓰고 있다고. 엽서의 마지막에 아버지는, 돌아가지 않을지도 모르겠구나, 라고 적고 있었다. 나는 그 문장을 한 번 더 읽었다. 그리고 엽서를 다른 엽서들 옆에 나란히 꽂았다.

나는 가네쉬 신에 대해 검색해 보았다. 힌두교 신들 중에 가장 몸집이 무거우면서도 조그만 생쥐를 타고 다닌다고 했다. 그게 재미있어서 A에게 말해주었다. 생쥐가 불쌍해. A가 엽서를 들여다보며 말했다. 그림 속 가네쉬 신의 발치에 작은 생쥐가 보석 장식이 박힌 초록색 조끼를 입고 앉아 있었다. 괜찮아 보이네. 조끼 비싼 거 입었어. A가 킥킥거렸다. 승주는 만났고? A가 물었다. 나는 고개를 끄덕였다. A는 묘한 웃음을 지으며 나를 보았다. 이제 아니거든, 내가 말했다. 연극은? 어땠어? 글쎄, 하고 나는 말했다. 무슨 내용이었는데? 나는 잠시 망설이다가 대답했다. 여자 둘이 차로 강변 북로를 달리는 이야기야. 그래서? 그게 다야. A는 그렇구나, 하고 어깨를 으쓱하고는 더는 궁금해하지 않았다.

A가 컵을 씻으러 화장실에 간 사이, 나는 머릿속에 아버지를 주인공으로 한 무대를 떠올려 보았다. 기차에 탄 남자는 물끄러미 창밖을 보고 있다. 철컥철컥하는 기차 바퀴 소리가 낮게 깔린다. 남자는 스르르 잠이 들었다가 다시 깨어난다. 그리고 다시 잠든다. 대사는 없다. 쓴다면 그런 것을 쓰고 싶다. 한 남자와, 그 남자가 탄 기차만 나오는 이야기. 막이 내리기 전까지, 아무 일도 일어나지 않고 계속해서 달리는 이야기. 계속해서 달리지만 어딘가에 도착하지도, 어딘가로 돌아가지도 않는 그런 이야기를.

남쪽의 남쪽

'오늘 밤 장례식. 참석 여부 알려주기 바람.'

네로의 문자를 확인한 것은 점심시간이 다 되어서였다. 근처 사무실에서 단체주문이 들어와 아침 내내 정신이 없었다. 샌드위치 사십 개. 출근하는 이들이 몰리는 시간대여서, 연이 커피 주문을 받는 동안 나 혼자서 샌드위치를 만들었다. 말아 올린 스웨터의 소매가 자꾸 흘러내리는 바람에 몇 번이고 연을 불러야 했다. 연, 연, 하고 부르면 연은 우유 거품을 내다 말고, 냉동고에서 얼음을 퍼내다 말고 달려와서 소매를 걷어 주었다. 연, 연, 하고 열 번째쯤 불렀을 때, 연은 내게 다가와 소매를 걷어 올리더니 원두 봉지를 아물릴 때 쓰는 노란 집게를 끼워버렸다. 진작 이렇게 할걸, 내가 말하자 연은 나를 하찮다는 듯 쳐다보고는 커피 머신 앞으로 되돌아갔다.

연은 묵언 수행을 하는 사람처럼 말이 없었다. 단골들은 심지어 한마디도 하지 않고도, 듣지 않고도 원하는 커피를 가져갈 수 있었다. 그런 게 좋아서 단골이 된 거겠지. 연은 누가 어떤 커피를 주문하는지 다 외우고 있었다. 때로 뭘 모르는 손님들이 연에게 말을 걸면 연은 인상을 구긴 채 마지못해 대답했다. 연은 등에서부터 오른쪽 귀 아래까지 뻗어 나오는 커다란 문신을 가지고 있었다. 티셔츠 위로 삐죽 솟아 나와 있는 그것은 문어 다리 같기도 했고 구불구불한 머리카락 같기도 했지만 실은 나뭇가지였다. 그 때문인지 웬만해서 연에게 시비를 거는 손님은 없었다. 간혹, 사장 나오라 그래! 하며 소리치는 사람도 있었지만 연은 절대 대꾸하지 않았고 사장은 가게에 없었다. 연과 나는 사장과 마주친 적이 거의 없었다. 아주 가끔 가게에 나타날 때마다 그는 굵다란 금목걸이를 두른, 얼굴이 납작하게 눌린 프렌치 불도그와 함께였는데, 연과 나는 어쩌면 진짜 사장은 그 불도그일지도 모른다고 생각하고 있었다.

오늘 또 장례식이래. 김밥을 우걱우걱 씹으며 내가 말했다. 식사는 주로 가게 앞 가판대에서 파는 한 줄 김밥을 사다 먹었다. 사장은 매일 원하는 음료를 한 잔씩 만들어 먹어도 좋다고 했다. 나는 주로 카페에서 제일 비싼 메뉴인 요구르트 스무디를, 연은 아이스 아메리카노를 만들어서 김밥과 함께 먹었다. 연은 내 말에 아무런 대꾸 없이 김밥을 싸고 있는 알류미늄 박을 벗기고 있었다. 네로의 장례식에 관해서라면 이미 연에게 여러 차례 이야기했다. 처음 운을 뗐을 때 연의 눈동자가 반짝 빛나는 것을 보았다. 내가 포털에 떠 있는 연예계 스캔들이나 시시한 나의 신변 이야기를 떠들 때면 연은 만화에서처럼 투명한 방어막을 한 겹 두른다. 하지만 네로에 관한 이야기라면 뒤통수로도 재미있게 들었다. 그래서 자꾸만 이야기했다. 연은 그때마다 세상에 네로 같은 사람이 존재한다는 데 놀라곤 했지만 내가 보기에는 연도 만만치 않았다. 나는 네로에 대해서 연을 제외하고는 아무에게도 말한 적이 없었다. 연 외에는 달리 말할 사람이 없기는 해도. 그래서 조금이라도 반응이 없으면 시무룩해진다. 시무룩해진 나는 그냥 묵묵히 김밥을 씹었다. 마지막으로 커다란 꼬투리를 입에 욱여넣었을 때, 연이 말했다. 나도 갈래. 응? 장례식. 나도 갈래. 진짜? 연은 고개를 끄덕였다. 나는 입에 있는 것을 재빨리 씹어서 꿀꺽 삼켰다. 식은 새벽 세 시에 시작한다. 괜찮겠어, 하고 묻자 연은 고개를 더 세차게 끄덕였다. 형한테 물어볼게. 나는 말했다.

며칠 전에도 장례식이 있었다. 급성 간 부전으로 죽은 시인이었다. 어떤 때는 지금처럼 며칠 사이에 여러 번 몰리기도 했고 어떤 때는 일 년에 단 한 번인 적도 있었다. 오랫동안 앓다가 죽은 사람도 있었고, 어느 날 갑자기 죽은 사람도 있었다. 작가의 사망 소식을 뒤늦게 알게 되는 경우도 종종 있었지만, 그게 언제가 되었든 네로가 알게 되는 그날이 바로 장례식이 치러지는 날이다. 죽은 작가의 책들을 책꽂이에서 꺼내고 나면, 거기에는 적당히 네모난 구멍이 생긴다. 어떤 구멍은 크고, 어떤 구멍은 길고 작다. 네로는 그 구멍을 메꾸지 않는다. 네로의 책꽂이에 꽂혀 있는 '살아 있는' 작가들이 새 책을 내면, 네로는 그 책들을 사서 책꽂이에 꽂고, 그러다 보면 구멍들은 서서히 메워진다. 책들은 분야나 판형에 상관없이 오로지 작가가 태어난 연도순으로 꽂혀 있었다. 그런 순서라면 제일 앞쪽 칸이 주로 비어 있게 될 거라고 생각했지만 그렇지도 않았다. 구멍은 어디에나, 아무렇게나 있었다.

네로는 꺼낸 책들을 커다란 배낭에 집어넣는다. 그러고는 베란다 구석에 놓여 있는 깡통을 집어 든다. 골목에서 주워 온 그것은 원래 막대사탕이 담겨 있던 알록달록한 깡통이었지만 지금은 햇볕을 받아 파스텔 톤으로 색이 바랬다. 새벽 두 시 반, 네로는 묵직한 배낭을 짊어진다. 깡통 손잡이를 핸들 한쪽에 끼우고 자전거 페달을 밟는다. 빈 깡통이 자전거 몸통에 부딪혀 요란한 소리를 내지만 아랑곳하지 않는다. 언제부턴가 나도 자전거를 타고 네로를 따라간다. 둘이서 강을 끼고 한참을 달린다. 인적 없는 어두컴컴한 다리 밑에서, 네로는 깡통을 내려놓고 배낭에서 주섬주섬 책들을 꺼낸다. 그 중에서 작가가 제일 처음으로 쓴 책을 골라 조심스레 한두 장 찢어낸다. 주로 작가의 말 부분이다. 그런 게 없다면 이야기가 시작되는 첫 부분의 페이지를 뜯는다. 책의 몸통을 깡통 안에 집어넣고, 라이터 기름을 그 위에 골고루 뿌린다. 뜯어낸 페이지를 적당히 구겨 한쪽 끝에 라이터로 불을 붙인다. 그리고 깡통에 집어넣는다. 불꽃이 어느 정도 일어나면 나머지 책들도 차례대로 한 권씩, 한 권씩. 다 탈 때까지 충분한 시간을 준다. 네로가 그 모든 일을 하는 동안, 나는 주로 매캐한 연기를 뒤집어쓴 채 옆에 가만히 서 있다. 책들이 다 타고 남은 재는 강물 위에 뿌리는데, 네로는 깡통을 뒤집는 일은 내가 하게 해줬다. 장례식이 끝나면 동네 목욕탕으로 사우나를 하러 갔다. 주차장 쪽에 있는 관목 덤불 사이에 깡통을 숨겨놓고, 사우나가 끝나면 도로 찾아갔다. 탈의실에서 옷을 벗을 때면 탄내가 풀풀 나서 사람들이 미심쩍은 눈길로 쳐다보곤 했다.

처음부터 장례식에 따라다녔던 건 아니었다. 잠이 오지 않아 뒤척이던 어느 새벽, 네로가 집을 빠져나가는 소리를 들었다. 창밖을 내려다보니 네로가 자전거를 타고 아파트 입구를 빠져나가는 게 보였다. 그런 일이 몇 차례 반복되었다. 어디에 갔다 오는 건지 물어보지는 못했다. 함께 산 지 반년 정도 되었을 때까지도 네로와 나는 대화다운 대화를 나눈 적이 없었고, 밥도 각자 알아서 챙겨 먹었다. 카페 일을 마치고 돌아오면 네로는 거실 소파에 누워 텔레비전을 보고 있거나 방 안에 틀어박혀 있었다. 나는 네로의 방에 들어가 본 적이 한 번도 없었다.

이모가 돌아가신 후로 네로가 어떤 세월을 살아왔는지는 아무도 몰랐다. 페이지의 중간 부분이 떨어져 나간 책처럼. 2년 전, 외할머니의 칠순 잔치 때 네로가 나타났다. 나로서는 거의 십 년 만에 보는 것이었다. 나보다 네 살 정도 나이가 많다고 기억하고 있었는데 우리 아버지만큼 머리가 희어서 놀랐다. 유난히 작은 키와 소년 같은 얼굴 때문인지 다소 기묘한 느낌을 주었다. 갈빗집 입구에 들어서는 네로를 알아보고 제일 먼저 달려간 것은 우리 엄마였다. 답장도 전화도 하지 않는 네로에게 가족들의 안부를 적은 문자를 꾸준히 보내온 것도. 엄마에게 안긴 네로는 멀뚱한 표정을 짓고 있었다. 나의 아버지를 포함해, 나머지 친척 중 몇 사람도 엉거주춤 자리에서 일어났지만 네로에게 달려가지는 않았다. 네로처럼 멀뚱한 표정으로 서 있었을 뿐이다. 나는 큰외삼촌네 자녀들과 제일 구석 자리 테이블에 앉아, 고기를 뒤집으며 몰래몰래 네로를 훔쳐보았다. 네로는 두 테이블 건너 나의 부모님과 마주 앉아 있었고, 제법 쾌활해 보였다. 네로와 따로 이야기를 나누지는 못하고 헤어졌다. 그런데 얼마 뒤 엄마에게 전화가 왔다. 네로와 통화를 했다고, 내가 성적 미달로 대학 기숙사에서 나와야 할 처지라는 이야기를 듣고는 나더러 자기 집에 와서 살아도 좋다고 했다는 것이다. 네로의 집은 학교와는 제법 거리가 있었지만, 지하철을 갈아타지 않고 한 번에 갈 수 있어 나쁘지 않았다.

그렇게 네로의 집에서 살게 되었다. 이모가 돌아가시기 전까지 네로와 함께 살던 그곳은 '아파트'라는 이름이 붙어 있는 낡은 연립주택이었다. 네로는 이모가 쓰던 큰 방을 내게 내주고 자신은 원래 쓰던 작은 방에서 살았다. 한동안은 자리에 누울 때마다, 이 방에서 잠들고 깨던 누군가가 더는 세상에 없다는 생각에 쉽게 잠들지 못했다. 최근에 와서는 잠들지 못하는 이유가 그뿐만은 아니었다. 대학을 졸업하고 나서 벌써 2년이 지나가고 있었지만 나는 뭘 해서 먹고 살아야 할지 전혀 갈피를 잡을 수 없었다. 무엇보다 카페 알바로 버는 돈으로도 내가 현재의 생활을 유지하는 데 아무 무리가 없으며, 이대로의 생활도 내게는 결코 나쁘지 않다는 게 문제라면 문제였다. 나는 지금 입고 있는 옷이 편안했다. 그렇다면 30년 후에는, 이라는 질문이 따라붙으면 마음이 뒤숭숭해지기는 해도 이내 나는 또다시 어느 날 갑자기 이 세계에서 사라진 이모를, 이모부를 생각하지 않을 수 없었다. 하지만 가끔 부모님이나 친구들을 만나면, 혹 나의 아무렇지 않은 일상을 그저 '임시'라고 부르는 사람들을 만나면 내가 입은 옷은 금방 까끌까끌한 소재로 둔갑해 목덜미를 가렵게 하는 것이었다.

네로가 또다시 집을 빠져나간 어느 새벽이었다. 나는 네로의 방문 손잡이를 조심스레 돌려보았다. 잠겨 있지 않았다. 문이 열리자 어두컴컴한 방 안에, 키가 높은 책꽂이들이 나를 내려다보고 있었다. 나무들이 우거진 어두컴컴한 숲속으로 들어서는 느낌이었다. 나는 방문을 도로 닫았다. 그날 오후 집으로 돌아왔을 때 네로는 라면을 끓이고 있었다. 라면 먹을래? 네로가 물었다. 나는 고개를 끄덕였다. 둘이서 한참 동안 말없이 라면만 먹다가, 문득 내가 물었다. 새벽에 어디 갔다 왔어요? 네로는 멈칫하더니 궁금해? 하고 물었다. 내가 고개를 끄덕이자 네로는 대답 대신 나를 자신의 방으로 초대했다. 조명을 켜고 보니 네로의 방은 마치 작은 도서관처럼 보였다. 책이 정말 많네요, 내가 말했다. 네로가 국문학도인 것은 알고 있었다. 네로는 자신이 한때 작가 지망생이었다고 말했다. 좋은 책을 많이 읽어야 좋은 글을 쓸 수 있다고 믿었던 때가 있었지, 하고 네로는 말했다. 지금은요? 지금은 작가가 되고 싶지 않아졌어요? 내가 물었다. 응, 세상엔 이미 좋은 글이 넘치게 많다는 걸 알게 됐거든, 네로는 말했다. 그럼 지금은 뭐가 되고 싶어요? 내가 또 물었다. 나로서는 뭔가를 붙잡는 심정이었지만 아무것도, 하고 네로는 대답하고 조금 서늘하게 웃었다. 뭐 발견한 거 없어? 네로가 화제를 돌리며 말했다. 네? 어떤 거요? 내가 대꾸하자 잘 봐봐, 하고 네로가 말했다. 나는 책꽂이를 찬찬히 살펴보았다. 그리고 내가 발견한 것은, 구멍이었다.

그날 네로는 내게 장례식에 대해 들려주었다. 대체 왜 그런 일을 하느냐고 물었더니 네로는 말했다. 글쎄, 제대로 헤어지고 싶은 걸까. 그리고 나라면, 내가 세상에 없는데 내 일부가 어딘가 남아 있는 걸 견딜 수 없을 것 같거든. 하지만 네로의 작은 아파트 안은 이모의 흔적들로 가득했다. 이모가 쪽지에 적어 냉장고에 붙여 놓은 김무침 조리법까지 그대로 있었다. 이모는 물건을 잘 버리지 못했다고 네로는 말했다. 특히 책처럼 생긴 게 버려져 있으면 무조건 들고 왔다고. 네로를 위해서. 네로는 이모가 주워왔다는, 일본어로 된 오래된 재봉 관련 잡지들을 보여주었다. 부록으로 옷본이 매달려 있었다. 초등학생 전과, 학년과 과목에 상관없이 옹기종기 모여 있는 낡은 교과서들도 있었다. 거기에는 모르는 이름들이 적혀 있었고 다양한 낙서들이 있었다. 그뿐만 아니었다. 베란다에는 이모가 모아 둔 물건들이 상자에 담긴 채, 어떤 것들은 채 담기지도 못한 채로 거실 안으로 들어오려는 햇볕을 가로막고 있었다.

그날 우리는 맥주를 마시며 밤새 이야기를 나누다가 바닥에 모로 누워 잠들었다. 내가 네로의 장례식에 따라다니기 시작한 것은 그 무렵부터다. 처음에는 그저 호기심이었다. 하지만 깡통 안에서 이글거리는 불꽃을 바라보고 있으면 이상할 정도로 마음이 편안해지곤 했다.

그때 네로에게 답장이 왔다. 동그라미 두 개. 와도 좋대, 내가 연에게 말했다. 연은 보일 듯 말 듯 웃었다. 내 앞에 앉은 연은 동그랗게 뭉친 알루미늄 박을 힘을 주어 꾹꾹 누르고 있었다. 그러다 보면 그건 어릴 적 가지고 놀던 유리구슬만 한 작은 공이 된다. 단단하고 반짝거리는 은빛 공. 나도 몇 번 따라 해 봤지만 연은 내가 만든 것은 거들떠보지도 않는다. 연은 샌드위치 선반 안쪽 깊숙이, 똑같은 크기의 포일 공들이 담긴 조그만 상자를 숨겨 놓고 있었다. 연이 왜 그런 일을 하는지는 모른다. 모르지만 나름의 규칙은 있었다. 포일 공을 상자에 집어넣은 다음에는, 쟁반에 펼쳐서 말려둔 커피 찌꺼기를 한 국자 담아서 홀에 있는 커다란 돈나무 화분에 뿌려주었다. 그러고 나서는 테이블의 각을 엄격하게 맞춘다. 어떤 때는 아주 한참 걸리기도 했다.

나는 연이 망설임 없이 하는 그런 행동들이 좋았다. 샌드위치를 만들 때 잘라낸 식빵 가장자리를 잘게 부숴서, 퇴근길에 비둘기들한테 뿌려 준다든가 하는. 한번은 비둘기에게 밥을 준다고 근처 식당 주인아저씨가 열을 낸 적이 있었다. 인상을 쓰든가 문신을 들이밀어 겁을 줄 줄 알았는데, 연은 아저씨를 길 한쪽으로 데려가 한참 동안 뭐라고 이야기를 했다. 그러자 아저씨가 순순히 돌아갔다. 대체 뭐라고 한 거냐고 물어도 연은 어깨만 으쓱할 뿐이었다. 그렇게 나의 예상을 완전히 빗나가는 것도, 좋았다. 언젠가는 외국인 손님이 내게 길을 물어봐서 손짓 발짓을 해가며 진땀을 빼고 있는데 연이 원어민 빰치는 발음으로 나를 구해 주었다. 손님이 떠나고 내가 경외의 눈빛으로 연을 바라보자, 연은 오랫동안 하와이에서 살았다고 대수롭지 않게 대답했다. 연은 고등학교를 중퇴한 뒤 홀로 한국에 와서 지금껏 살고 있었다. 부모님은 오아후섬에 있는 한인 타운에서 세탁소를 운영한다고 했다. 그래서인가 연은 티셔츠에 주름 하나가 없었다. 연은 몇 달간 알바비를 모아서 빨래 건조기를 샀는데 그게 한국에 와서 제일 잘한 일이라고 생각한다며, 다림질을 할 때 가장 마음이 평화롭다고 했다. 연이 우리 집에 와서 빨아야 할 옷가지들과 빨아서 걷어놓은 옷가지들이 한데 쌓여 있는 것을 보면 기겁하지 않을까 싶었다.

연은 고등학교를 자퇴한 후, 그것을 기념해 등에다가 커다란 나무 몸통을 새겼다. 왜 학교를 그만두었는지, 왜 하필 나무 문신이었는지는 얘기해 주지 않았다. 어쨌든 이후로 연은 매년 생일이 되면 나무에다 새로운 가지를 하나씩 그려 넣는다고 했다. 연이 아르바이트를 하는 이유는 다음 가지를 그려 넣기 위해서, 그 이상도 이하도 아니었다. 여름이 오면 하던 일을 그만두고 바다로 간다. 두 달 동안 손가락 발가락에 주름이 질 때까지 종일 파도를 탄다. 소원이라면 죽기 전에 완벽한 그린 룸에 들어가 보는 것이었다. 초봄에 카페 일을 시작해 여름이 돌아왔을 때, 연은 사장에게 알바를 그만두겠다고 말했다. 사장이 이유를 묻자 연은 하와이로 서핑을 하러 갈 거라고 했고, 그러자 사장은 연에게 여름이 끝나면 다시 돌아오라고 했다고 한다. 정말로 연은 피부가 새까매진 채로 돌아왔다. 그리고 이듬해 여름에 다시 두 달 동안 떠났다가 돌아왔다. 그러기를 삼 년째, 연이 없는 동안 사장은 직접 앞치마를 두르고 연의 빈자리를 채웠고, 연이 돌아오면 다시 불도그 주인으로 되돌아갔다. 그 얘기를 듣고 나는 연이 대단하다고 생각하는 한편, 그것으로 충분한지 괜찮은지 궁금했다. 한번은 연에게 나중에 나이가 들어서 아르바이트도 할 수 없고, 서핑도 할 수 없게 되면 어떡할 거냐고 물었더니, 연은 나를 물끄러미 바라보다가 말했다. 여태까지 네로 형 장례식에 몇 번 가봤다고? 나는 속으로 셈해보았다. 글쎄, 열 번 정도인

가. 내가 대답하자 연은 검지로 자신의 머리를 툭툭 쳤다. 생각해보라는 듯이.

나는 연에게는 네로 이야기를, 네로에게는 연에 대한 이야기를 한다. 연은 오늘도 말이 없었어. 연은 오늘도 포일 공을 만들었어. 연은 아이스 아메리카노 말고 다른 것은 마시지 않아. 연은 남은 얼음을 남김없이 와작와작 깨물어 먹어. 네로는 가만히 듣고 있다. 듣고 있는 게 아닌지도 모른다. 가끔 네로는 혼자 다른 곳에 가 있는 것처럼 멍해 있곤 했다. 그럴 때면 이 형이 내가 어릴 적 존경해 마지않았던 그 형이 맞는지 의아해졌다.

어릴 적 네로는 나의 우상이었다. 기껏해야 초등학생이었던 네로는 방학이 되면 혼자서 세 시간 쯤 기차를 타고 나와 부모님이 살고 있는 집으로 찾아왔다. 남의 집에 빈손으로 가면 안 된다고 배웠다며, 늘 한 손에는 음료수건 과일이건 그런 것을 들고 있었다. 나와 내 친구들은 방학이 시작될 무렵이면 네로가 오기만을 기다렸다. 네로가 없을 때도 재미있게 놀았지만, 네로가 놀러 오면 마치 다른 세계로의 모험이 시작되는 느낌이었다. 한번은 마을에 흐르는 실개천이 어디까지 흘러가는지 알아보겠다며 대여섯 명이 길을 떠난 적도 있었다. 개천이 시퍼렇게 깊어질 때까지 나뭇가지를 꺾으며 걸었다. 해가 어둑해지자 친구 녀석 중 하나가 무섭다고 울기 시작했고, 그러자 나머지가 다 따라 울어 결국 되돌아오고 말았다. 돌아오는 길에 별처럼 쏟아지는 반딧불이를 보았는데, 그렇게 많은 반딧불이를 본 것은 처음이자 마지막이었다. 네로가 없을 때는 한두 마리 본 것이 고작이어서, 우리는 그것이 네로 때문이라고 생각했다.

네로가 네로가 된 사연도 굉장했다. 열 살 때 봄인가, 집에 개 한 마리가 왔다. 발이 통통한 백구였다. 아버지를 포함한 동네 아저씨들이 복날에 잡아먹으려고 잠시 우리 집에 맡겨둔 것이었다. 엄마는 정붙이지 말라고 따로 이름도 지어주지 않고 그냥 백구라고 불렀다. 초복 날 내가 울고불고 한바탕 난리를 벌여 아저씨들은 백구 잡는 날을 중복으로 미뤘다. 방학 때 놀러 온 네로에게 이 이야기를 했더니 네로가 심각한 얼굴을 하고 말했다. 이대로 놔둘 순 없어. 다음 날 아침 부모님은 식탁 위에서 '이모, 이모부님 전 상서'로 시작하는 편지를 발견했다. 백구를 안전한 곳에 옮겨 놓고 돌아오겠다는 내용이었다. 예전 일도 있고 해서 부모님은 조금 기다려 보기로 했지만, 네로는 밤이 늦도록 나타나지 않았다. 조금만 더 기다려 보라고 우리 부모님을 안심시킨 건 이번에도 이모였다. 다음 날 아침 일찍 전화벨이 울렸다. 읍내에서 외떨어진 곳에 있는 작은 교회 목사님이라고 했다. 새벽 기도를 하러 갔다가, 네로가 백구를 껴안고 의자 위에 잠들어 있는 것을 발견했다는 것이다. 엄마 아빠는 어이가 없어서 웃고 말았다. 네로는 검은 고양이 네로도, 로마의 황제 네로도 아니고 바로 '플란더스의 개'의 네로였다. 돌아온 백구는 백수를 누리고 우리 집 뒷마당에 묻혔다.

그랬던 네로는, 이제는 내가 밥을 해놓지 않으면 끼니를 거르거나 라면이나 겨우 끓여 먹는 인간이 되었다. 그래서 나는 어느 때부터인가 주말에 밥을 두 솥 지어서 한 끼 분씩 나누어 냉동실에 얼려 두었는데, 내가 일하러 가 있는 동안 냉동밥은 매일 두 개씩 사라졌다. 네로는 최소한의 시공간만을 차지하고 싶어 하는 사람처럼 보였다. 엔트로피를 최소한으로 증가시켰다. 설거지를 하지 않기 위해 요리는 하지 않았고, 씻지 않기 위해 최대한 땀이 나지 않도록 느릿느릿 움직였다. 음식 쓰레기를 버리러 가지 않기 위해 치킨을 시켜 먹어도 순살 치킨만 시켜 먹었다.

함께 산 지 얼마 되지 않아 나는 네로가 대체 생계를 어떻게 유지하는지 궁금했다. 내가 내는 월세라고 해봤자 얼마 되지 않았다. 알고 보니 네로는 겨울을 제외한 나머지 계절에 겨울잠을 자는 생물이었다. 연말의 시끌벅적한 분위기가 시작될 무렵이면, 네로는 주로 공장에 들어가 단기로 일했다. 언젠가는 생고기를 포장했고, 언젠가는 액자 틀을 조립했다.

잔업과 특근을 모두 도맡는다. 그리고 집에 돌아와서는 책꽂이에 틀어박혀 잠든다. 겨우내 그렇게 일해서 일년 치 생활비를 마련해 놓고, 연녹색 이파리가 돋아나기 시작하면 본격적인 칩거에 들어가는 것이다.

필요한 건 모조리 인터넷으로 주문한다. 택배 아저씨는 노크도 없이 문 앞에 상자들을 두고 갔다. 사소한 건 내가 퇴근할 무렵 문자를 보낸다. 라면2. 소주1. 면봉. 바나나. 그런 식으로. 마침표는 굳이 찍지만, 부탁한다든지 고맙다든지 하는 말 따윈 없다. 그런 식으로 몇 푼 안 되는 알바비를 축내는 게 괘씸해서, 작년 겨울부터 월세를 안 보냈는데 네로는 아무 말도 안 했다. 그래서 나도 가만히 있었다. 한번은 네로가 삼십 미터짜리 호스를 샀다. 매직 호스라고, 물이 고압으로 분사되어서 세차나 건물 외벽 청소를 할 때 쓰는 거였다. 홈쇼핑 광고에서 더러운 것들이 싹 쓸려나가는 걸 보는 게 기분 좋아서 샀다는 것이다. 그걸로 베란다 청소를 한다고 베란다에 있던 짐들을 거실로 들여놓기 시작하더니, 그것만으로 지쳐서 중간에 관두었다. 이모가 모아놓은 것들을 몇 차례 버리고도 그만큼이 남았다고 했다. 십 톤 트럭 정도는 나왔을걸, 하고 네로는 말했다. 슥 둘러보아도 쓸 만한 물건은 하나도 없어 보였다. 거실을 차지한 짐짝들을 도로 베란다로 옮기다가, 나 역시 귀찮아져서 관두었다. 거실이 그렇게 되고나서는 텔레비전을 네로의 방으로 옮겨 놓고, 주로 거기서 놀았다. 내 방이 더 컸지만 네로는 내 방에는 들어오지 않았다.

점심시간이 끝날 무렵 시작되는 두 번째 피크 타임에, 딸기 스무디를 만들다가 손이 미끄러져 믹서기 용기를 떨어뜨렸다. 분홍색 액체가 바닥을 뒤덮었는데 너무 바빠서 치울 새가 없었다. 퇴근 전에 연과 나는 커다란 플라스틱 통에 물을 담아, 몇 번이고 부어가며 그것을 치웠다. 오후에 교대하는 알바생이 와서는 곤란하다는 표정을 지었다. 부엌 안에 딸기향이 진동했다. 고무 슬리퍼가 바닥에 붙었다 떨어질 때마다 쩍, 쩍, 하는 소리가 났다. 몸에서 딸기 냄새가 나. 퇴근길에 내가 말했다. 나쁠 거 없잖아, 하고 연이 대꾸했다. 그렇네. 연은 맞는 말만 한다. 그러고는 말없이 지하철역을 향해 걷는데, 연이 갑자기 걸음을 멈췄다. 돌아보자 연이 길가에 세워져 있는 천막 중 하나를 가리켰다. 사주, 궁합, 타로라고 적힌 깃발들이 달린 노랗고 파란 천막들. 늘 지나쳐 걷기만 했었다. 해본 적 있어? 연이 물었다. 아니, 넌? 연이 고개를 저었다. 해 볼래? 묻는 연의 얼굴에 장난기가 돌았다. 나는 고개를 끄덕였다.

아직 시간이 이른지 개장한 곳이 별로 없었다. 열려 있는 어느 천막 안을 들여다보니 파란색 중절모를 쓴 할아버지가 앉아 있는 게 보였다. 연이 옆구리를 찔러서 내가 먼저 들어갔다. 뿔테 안경 너머로 할아버지가 우리를 올려다보았다. 타로는 오천 원, 올해 사주는 만 원, 평생 사주는 이만 원이라고 했다. 타로랑 사주를 둘 다 한다는 게 조금 웃겼다. 연이 나부터 하라고 눈치를 주었다. 나는 잠시 망설이다가, 올해 사주를 보겠다고 했다. 할아버지가 이름과 생년월일시를 물었다. 내가 대답하자 할아버지는 줄이 쳐진 빈 노트에다 연필로 뭔가를 열심히 적었다. 그러더니 꽁꽁 언 물에 마른 땅, 이라고 말했다. 올해는 쉽게 안 풀려. 근데 열심히 하면 괜찮아. 그러고는 특히 뭐가 궁금하냐고, 바라는 게 뭐냐고 물었다. 음, 모르겠어요, 라고 내가 대답하자 할아버지가 나를 물끄러미 쳐다보더니 소리쳤다. 궁금한 게 있어야 답을 해주지! 흘끗 연을 보니 웃음을 참고 있었다. 음, 뭘 열심히 해야 할지 모르겠어요. 내가 중얼거렸다. 할아버지는 내 말을 무시하고 말했다. 취업하고 싶으면 욕심을 버려. 딱 봐도 직장인처럼은 보이지 않는 모양이었다. 또 말했다. 연애는 못 해. 만나도 헤어져. 딱 봐도 솔로인 모양이었다. 나는 또다시 시무룩해졌다.

연의 차례가 왔다. 할아버지는 또 뭔가를 열심히 쓰더니 옥토에 나무, 라고 말했다. 기운이 좋다고 했다. 그때 말을 자르며 연이 말했다. 저는 오늘 운세만 볼게요. 오늘? 할아버지가 되물었다. 네, 연이 고개를 끄덕였다. 할아버지는 의아하다는 듯 연을 쳐다보더니 그러던지, 하고 말했다. 오늘은, 먹을 복이 있네. 할아버지가 말하자 연이 웃음을 터뜨렸다. 나도 모르게 따라 웃었다. 그러자 할아버지도 웃었다. 좋네요, 먹을 복. 연이 말했다. 할아버지는 정색하려고 애쓰면서, 연에게 오늘 하루는 뭘 해도 잘될 날이라고 했다. 복권을 사도 좋겠다고. 정남쪽에 귀인의 기운이 있다고도 했다. 근데 어느 쪽이 남쪽이에요, 하고 연이 물었다. 할아버지는 잠시 고민하다가 저쪽이 동대문이니까, 저쪽이겠지, 하며 내 쪽을 가리켰다. 연이 나를 쳐다보았다. 얘가 귀인이에요? 그러자 할아버지가 호통쳤다. 남쪽으로 가야지! 연이 킥킥거렸다. 할아버지는 둘 다 오천 원씩만 내라고 했다. 넌 제대로 궁금한 게 없고, 넌 하루치만 물어봤으니까. 연이 만 원짜리를 꺼내서 건넸다. 주섬주섬 자리에서 일어나는데 뒤통수에 대고 할아버지가 말했다. 궁합은 좋아. 네? 물이랑 나무, 궁합이 좋다고. 붙어 다녀! 할아버지가 소리쳤다. 우리는 네네, 하고 웃으며 천막을 나섰다. 오천 원 아깝다. 내가 말했다. 난 아닌데. 연이 대꾸했다. 먹을 복 있다잖아. 좋겠네. 그런저런 얘기를 하며 걸었다. 지하철역 입구에서, 새벽까지 기다리기 심심할 것 같은데, 하고 연이 말했다. 우리 집에 놀러 가고 싶다고 했다.

네로에게 전화를 걸었지만 받지 않았다. 집에 네로가 없었다. 없을 리가 없는데 이상했다. 연은 책꽂이가 보고 싶다고 했다. 잠시 망설이다가, 우리는 네로의 방으로 들어갔다. 네로의 방에서는 늘 형언하기 어려운 냄새가 났다. 바짝 마른 것 같으면서도 동시에 축축하게 젖어 있는 냄새. 연은 무슨 전시회라도 보러 온 사람처럼 뒷짐을 지고 방 안을 기웃거렸다. 구멍이, 일곱 개네. 책꽂이를 둘러보던 연이 말했다. 방 한가운데 있는 작은 좌식 책상 위에 책 한 권이 놓여 있는 게 보였다. 그리 두껍지 않은 소설책이었는데, 제목이 '거봐'였다. 내가 거봐, 하고 말하자 뭐가? 하고 연이 다가왔다. 연이 책을 보더니 제목이 '거봐'야? 하고 말했다. 노란색 띠지에 '나는 30초에 한 번씩 독자를 웃기고 싶다!!'고 쓰여 있었다. 느낌표가 두 개였다. 그것만으로도 웃겼는데 표지를 펼치자 짧은 단발머리에 활짝 웃고 있는 젊은 여자의 얼굴이 눈에 들어왔다. 웃느라 휘어진 눈에, 한쪽 덧니가 툭 튀어나와 있었는데 왠지 따라서 웃게 되는 사진이었다. 나는 방바닥에 엎드려 휴대폰으로 여자의 이름을 검색해 보았다. 첫 책을 낸 지 일 년도 채 되지 않았다. 비슷한 기사가 두세 개 정도 있었다. 새벽에 술 취한 운전자가 승용차로 치킨집을 들이받았는데 테라스 쪽에 앉아 있던 작가가 미처 피하지 못했다는 내용이었다. 오늘이 발인이었다.

리모컨으로 텔레비전을 켰다. 철 지난 드라마가 연속으로 나오고 있었다. 라면을 끓여 먹고 상을 치우지도 않은 채 바닥에 누워 텔레비전을 봤다. 연은 엎드려서 아까 그 책을 읽었는데 정말로 30초에 한 번씩 키득거렸다. 재밌어? 내가 묻자 연이 응, 하고 대답했다. 까무룩 잠이 들었다. 눈을 떠보니 방 안이 캄캄해져 있었고, 연이 없었다. 거실로 나가보니 연은 짐 더미 사이에 주저앉아 뭔가를 들여다보고 있었다. 창밖으로 가로등 불빛이 흘러들어 오고 있었다. 뭐 해? 나는 전등 스위치를 켰다. 연이 눈이 부신 듯 얼굴을 찡그렸다. 그러고는 내게 사진 한 장을 내밀었다. 색동 한복을 입고 머리에 까만 복건을 쓰고 있는 아기 네로의 사진이었다. 볼이 빨갛고 통통했다. 연이 자신의 다리 위에 펼쳐져 있는 앨범을 가리켰다. 처음 보는 것이었다. 여기 있었어. 연이 짐짝 어딘가를 가리키며 말했다. 내지는 누렇게 변색되어 있었고, 사진 옆에 이모의 가지런한 손글씨로 이런저런 코멘트가 적혀 있었다. 앨범에 꽂혀 있는 첫 번째 사진은, 아직 자른 탯줄이 붙어 있는 네로를 이모부가 목욕시키고 있는 장면이다. '×월 ×일, 아빠랑 하는 첫 목욕'이라고 쓰여 있다. 커다란 고무대야 위로 이모부의 뒤통수가 보인다. 러닝셔츠 차림으로, 드러난 팔뚝이 두껍지는 않아도 단단해 보인다. 이모부의 커다란 손바닥 위에 새빨갛고 주름진 아기의 머리가 놓여 있다. 네로는 아버지의 얼굴을 올려다보고 있다. 주변이 어두웠는지 플래

시가 터져서 네로의 눈동자가 빨갛다.

네로를 품에 안고 환하게 웃고 있는 우리 엄마의 사진도 있었다. 옆에 적힌 날짜를 보니 사진 속 엄마는 지금의 나보다도 어렸다. 우리 엄마야, 내가 사진을 가리키자 연은 그 옆에 있는 이모의 사진과 엄마 사진을 몇 번이고 번갈아 들여다보더니 말했다. 쌍둥이라고 해도 믿겠다. 그런가, 하고 보니 정말 그런 것도 같았다. 어렸을 때 종종 그런 오해를 받았단 얘기는 들었지만, 나는 두 사람이 닮았다는 생각을 해본 적이 없었다. 생전에 이모는 내게 엄마의 동생이기보다는 네로의 엄마였다. 네로와 내가 동네를 누비고 다녔던 것처럼, 어린 자매도 뭔가를 찾아다니고 깔깔거리고 경이로워했을 거란 생각은 별로 하지 못했다. 한 살 어린 여동생이 엄마가 되는 것을 지켜보는 마음은 어떤 것이었을까. 이모가 분만실에 들어갔을 때, 엄마가 문밖에서 하염없이 울었단 얘기는 들었다.

이모는 열아홉에 임신해서 스무 살에 결혼했다. 어렸을 때 이모는 글씨를 또박또박 잘 쓰는 아이였다. 초등학교에 들어가기도 전에 혼자서 한글을 뗐다. 여섯 살 이모가 외할머니가 나물을 말리느라 펼쳐둔 철 지난 스포츠 신문을 보고 '섹스에는 정년이 없다'라는 문장을 완벽하게 읽어 모두를 당혹하게 했다는 일화는 유명하다. 중고등학교 때도 전교에서 일이 등을 다툴 정도로 공부를 잘 해서, 외할머니 외할아버지는 이모가 커서 집안을 일으킬 거라고 내심 기대하고 있었다. 그런 이모가 고등학교도 졸업하기 전에, 임신했다며 이모부를 데리고 나타났을 때 외할아버지는 들고 있던 효자손을 너무 세게 쥐어서 부러뜨려 버렸다고 한다. 이모부를 후려치는 대신이었다. 그 효자손은 이모가 중학교 때 경주로 수학여행을 갔다가 사 온 것으로 외할아버지는 언제나 그걸 등에 꽂고 살았다. 외할아버지 댁에 가면 아직도 그 효자손이 있는데, 두 동강이 난 걸 테이프로 친친 감아 이제껏 쓰고 있었다.

와, 잘생겼다, 이모부의 사진을 보고 연이 감탄했다. 하늘색 양복을 차려입은 이모부가 계단에 걸터앉아 있다. 이모부는 이모와 고등학교 동창으로, 배우처럼 잘생긴 얼굴로 유명했다. 얼굴값 한다는 말도 있으니 걱정이 되기는 했지만, 이모부는 순하고 성실한 편이어서 외할머니 외할아버지도 이내 예뻐하게 되었다고 한다. 결혼하고서 이모는 시댁으로 들어갔다. 그래 봐야 친정에서 버스로 세 정거장 거리였다. 젊은 아빠는 막노동판에서 일을 시작했고, 공사가 있으면 며칠씩 집을 비웠다. 이모는 그때마다 아이를 업고 친정집에 와서, 시어머니가 손자 얼굴 좀 보자고 전화해서 애원할 때까지 버티다 가곤 했다. 엄마는 시내에 있는 사무실에서 경리로 일했는데 퇴근해서 조카 보는 재미에 푹 빠져 있었다고 한다. 그러다 이모부가 어느 건축 회사에 관리직으로 정식 임용

되면서 이모네는 서울로 이사를 했다. 나쁠 게 없던 시절이었다. 네로가 여섯 살이 되던 해, 아파트 건설 현장에서 축대가 무너져 다섯 사람이 깔렸는데 그중에서 이모부만 죽었다. 이모부 없이도 아파트는 별탈 없이 완공되었고, 이모는 보험금에 전세금을 더해 그 아파트의 한 칸을 샀다. 그랬다는 것을 네로는 아주 나중에야 알았다고 한다.

나는 이제껏 엄마가 우는 것을 딱 한 번 봤는데, 그건 바로 서울 이모 집에 다녀온 후였다. 엄마는 낮은 목소리로, 집 안 가득 쌓여 있는 물건들에 대해, 쓰레기에 대해, 형언할 수 없는 냄새에 대해, 그리고 네로에 대해 — 아버지에게 이야기하고 있었다. 중간중간 울음이 터져 나와 엄마는 자꾸만 이야기를 멈추고 호흡을 가다듬어야 했다. 나는 안방 문 앞에서 엿들었다. 엄마는 네로를 우리 집으로 데려오자고, 데려와야 할 것 같다고 했다. 아버지는 아무 대답도 하지 않았던 것 같다. 모르겠다. 기억은 거기서 뚝 끊기는데, 그 뒤로 부모님 사이에 어떤 이야기가 오고 갔는지, 내가 얼마나 오랫동안 문 앞에 서 있었는지는 기억이 나지 않는다.

그때 네로에게 전화가 왔다. 책상에 있는 책하고 깡통을 갖고 나오라고 했다. 네로의 배낭을 둘러메고 네로의 자전거를 타고 달렸다. 내 자전거는 연이 탔다. 네로는 편의점 앞에 놓인 테이블 중 하나에 앉아 있었는데, 검은 양복을 입고 있어서 찾기 어려웠다. 깡통 소리를 듣고 네로가 돌아보았다. 테이블 위에 맥주 캔 두 개가 벌써 찌그러져 있었다. 양복을 입은 네로의 모습이 낯설었다. 연이 꾸벅, 인사했다. 저도 검은 옷을 입고 왔어야 하는데, 연이 말하자 이건 다른 장례식 때문에 입은 거거든, 하고 네로가 대꾸했다. 누구 장례식? 내가 묻자 네로는 대답 대신 지갑에서 카드를 꺼냈다. 내게 건네려다가 연에게 주었다. 먹고 싶은 거 다 사 와. 그러자 연이 나를 보고 눈을 동그랗게 떴다. 왜? 네로가 물었다. 아까 사주 봤는데, 얘 오늘 먹을 복 있다 그랬거든. 그래? 네로가 웃었다. 카드를 받아든 연과 나는 편의점으로 들어가서 캔 맥주 여러 개와 감자 칩, 소시지, 즉석 라면을 샀다.

여름이 기웃거리고 있었다. 바람은 선선하고 공기가 맑아서 좋았다. 몇 번이고 잔을 부딪쳤다. 내가 가방에서 책을 꺼냈다. 혹시 여기 갔다 왔어? 내가 묻자 네로가 고개를 끄덕였다. 대학 동기였어. 네로가 내 손에서 책을 가져다가 펼치고는 한참 동안 사진을 들여다보았다. 그러더니 이내 웃었다. 영정 사진도 이걸로 했더라. 네로가 말했다. 좋아했구나? 내가 묻자 잠시 말이 없던 네로는, 한번은 있잖아, 하고 말했다. 한번은 농활을 갔는데 말야. 온종일 풀 뽑고 저녁때 동네 사람들이랑 막걸리 진탕 마시고 놀았거든. 방 여기저기 쓰러져

서 자고 아침에 깨서, 밖으로 나가려고 보니까 내 운동화가 없는 거야. 애들이 하나둘씩 깼는데 다들 신발이 없어. 동네 어르신들은 모르는 일이라고 하고. 그때 얘가, 네로가 사진을 가리키며 말했다. 이상해, 나만 신발이 있어, 그러는 거야. 이상했지. 몇몇이 거기 원래 있던 고무 슬리퍼를 신고 신발을 찾으러 나갔는데, 마을 중간에 커다란 나무가 있었거든. 거기 우리 신발이 다 대롱대롱 매달려 있었어. 네가 그랬냐고 애들이 얘한테 물어봤지. 근데 기억이 안 난다는 거야. 그 많은 신발을 얘가 혼자서 언제 다 가져다가 묶었을까 싶잖아. 그래서 그냥 지나갔지. 별일도 아니니까. 완전히 잊어버리고 있었는데 한참 나중에, 얘랑 나랑 둘이 과실에 있었는데 갑자기 나한테 그러는 거야. 비밀 얘기해 줄까? 그래서 내가 고개를 끄덕거리니까 얘가 그러더라. 그때 그 신발, 내가 그랬다고. 돌아오는 버스에서 기억이 났는데 말을 못 했다고. 네로가 말을 멈추고 미소 지었다. 웃기지. 이상한 애였어. 네로가 말했다. 재밌던데요, 그거. 연이 말했다. 거봐. 네로가 말하고 웃었다.

그나저나 그건 문어냐? 연의 티셔츠 위로 튀어나온 문신을 보고 네로가 물었다. 연은 대답 대신 몸을 돌리더니 입고 있던 티셔츠를 훌렁 걷었다. 문어가 아니라 나무였다. 잎이 하나도 달려 있지 않은 겨울나무. 굴곡이 많은 나뭇가지가 등 전체에 퍼져 있었고 몸통 아랫부분은 바지에 덮여 있었는데,

엉덩이 부분에 뿌리까지 그려져 있다고 했다. 옆 테이블에 앉아 있던 사람들이 우리를 흘낏거렸다. 그러고 보니까 아까 얘 사주가 나무라고 했다. 내가 말했다. 어쩐지. 연이 말했다. 뭐가? 네로가 되묻자 어쩐지 나무 문신이 하고 싶었거든요, 하고 연이 말했다. 그때 어디선가 아카시아 향기가 밀려왔다. 네로가 목을 쭉 빼고 몇 번이고 냄새를 들이마셨다. 연과 나도 따라서 킁킁거렸다. 근데 왜 나무에 잎이 없어? 네로가 물었다. 연이 어깨를 으쓱했다. 잎도 그려. 꽃도 그리고. 네로가 말했다. 향기 좋잖아. 연은 웃으며 생각해보겠다고 했다. 그러더니 갑자기 형님, 여기가 남쪽입니까? 하고 물었다. 그새 호형호제하는 사이가 된 모양이었다. 저쪽이 남산이니까, 저쪽인가. 네로가 흐흐 웃었다. 잘 모르겠네. 저도요. 연이 말했다. 근데 다짜고짜 남쪽이라니 너무한 거 아냐, 하고 네로가 말했다. 수원도 남쪽이고, 부산도 남쪽인데. 베트남도. 연이 말했다. 너무하네, 너무해, 떠들다 보니 밤이 깊었다.

이제 가자. 네로가 자리에서 일어났다. 연과 나는 자전거를 끌고, 네로는 깡통을 흔들며 한참을 걸었다. 문득 네로와 함께 개천을 따라 걷던 기억이 났다. 계속 걸었다면 강이 나오고 더 걸었다면 바다가 나왔을까. 그건 동해였을까, 서해였을까. 상관없었다. 그날 우리가 본 반딧불이들이 어느 쪽에서 날아왔는지, 이 아카시아 향이 어느 쪽에서부터 흘러오는 건지도. 늘 가던 다리 밑으로 내려가자 물비린내가 짙게 끼쳐왔다. 네로가 바닥에 깡통을 내려놓고, 가방에서 책을 꺼냈다. 잠시 머뭇거리던 네로는, 책을 펼쳐 또다시 사진을 들여다보았다. 가로등 불빛이 멀어서, 얼굴 가까이 책을 갖다 대고선 한참을 들여다보았다. 곧 네로는 어느 페이지인가를 조심스레 찢어냈다. 그러고는 내게 책을 건넸다. 나는 그것을 받아서, 적당히 펼쳐 깡통에 집어넣었다. 네로가 연에게는 라이터 기름을 건넸다. 연이 그것을 받아 책 위에 뿌렸다. 뜯어낸 책장에 불을 붙이자 불꽃은 서서히 넓어졌다. 가장자리가 까맣게 타들어 갔다. 네로는 깡통 안으로 그것을 던져 넣었다. 곧 불꽃이 환하게 일었다. 네로는 잠시 깡통 안을 들여다보다가, 이내 조금 떨어진 곳으로 물러나 바닥에 주저앉았다. 연과 나는 타오르는 불꽃을 가만히 바라보았다.

새벽 공기는 차가워서, 불 앞에 서 있어도 별로 따뜻하지 않았다. 불길이 잦아들기 시작하자, 나는 네로 옆으로 가서 바짝 붙어 앉았다. 닿아 있는 팔뚝의 면적만큼 온기가 느껴졌다. 잠시 후에 연도 내 옆에 와서 앉았다. 그렇게 한참을 말없이 앉아 있었다. 이렇게 나란히 앉은 세 사람 중 길을 아는 사람은 하나도 없는데도, 불안하지 않았다. 그냥 이렇게 조금씩 우리가 가진 시간을 태워, 작은 불꽃을 보는 것만으로도 충분할지도 모른다는 생각을 했을 뿐. 그때 문득 연이 입을 열었다. 가끔 부모님이 자리를 비우면 혼자 세탁소를 지키곤 했다고. 그건 말하자면 계속 기다리는 거예요, 하고 연은 말했다. 세탁물을 맡기러 올 손님을 기다리고, 그 손님이 맡긴 걸 찾으러 올 때까지 또 기다리고. 세탁기를 돌리고 다림질을 하는 건 오히려 기다리는 시간을 메꾸기 위한 것 같은 기분이 들 때가 있다고, 연은 말했다. 가게 안쪽에 작은 방이 있었다. 거기엔 오랫동안 찾아가지 않은 옷들이 보관되어 있었다. 연은 가끔 그 어둑한 방에 들어가, 걸려 있는 옷들을 뒤적거렸다. 몇 개는 꺼내서 입어보기도 했다. 바닥에 끌릴 만큼 커다란 코트도 있었고, 몸에 꼭 맞는 스웨터도 있었다. 거짓말처럼 조그만 원피스도 있었다. 한때 그것들을 걸쳤던 몸이 세상에 없을 수도 있다는 생각을 하면 쓸쓸한 기분이 들곤 했다고. 깡통 안을 들여다보는데, 갑자기 그 생각이 났어요, 하고 연은 말했다. 우리는 어깨를 맞댄 채로 흔들리는 강물을 바라보았다. 그때 사우나 하러 갈까? 하고 네로가 말했다. 연과 나는 고개를 끄덕였다.

나비야

미선에게서 전화가 온 것은 오후 세 시쯤이었다. 미희는 홍콩 야자나무에서 죽은 잎을 떼어내고 있었다. 벨이 울리는데 휴대폰을 어디다 두었는지 기억이 나지 않았다. 소리를 따라가 보니 휴대폰은 정리하지 않아 엉망으로 구겨진 오리털 이불 사이에 있었다. 아침에 침대에 누워 잠시 들여다본 뒤 팽개쳐 놓은 것을 이제껏 잊고 있었다. 액정 화면에 미선의 이름이 떠올라 있는 것을 보고 미희는 놀랐다. 잠시 망설이다가 통화 버튼을 눌렀다. 수화기 너머에서 언니, 하고 미선이 말했다. 웬일이야, 미희가 말했다. 나 언니네 아파트에 일하러 왔어. 302동. 미희는 놀랐지만 내색하지는 않았다. 미선이 아이 돌보미로 일을 시작했다는 것은 수영으로부터 들었다. 그래? 언제부터? 미희가 묻자 지난주부터, 하고 미선이 대답했다. 미선은 뭘 씹고 있는지 우물우물했다. 아이는 낮잠을 자고 있고, 미선은 도시락으로 싸 온 미역국에 밥을 말아 먹고 있다고 했다. 점심은 먹었어? 미선이 물었다. 미희는 그럼, 하고 대답했다. 미희는 점심때 얼려 둔 누룽지를 끓여 총각무 하나만 놓고 대충 먹었다. 그냥 전화했어. 바로 근처에 있으니까. 미선이 말했다. 미희는 미선에게 잠깐 들렀다 가라고 말할 수도 있었지만 하지 않았다. 언니야, 뭐하고 있어? 심심하지? 미선이 물었다. 별로 안 심심해. 느긋하고 좋기만 하다. 미희가 말했다. 그래? 그럼 다행이고. 잠시 침묵이 흘렀다. 애기 깼다, 끊을게, 미선이 그렇게 말하고는 미희가 대답하기도 전에 전화를 끊었다.

미희는 미선에 대해서, 그런 게 싫었다. 나이 먹은 티를 내는지 쓸데없이 목소리가 큰 것과 상대방이 무슨 얘기를 하든 자기 얘기만 떠드는 것, 전화를 먼저 끊어 버리는 것, 아무것도 바르지 않은 얼굴로 뺨에 검버섯을 키우는 것. 이 년 전 마지막으로 봤을 때, 미희는 미선이 자기보다 훨씬 더 나이가 들어 보이는 것에 놀랐다. 예전에는 그렇지 않았다. 함께 다니면 늘 미희보다는 미선이 더 예쁜 쪽이었다. 미선은 가만히 있어도 사랑받는 역할이었고 미희는 뭐든지 열심히 하는 역할이었다. 그런 역할이 태어날 때부터 정해져 있는 것 같다고, 미희는 자라는 동안 미선을 보며 생각했다. 미희가 학창 시절 미친 듯이 공부를 한 것도, 취직한 지 십 년 만에 아파트를 장만한 것도 어쩌면 다 미선 덕분이었다. 그런 게 미희의 방식이었다. 한시도 가만있지 않는 것. 미희는 휴대폰을 내려놓고, 여태 손안에 쥐고 있던 마른 잎들을 휴지통에 버렸다. 지난달부터 집 안의 식물들이 하나둘씩 병들기 시작했는데 좀처럼 원인을 알 수 없었다. 인터넷으로 검색도 해 보고 꽃집에 물어보기도 했다. 영양제도 이것저것 줘 보고, 흙을 통째로 갈아 보기도 했다. 화분들을 햇살이 잘 드는 쪽으로 옮기느라 낑낑대기도 했다. 잎끝에서부터 노랗게 말라 가기 시작하더니, 완전히 죽는 것도 아닌 채로 그런 상태가 계속 이어지고 있었다. 마른 잎을 떼어내 멀쩡한 잎들을 남겨 두면 얼마 안 가 새로 돋아난 잎도 다시 노랗게 시들어 버리는 것이었다. 어떻게 그럴 수 있는지 미희는 궁금했다. 이름도 모르는 병은 서서히 화분 전체로 옮겨 가기 시작했다. 거기에 대해 자신이 아무것도 할 수 없다는 게 딱했다. 식물을 위한 병원이 있다면 좋을 텐데, 하고 미희는 생각했다.

미희는 간호사로 20년을 일했다. 나머지 20년은 보건소에서 일했고, 보건소장으로 승진까지 했다. 긴 세월이었지만 어떻게 보면 눈 깜짝할 사이에 지나갔다. 살면서 연애 비슷한 것도 몇 번 했고, 그것도 나름대로 열심히 했지만 결혼으로 이어지지는 않았다. 현장에서 살아남는 게 더 중요했다. 출근을 안 해도 되는 첫날, 미희는 더 잘 수 없을 때까지 누워 있다가 몸을 일으켰다. 몸살이 올 것처럼 몸이 묵직했다. 암막 커튼을 쳐 두어 어두컴컴한 방 안에 한참을 멍하니 앉아 있었다. 심장이 불규칙하게 뛰는 것 같았다. 미희는 심호흡을 한 뒤, 겨우 이불을 박차고 나왔다. 바람이라도 쐬러 나가야겠다고 생각했다. 얼굴을 씻고 화장대 앞에 앉은 미희는 잠시 망설이다가 로션 하나만 얼굴에 발랐다. 옷을 갈아입으려다가 카디건만 하나 걸쳤다. 에코백을 메고, 슬리퍼를 꿰어 신고 집 밖으로 나갔다. 이런 차림으로 집 밖에 나온 것은 참으로 오랜만이었다. 참으로 오랜만에, 아니 처음으로 천천히 골목을 걸었다. 한 블록 안에 작은 교회가 세 개나 있다는 걸 알았다. 편의점이 있었고, '버르장머리'라는 미용실이 있었다. 간판에 '머리의 버릇을 고친다'라고 쓰여 있어서 조금 우스웠다. 세탁소가 있었고, 철물점이 있었고, 그리고 조그만 피아노 학원이 있었다. '프랑세 피아노 교습소'라는 간판이 붙어 있었다. 안에서 서툴게 뚱땅거리는 피아노 소리가 들려왔다. 이런 곳이 있었나 싶었다. 늘 차를 타고 다니니 동네에 뭐가 있는지 잘 몰랐다.

피아노를 배워 볼까. 미희는 생각했다. 이십 대 때, 나중에 돈을 벌면 꼭 피아노를 배우리라 다짐했었는데 살다 보니 잊고 있었다. 그게 사십 년도 더 전의 바람이라니, 낯설었다. 미희는 음악 쪽으로는 재주가 별로 없었다. 미선은 어렸을 때부터 노래를 잘했다. 친척들이 모인 자리에서 패티킴의 '이별'을 불러 찬사를 받은 적이 있었다. 미희가 먼저 한차례 학교에서 배운 동요를 주뼛거리며 부른 직후였다. 너도 한 곡 해 보라는 어른들의 요청에 미선은 빼지도 않고 친척 어른이 건네주는 숟가락을 받아 들었다. '어쩌다 생각이 나겠지 냉정한 사람이지만' 하며 애절하게 노래를 부르던 미선은 고작 여덟 살 꼬마였다. 열한 살이었던 미희는, 그때 '박탈감'이라는 단어가 무엇을 뜻하는지 배웠다. 언젠가 돈을 벌면 해야지 했던 것이 많았는데 돈 버는 데 시간을 다 쓰고 말았다는 생각이 이제와 들었다. 그런 생각을 하며 걷다 보니 배가 고파왔다. 김밥집에 가서 김밥이나 한 줄 먹자 싶었다. 주말이나 공휴일이면 직장 내 등산회 사람들과 등산을 가곤 했는데, 가끔 그 집에서 김밥을 포장해 가곤 했다. 북한산이나 인왕산 같은 데 올라갔다가 내려와서는 다 함께 술을 마시며 저녁을 거나하게 먹었다. 집에서 뭘 해 먹은 지가 오래되었다고 생각했다. 그런데 막상 김밥집은 사라지고 무슨 카페로 바뀌어 있었다. 얼마 전에 다녀간 것 같은데 희한했다. 가게 앞 안내판에 샌드위치와 파니니가 있다고 쓰여 있었지만, 유리창 안을 들여다보니 슬리퍼를 신고는 들어갈 수 없을 것 같은 분위기였다.

미희는 계속 걸었다. 신장개업한 생선구이 집이 하나 있었고 뭘 파는지 모르겠는 식당도 하나 있었지만 그냥 지나쳤다. 대로변이 가까워졌을 때, 미희는 갑자기 가슴이 두근거렸다. 돌아서 왔던 길을 다시 걸었다. 생선구이 집으로 들어갔다. 생선을 반건조시킨 뒤 구워서 비린내가 나지 않는다고 쓰여 있었다. 어렸을 때 종종 고등어구이가 상에 올라오곤 했다. 미희는 비려서 싫어했다. 어머니는 요리를 잘하는 편은 아니었다. 소금을 뿌려 굽기만 하면 되는데도 맛이 없었다. 반면 미선은 잘 먹었다. 생선 껍질과 눈알까지 좋아했다. 허옇게 익은 눈알을 쏙쏙 빼 먹는 미선이 징그럽다고 생각했다. 직장 생활을 하면서 외식을 수도 없이 했다. 회나 초밥은 미희도 좋아했는데 유난히 조림이나 구이에는 손이 가지 않았다. 점심때가 지나서인지 식당 안에는 아무도 없었다. 일하는 사람도 보이지 않아 미희는 빈자리에 앉아서 잠시 기다렸다. 새로 인테리어를 했는지 내부가 깨끗했다. 계세요, 하고 불러보았다. 잠시 후에 머리에 반다나를 쓴 남자가 아이고, 미안합니다, 하면서 주방에서 나타났다. 김치를 담그고 있었다고 남자는 말했다. 김치를 직접 담그세요? 미희가 묻자 남자는 밑반찬을 전부 직접 만든다면서 한참 동안 자랑을 했다. 배추랑 고춧가루는 시골에서 친척이 농사지은 걸 직접 받아 오고 장아찌도 직접 만든 거라면서, 맛이 기가 막히다면서. 미희는 삼치구이 백반을 시켰다. 금방 나옵니다, 남자는 그렇게 말하고 리모컨을 들어 텔레비전 전원을 켜더니 미희에게 건넸다. 그리고 주방으로 들어갔다. 혼자서 일하는 걸까 싶었다. 텔레비전에서는 드라마가 나오고 있었다. 처음 보는 제목이었다. 미희는 채널을 바꾸지 않고 리모컨을 테이블 위에 내려놓았다. 텔레비전 아래 개업 축하 화분들이 여러 개 놓여 있는 게 보였다. 난초 화분이 세 개, 고무나무 화분이 하나, 나머지는 이름을 모르는 식물들이었다. 안쪽에서 생선 굽는 냄새가 풍겨 왔다. 미희는 허기가 짙어지는 것을 느꼈다.

주인 말대로 김치와 장아찌 모두 먹음직스럽고 맛도 있었다. 삼치는 원래도 비리지 않은 편이지만 간판에 쓰여 있던 대로 비린내가 전혀 없고 반건조를 해서인지 쫀쫀한 식감이 느껴졌다. 생선 머리 부분은 없었다. 미선과 함께 여기에 온다면 섭섭해하겠구나 싶었다. 미희는 드라마를 보며 식사를 했다. 아침에 하는 일일 드라마의 재방송인 것 같았다. 대개 화가 나 있는, 아이라인을 길게 그린 중년 여자가 나오지 않는 아침 드라마는 없는 게 아닐까 미희는 생각했다. 처음 보는 건데도 줄거리를 다 따라잡은 것 같았다. 여자는 여주인공이 자기 딸인지도 모르고 갖은 음모를 써서 괴롭히고 있었다. 미희가 두릅 장아찌를 한 입 베어 무는 순간 여자가 주인공의 뺨을 시원하게 한 대 때렸는데, 어째선지 순간 그게 부럽다는 생각이 들었다. 미희는 밥 한 그릇을 다 비웠다. 딸려 나온 시원한 된장 국물에 몸살 기운이 다 사라지는 기분이었다. 부엌 안쪽에 대고 큰 소리로 사장을 불러, 밥 한 공기와 두릅 장아찌 한 접시를 더 부탁해서 먹었다. 장아찌가 짜지도 않고 맛있다고 했더니 남자는 뿌듯한 얼굴이 되어 그럼요, 그럼요, 하더니 다시 부엌으로 사라졌다.

마지막으로 밥을 두 공기나 비운 게 언제였나 싶었다. 배를 문지르며 계산대 앞에서 남자를 기다리는데, 카운터 옆에 작은 스투키 화분이 종종 놓여 있는 게 보였다. 손바닥만 한 작은 토분이었다. 계산할게요, 미희가 외쳤지만 안쪽에서는 아무런 반응이 없었다. 그때였다. 미희는 자신도 모르게 얼른 화분 하나를 가방 안에 집어넣었다. 순간 남자가 주방 안에서 나타났다. 아이고, 죄송합니다. 남자는 아까와 똑같이 말했다. 맛있게 드셨어요? 미희는 네, 하고 고개를 끄덕였다. 얼굴에 핏기가 가시는 느낌이 들었다. 남자는 미희의 얼굴을 흘끗 보더니 뭔가 말하려다 그만두었다. 미희는 빨리 그곳에서 빠져나오고 싶었다. 사장이 얼핏 화분 쪽을 본 것 같았지만 이제 와 다시 돌려놓을 수도 없었다. 미희는 불룩한 가방을 팔로 끌어안고 재빨리 가게를 빠져나왔다. 또 오세요, 남자는 미희의 뒤통수에 대고 말했다. 아파트에 도착해서 가방을 열어 보니 흙이 흘러나와 가방 안이 지저분해져 있었다. 미희는 화분을 꺼내 식탁에 올려놓고, 베란다 창문을 열고 가방을 뒤집어 털었다. 뭔가를 훔친 것은 태어나서 처음이었다. 미희는 혼자 고개를 절레절레 흔들었다. 머리가 멍했다. 가방을 소파에 던져 두고, 이도 닦지 않은 채 침대로 기어들어 가 다시 잠들었다. 잠에서 깨어났을 때 집 안은 어둑하고 고요했다. 아까보다는 몸이 가벼워진 느낌이었다. 미희는 침실 밖으로 나와, 식탁 의자에 앉아 훔쳐 온 스투키 화분을 한참 동안 바라보았다. 식물의 잎이, 마치 어린아이의 손가락처럼 보였다. 피아노를 배워야겠다. 미희는 생각했다.

그 후로 미희는 동네 꽃집에서 작은 화분을 하나씩 사 왔다. 기분이 좋아서, 기분이 좋지 않아서. 날씨가 맑아서, 비가 와서. 그러다가 점점 더 큰 화분을 주문하기 시작했다. 꽃집 주인이 어떻게 돌보라고 알려 주면 작은 메모장에다가 내용을 꼼꼼히 적어서 냉장고에 자석으로 붙여 두었다. 천양금을 '청양금'으로, 스킨답서스를 '스킨다써스'로 받아 적기는 했지만. 거실과 베란다의 빈 공간마다 식물로 가득 찼다. 집 안은 식물원을 방불케 했다. 현장을 다시 찾는 범인처럼, 미희는 생선구이 집에도 다시 갔다. 이번에는 제대로 옷을 입고 화장도 하고 갔다. 식당에 들어서면서 미희는 자기도 모르게 조마조마한 기분이 되었지만 주인은 화분이 없어진 것조차 모르는 것 같았다. 사장은 미희에게 반갑게 인사했다. 사장은 미희를 알아보지 못하고 직접 만든 밑반찬 자랑을 한차례 또 늘어놓았다. 미희도 처음 온 사람처럼, 그것들을 처음 맛본 것처럼 감탄했다. 또 오세요, 라는 사장의 말에 미희는 알겠다고 했다. 화분을 훔친 대신 단골이 되어야겠다 싶었다.

미희는 은퇴 후의 시간을 그렇게 보냈다. 출근 시간에 맞춰 저절로 눈이 떠지면, 아파트 단지 바로 뒤에 이어져 있는 산에 올라갔다. 동네 사람들 사이에 끼어, 정상에 놓여 있는 운동기구로 몸을 조금 풀었다. 산에서 내려와 샤워를 하고, 토스트에 잼을 발라 대충 아침을 때우면서 식당에서 보았던 드라마를 이어서 챙겨 보았다. 주인공이 젊은 시절 버린 자신의 딸이라는 걸, 아이라인을 길게 그린 중년 여자가 머지않아 알게 될 모양새였다. 쯧쯧, 하고 자신도 모르게 혀를 차며 봤다. 그다음에는 마른 헝겊에 올리브 오일을 묻혀 식물들의 잎을 하나하나 닦아 주었다. 그 일을 하는 데 족히 한 시간은 걸렸다. 생선 구이 집에 가서 점심을 먹었다. 고등어구이만 빼고 가자미구이, 삼치구이, 임연수 구이를 돌아가며 차례대로 먹었다. 그러고 나서는 두근거리는 기분으로 피아노 학원에 갔다.

처음 학원 문을 열고 들어섰을 때, 원장은 누구를 데리러 오셨냐고 물었다. 미희는 진땀을 흘리며, 피아노를 배워 보고 싶어서요, 하고 말했다. 원장은 미선 또래인 것 같았다. 희끗희끗한 머리를 곱게 빗어 넘겼는데, 키는 작지만 몸매가 발

레리나처럼 날씬했다. 나이 많은 학생을 꺼릴까 싶어 걱정했지만 원장은 환하게 웃으며 말했다. 잘 생각하셨어요. 이쪽으로 오세요. 원장이 말했다. 미희는 신발을 벗고 슬리퍼로 갈아 신었다. 복도라고 할 만한 공간을 사이에 두고 조그만 방들이 두 개씩 양옆으로 있었다. 안쪽으로 들어가자 트인 공간이 나왔다. 작은 소파와 앉은뱅이 테이블이 놓여 있었다. 원장은 미희에게 소파에 앉으라고 권했다. 전에 배워 본 적 있으세요? 미희는 고개를 저었다. 괜찮다고, 학원생 중에 어른들도 여럿 있다고 원장은 말했다. 요 앞 교회 사모님이 찬송가 반주를 배우러 다니기도 한다면서. 어떻게 피아노를 배워야겠다는 생각을 하셨어요? 원장이 물었다. 어렸을 때, 꿈이었어요. 원장은 미소를 지으며 세월 빠르죠, 하고 말했다. 그러고는 자리에서 일어나 맞은편 벽에 있는 책꽂이에서 커다란 책을 한 권 가져왔다. 바이엘 1권이라고 쓰여 있었다. 이름 쓰실래요? 원장이 물었다. 미희가 고개를 끄덕이자 원장이 매직펜을 가져와서 미희에게 건넸다. 미희는 책 표지에 조미희, 라고 커다랗게 적었다. 노란색 표지에는 악기를 연주하고 있는 아이들 그림이 그려져 있었다. 한 아이는 피아노를 치고 하나는 바이올린을, 하나는 탬버린을 들고 있었다. 그 밑에 정자로 적힌 이름 석 자가 낯설게 느껴졌다. 원장은 오늘부터 시작하겠냐고 물었고 미희는 그러겠다고 했다.

원장을 따라 방으로 들어갔다. 다른 방에서 연주하는 피아노 소리가 겹쳐 들렸다. 음조가 맞지 않았지만 듣기 좋았다. 방으로 들어서자 은은한 꽃향기가 났다. 피아노 위에 장미 포푸리가 놓여 있었다. 피아노와 의자 모두 레이스가 달린 하얀 누빔 천으로 덮여 있었다. 원장이 한번 앉아보라고 해서 미희는 의자에 앉았다. 그러자 원장은 허리를 곧게 펴라고 했다. 그러고는 곁에 앉았다. 원장에게서도 희미한 향수 냄새가 났다. 원장이 악보대 위에 교재를 펼쳤다. 바이엘 첫 장에는 펼친 손바닥이 그려져 있었고, 엄지부터 약지까지 차례대로 번호가 붙어 있었다. 원장은 손가락 모양을 잡아 주고, 도가 어디인지 알려 주었다. 다음 장을 펼치자 악보가 다섯 줄 있었다. 첫 번째 악보에는 음표가 일곱 개 그려져 있었고 음표 밑에 번호가 쓰여 있었다. 도레 도레 도레 도. 그 밑에는 열 개. 도레미 도레미 도레미 도. 원장이 먼저 연주하고 미희가 따라 했다. 오늘은 이 두 가지만 하시면 된다고, 원장은 말했다. 그러고는 밖으로 나가 문을 닫았다. 미희는 잠시 심호흡을 한 뒤, 가만히 도 건반을 눌러 보았다. 도 음이, 사방 벽에 부딪혔다가 다시 미희에게 돌아왔다. 그 느낌이 나쁘지 않았다.

그렇게 두 달쯤 지나자, 오른손뿐이기는 했지만 '나비야'를 연주할 수 있게 되었다. 연주할 수 있는 거라곤 그것뿐이었는데도 미희는 큰맘 먹고 피아노를 샀다. 갈색 업라이트 피아노였다. 남자 둘이 피아노를 들고 왔다. 간신히 엘리베이터에 들어갔고 간신히 현관문을 통과했다. 미희는 인부들에게 부탁해 소파를 베란다 쪽으로 옮기고, 소파가 있던 자리에 피아노를 놓았다. 그리고 화분 여러 개를 피아노 양옆으로 잔뜩 옮겨 놓았다. 피아노 위에도 줄리아페페와 트리안 화분을 올려놓았다. 의자에 앉아 피아노 뚜껑을 열었다. 도 건반을 눌러 보았다. 무성한 화분들 사이에 앉아 있으니, 숲속에 있는 듯한 기분이 들었다. 내친김에 '나비야'를 연주했다. 조금 틀렸지만 끝까지 쳤다. 미희는 피아노 앞에 앉아, 언젠가 모차르트며 쇼팽을 연주하는 자신의 모습을 상상했다. 그렇게 되면 친구들을 초대해야지. 모두가 모인 자리에서 악보도 보지 않고 근사하게 한 곡을 연주하는 것이다. 미희는 이렇게 평일에는 피아노를 치고, 가끔 은퇴한 친구들을 만나 커피 마시며 수다를 떨고, 주말이면 등산 모임에 나가는 생활이 유지되기만 한다면 은퇴 후의 삶도 그럭저럭 괜찮지 않을까 생각했다.

하지만 식물들이 병을 얻기 시작하면서 뭔가가 달라졌다. 아침마다 누렇게 마른 잎을 떼어내면서, 미희는 이렇게 병들고 시들어 가는 식물들이 앞날을 예견하는 것만 같아 불쾌했다. 생선구이도 질리고, 십 년 넘게 다니던 등산 모임도 왠지 가기 싫었다. 매일 똑같은 것을 반복해서 쳐야 하는 피아노도 조금 지루했다. 피아노 앞에 앉아 건반에 손을 올리면 주름진 손등부터 눈에 들어왔다. 포푸리 냄새도 숨막혔다. 일주일째 학원을 빼먹었다. 원장에게서 전화가 왔지만 받지 않았다. 종일 텔레비전을 보다가 라면이나 누룽지 같은 것으로 끼니를 때웠다. 한번은 현관문 앞에서 한 오 분 동안을 우두커니 서 있은 적도 있었다. 문고리를 잡았지만 그걸 열고 밖으로 나갈 엄두가 나지 않았다. 도로 화장을 지우고 소파에 늘어졌다. 누구와도 말을 하지 않은 지가 일주일째였다. 그런데 미선이 전화를 한 것이다.

이 년 만이었다. 반갑기보다는 의아했다. 왜 이제 와 갑자기, 라는 생각이 들었다. 제부가 세상을 떠나고 얼마 되지 않아 미선을 찾아간 적이 있었다. 집 안에 들어서자마자 개 비린내와 오물 냄새가 났다. 낡은 주택 안이 잡동사니들로 어찌나 빽빽한지, 이제껏 살림만 해왔는데 집안 꼴이 왜 이 모양인가 싶었다. 수영이 결혼한 후 미선은 몰티즈 한 마리와 함께 살고 있었다. 사위가 모시겠다고 했는데 눈치 보며 살기 싫어 거절했다고 미선은 말했다. 몰티즈는 미선의 무릎에 앉아 미희를 향해 으르렁거렸다. 미선은 아무 일도 없었다는 듯 쾌활했다. 미선이 믹스커피를 내 왔다. 그제야 미희는 자신이 원두커피만 마시는 사람이 되어 있다는 것을 알았다. 미선은 계를 세 개나 들었는데 멤버가 3분의 2는 겹친다면서 웃었다.

하나는 여행계, 하나는 목돈계, 하나는 친목계라고 했다. 어떻게 계를 세 개나 하고 있는지 모를 일이었다. 생활이 넉넉지 않다는 것을 미희도 알고 있었다. 어떻게 계를 세 개나 하니? 미희가 묻자 미선은 아주 조금씩이야, 라며 웃었다. 그때 미희는 잠시 머뭇거리다가, 너만 괜찮으면 내가 조금씩 도와줄게, 하고 말했다. 그러자 미선의 얼굴이 갑자기 굳어졌다. 미선은 이상한 미소를 짓더니, 입술을 파르르 떨며 말했다. 언니는 참 좋겠네. 미선은 그렇게 말했다. 쉬워서 좋겠네. 미희는 당황스러웠다. 쉽게 한 이야기도 아니었고, 무엇보다 미선의 기분을 상하게 할 마음은 전혀 없었다. 그때 제부가 십 년도 더 전에 사업을 한다며 오천만 원을 빌려 가서 갚지 않은 일이 생각났다. 미희는 그 일을 아주 잊고 있었다. 어쩌면 미선이 그 일 때문에 줄곧 마음이 불편했는데 괜히 돈 얘기를 꺼내 부담을 주었나 싶었다. 하지만 그렇다고 해서 그게 얼굴을 안 볼 정도의 일이었다고는 생각하지 않았다.

처음에는 미안했지만 나중에는 화가 났다. 자신이 뭘 그렇게 잘못했나 싶었다. 그동안 늘 먼저 연락해 온 것은 거의 미선이었다. 미희는 가끔 먼저 전화를 걸어 볼까 생각하다가도 곧 관두었다. 제 엄마가 시킨 것인지는 몰라도 조카 수영이 이따금 전화를 걸어 미희의 안부를 물었다. 그렇다고 찾아오지는 않았다. 제 사는 게 바쁠 터였다. 일 년 전 수영이 딸을 낳았다는 연락을 받았는데 여태 보러 가지 못했다. 수영이 태어나던 날에는, 미희도 병원에 있었다. 미희는 미선이 그렇게 빨리 시집갈 지 몰랐다. 미희는 중학교를 마치고 고등간호기술학교에 입학했다. 중학교 시절만 해도 미선은 미희를 따라 간호사가 되고 싶어 했었다. 파독 간호사가 되어 독일에 가서 살 거라고 했다. 하지만 미선은 미희만큼 성적이 좋지는 못했고 상업고등학교에 진학했다. 정작 미희는 독일에 갈 기회가 있었지만 가지 않았다. 낯선 장소에서 새로운 삶을 꾸린다는 것이 두려웠다. 그때 독일에 갔으면 어땠을까, 삶이 어떻게 달라졌을까 미희는 이따금씩 생각했지만 곧 잊었다. 미선은 고등학교를 졸업하고 동네 회계사 사무소에서 경리로 일을 시작했다. 거래처 직원 하나와 정신없이 연애를 하더니 곧 결혼 얘기를 꺼냈다. 사실 미희는 미선이 생판 모르는 사람과 만나 결혼을 하고, 아이를 낳고, 가정을 꾸리는 것을 지켜보면서, 그것이 외국에 가서 사는 것보다 훨씬 더 미지의 일이라고, 미선이 그것을 해내고 있는 거구나 생각했었다. 가만히 있는 쪽은 자신이 아닌가 하고. 수영을 낳은 뒤 병실에 누워 있는 미선을 보며, 미선이 자신보다 한참이나 언니 같다고 느꼈었다.

수영이 커 가는 것을 보는 것은 미희에게도 큰 기쁨이었다. 좋은 이모가 되고 싶었다. 조카를 가끔 따로 만나 맛있는 걸 함께 먹으면서 연애 고민이나 부모님 험담을 들어 주는 이모가. 용돈을 두둑하게 찔러 주고, 공부 열심히 하라는 이야기 같은 건 하지 않는 이모가. 어렸을 땐 사이가 괜찮았다. 수영이 제일 좋아했던 원피스를 사 준 것도, 아홉 살 수영에게 피에로 인형이 나오는 무서운 이야기를 들려 준 것도 미희였다. 수영은 그 얘기를 들은 뒤로 한동안 혼자 화장실을 못 갔다. 아이가 시들시들해서 병원에 가서 엑스레이를 찍어 보니 대장에 변이 가득했더란 얘기를 미선으로부터 들었다. 미안했지만 우습기도 했다. 미선이랑 둘이 그 얘기를 하며 킥킥대던 게 엊그제 같은데. 수영은 겁도 많고 눈물도 많아 툭하면 자매는 엑스레이 사건 얘기로 수영을 놀리곤 했다. 하지만 그런 시절도 지나갔다. 수영은 사춘기를 호되게 보냈는데 그렇다고 미희를 찾아오지는 않았다. 그래도 명절 때 만나면 조곤조곤 사는 얘기를 들려 주는 살가운 조카였다. 결혼할 때 남편감을 보여 준다며 평양냉면 집에서 어복쟁반을 사 준 적도 있었다. 남편 될 사람은 학교 체육 선생이라고 했다. 몸은 우락부락한데 말 한마디 건넬 때마다 귀가 빨개지는 게 귀여웠다. 남자 친구가 화장실에 간 사이 수영은 미희에게 물었다. 어떤 것 같아? 미희는 농담 삼아 이제 와 내가 아니라고 하면 뭐가 달라지냐고 했다. 그건 아니지만, 하고 수영은 말했다. 이모가 괜찮다면, 앞으로도 죽 괜찮을 것 같아서. 괜찮아 보인다고, 좋은 사람 같다고 미희는 말했다. 그런 수영이 딸을 낳았다니. 근데 아직 얼굴도 못 보았다니.

미희는 휴대폰을 다시 집어 들었다. 미선에게 전화를 걸었다. 응, 하고 미선이 받았다. 넌 아직도 생선 눈알 좋아하니? 미희가 물었다. 미선이 푭, 하고 웃음을 터뜨리더니 말했다. 글쎄, 생선 안 먹은 지 오래됐어, 아직도 좋아하는지 모르겠네. 고등어 구워 줄까, 하고 미희가 물었다. 오늘? 미선이 되물었다. 응. 일 언제 끝나? 애 엄마 퇴근하면. 끝나고 올래? 미선은 그러겠다고 했다. 미희는 전화를 끊고, 가방에 지갑만 넣고는 집을 나섰다. 대로변에 있는 마트까지 걸어갔다. 일단 믹스커피를 장바구니에 담았다. 고등어 두 마리를 사고, 싱싱해 보이는 바지락이 있기에 그것도 샀다. 된장찌개를 끓여야겠다고 생각했다. 미희는 어머니를 닮아 요리 솜씨가 그저 그랬다. 반면에 미선은 요리도 잘했다. 아버지가 만든 음식은 한 번도 먹어 본 적이 없으니 아버지를 닮은 것인지 아닌지는 알 수 없었다. 그래도 미희는 간만에 미선에게 따뜻한 밥 한 끼를 먹이면 좋겠다 싶었다. 매일같이 식은 국에 찬밥을 말아 먹고 있는 건 아닌지. 묵직한 장바구니를 끌고 집으로 돌아오니 쌀쌀한 가을날인데도 이마에 땀이 송송 맺혀 있었다. 미희는 밥솥에 밥을 얹고, 바지락을 소금물에 담가 두고 샤워를 했다. 샤워를 하며 머릿속으로 된장찌개 끓이는 순서를 되짚어 보았다. 바지락을 언제 넣어야 하는지 헷갈렸다. 사 온 고등어를 물에 씻어야 되는지 그냥 구우면 되는지도 헷갈렸다.

밥솥이 칙칙거리며 돌아가기 시작했다. 그때 띵동, 하고 초인종이 울렸다. 조그만 화면 속에 미선의 얼굴이 나타났다. 문을 열자 미선이 비닐봉지를 내밀었다. 들춰 보니 조그만 귤이 잔뜩 들어 있었다. 출근하는데 골목에 과일 트럭 아저씨가 있더라. 미선이 말했다. 미희가 고맙다는 말을 하기도 전에 미선은 음, 밥 냄새, 하며 집 안으로 들어섰다. 화장기 없는 얼굴은 여전했지만 안 보고 지내는 동안 특별히 더 늙은 것 같지는 않았다. 미선은 다짜고짜 부엌으로 가더니 손도 씻지 않은 채 보글보글 끓고 있는 된장찌개를 한 숟가락 떠먹었다. 그러곤 얼굴을 찡그렸다. 맛없지? 미희가 말했다. 미선이 응, 하고 대답하더니 새우젓이 있냐고 물었다. 미희가 냉장고에서 새우젓을 꺼내 가져오자 미선은 그것을 숟가락으로 대충 퍼 넣었다. 너무 많이 넣는 게 아닌가 싶었다. 할 말이 없어 미희는 돌보는 아이가 몇 살이냐고 물었다. 두 살 반이라고 미선이 대답했다. 냄비를 휘휘 젓던 미선이 먹어 봐, 하고 숟가락을 내밀었다. 미희는 한 숟가락 찌개를 떠먹었다. 거짓말처럼 맛이 좋아져 있었다. 신기한 일이었다.

커피 줄까? 미희가 물었다. 미선이 좋지, 하고 말했다. 미희가 커피 물을 끓이는 사이 집 안을 둘러보던 미선이 피아노 원래 있었나? 하고 큰 소리로 물었다. 샀어. 얼마 전에. 나 피아노 학원 다닌다. 미희가 말했다. 미선은 아무 대꾸가 없었다. 믹스커피 가루에 뜨거운 물을 붓자 단내가 확 올라왔다. 화분은 또 왜 이렇게 많아. 꽃집 차리게? 미선이 그렇게 말하며 식탁 의자에 앉았다. 미희가 미선에게 커피잔을 건네며 물었다. 수영이 딸 이름이 뭐라고 했지? 사랑이, 하고 미선이 대답했다. 맞다, 미희가 고개를 끄덕였다. 개 이름 같지, 하고 미선이 웃었다. 너희 집 개는 잘 있고? 미희가 물었다. 뽀뽀, 죽었어. 열일곱 살. 개 이름이 뽀뽀였나. 미희가 말했다. 미선이 고개를 끄덕였다. 사람으로 따지면 백 살쯤 살았지, 아마. 미선이 말했다. 마지막엔 대소변을 못 가려서 내가 개고생했어. 미선이 커피를 한 모금 마셨다. 근데 있지, 내가 전에 소고기뭇국을 한솥 끓여서 식히느라고 바닥에 내려놨다? 근데 걔가, 마지막엔 눈이 안 보이는데도 나 없는 새 그걸 다 먹었지 뭐야. 한 냄비를. 미선이 깔깔댔다. 웃기지. 별로 우습지는 않았지만 미희도 따라 웃었다.

커피잔을 내려놓고 미희는 자리에서 일어났다. 고등어 사왔어, 미희가 말했다. 프라이팬을 인덕션에 올리고 고등어를 꺼내 굽기 시작했다. 그 모습을 물끄러미 지켜보던 미선이 베란다로 가서 창문을 활짝 열었다. 언니야, 뭐 하나 쳐 봐라. 고등어 나중에 굽고. 미선이 소리쳤다. 됐어, 나비야밖에 칠

줄 몰라. 미희가 말했다. 그거라도 쳐 봐, 어느새 다가온 미선이 인덕션의 불을 약하게 줄이더니 프라이팬 뚜껑을 덮었다. 이렇게 조금 놔두면 돼. 미선이 말하고는 미희의 팔을 잡아끌었다. 미희는 피아노 의자에 앉았다. 미선이 피아노 뚜껑을 열어 주었다. 솔미미, 파레레, 도레미파, 솔솔솔. 미희가 더듬더듬 건반을 눌렀다. 갑자기 거기서 멈추고는 미희가 물었다. 호랑나비, 흰나비, 그다음에 가사가 뭐지? 호랑나비 아니고 노랑나비거든. 미선이 말했다. 언니야, 처음부터 다시 쳐 봐 봐. 미선이 다그쳤다. 미희는 다시 솔미미, 하고 나비야를 연주했다. 그러자 헨첸 클라인, 겟 알라인, 하고 미선이 독일어로 노래를 불렀다. 미선은 중학생 때 독일어를 할 줄 아는 척하려고 그 노래를 열심히 외웠었다. 헨첸 클라인, 겟 알라인, 하고 한글로 적어 놓았다. 미선은 자꾸 끊기는 반주에 맞추어 노래를 불렀다. 여전히 목소리가 고왔다. 노래가 끝나자 미희가 짝짝짝 박수를 쳤다. 미선도 박수를 쳤다. 잘 치네. 미선이 말했다. 그 말에 미희가 웃었다. 근데 '나비'가 독일어로 '헨첸 클라인'이니? 미희가 물었다. 그러자 미선이 왁, 하고 웃음을 터뜨렸다. 왜 웃는지도 모르면서 미희도 따라 웃었다. 왜, 아니야? 미선이 숨이 넘어갈 듯 웃더니 말했다. 몰라! 둘은 한참 동안을 눈물이 날 정도로 깔깔 웃었다. 그렇게 웃어 본 게 얼마 만인가 싶었다. 미희는 미선에 대해서, 그런 게 좋았다.

언니야, 하고 부를 때의 느낌. 깔깔깔, 하고 시원하게 웃는 것. 음식의 간을 기가 막히게 맞추는 것. '나비야'의 가사를 아직도 다 외우고 있는 것도, 그러면서 '나비'가 독일어로 뭔지 모른다는 것도. 앗, 고등어 탄다, 미선이 부엌으로 달려갔다.

일인용 소파

지금으로부터 십여 년 전의 일이다. 대학에 입학해 처음으로 사귄 남자 친구와 헤어진 후 맞은 겨울 방학이었다. 입대를 며칠 앞둔 남자 친구에게 헤어지자고 했다. 그 애는 상상할 수 있는 최대치로 황망한 표정을 지었지만 나를 붙잡지는 않았다. 친구들은 그런 내가 잔인하다고 했지만, 지지부진한 마음으로 2년을 기다리는 일 같은 건 하고 싶지 않았다. 이렇게 된 마당에 호주 시드니로 짧은 어학연수를 다녀오자 싶었다. 환경을 바꾸면 죄책감이 덜어질 것 같아서이기도 했다. 그런데 마침 그곳에서 유학 중이던 아는 동생 Y에게서 뜻밖의 제안을 받았다. Y는 나와는 반대로 여름 방학 기간 동안 한국에 나와 있을 예정인데, 하숙비는 내면서 방을 비워 두고 있을 터라 나더러 거기서 지내도 좋다는 것이었다. 마다할 이유가 없었다. 그해 겨울, 나는 말하자면 대타 하숙생이었다.

얼마 후 시드니에 도착한 나는 백팩커에서 하룻밤을 머물고, 다음날 오후 Y의 하숙집을 찾아갔다. 씨티에서 여섯 정거장 정도 떨어진 곳에 있는 한적한 주택가였다. 초인종을 누르자 현관문이 열리고 S 언니가 나타났다. 안녕하세요, 나는 인사했다. 그녀는 무표정한 얼굴로 그래, 하고 대답했다. 나이는 삼십 대 후반 정도로 짐작했다. 키는 작은 편이었고 몸매는 날렵했다. 화장기 없는 얼굴에 짧은 단발머리를 하고 있었다. 차분한 인상이었지만, 그건 온도가 낮은 차분함이었다. 그녀는 내게 갈아 신을 슬리퍼를 내어준 뒤 간단히 집의 구조를 설명했다. 널찍한 거실과 부엌은 통으로 연결되어 있었고, 아일랜드 식탁이 칸막이처럼 가로놓여 있었다. 하지만 그것은 조리대로만 쓰는 듯 했고, 그 앞에 큼지막한 4인용 식탁 하나가 따로 놓여 있었다.

가구와 물건들에는 별다른 개성이 없었다. 거실에는 브라운관 티브이와 비디오 플레이어가 놓인 커다란 장식장과 커피 테이블, 그리고 진갈색의 가죽 소파들이 있었다. 일인용 하나와 이인용 두 개. 그것들은 불필요하게 거대해서 거실을 좁아 보이게 했다. 장식장에는 한국 텔레비전 예능 프로그램 이름이 적힌 비디오테이프 몇 개가 가지런히 쌓여 있었고, 누구의 사진도 들어있지 않은 액자가 하나 있었다. 그 옆에 세라믹으로 된 아기천사 인형 몇 개가 놓여 있었지만, 텅 빈 장식장을 채우기에는 턱없이 부족해 보였다. 전체적으로는 티끌 하나 없이 깨끗했으나 아늑한 느낌은 없었다.

그밖에 세 개의 방과 욕실 겸 화장실, 그리고 세탁실이 하나 있었다. 가장 작은 방이 Y의 방이었고, 다른 두 개는 각각 Y처럼 방학 동안 한국으로 떠나 있는 다른 여학생과 S 언니 본인의 방이었다. S 언니는 Y의 방으로 나를 데려갔다. 그 조그만 방에는 싱글 침대와 작은 책상 하나, 그리고 전면이 거울로 되어있는 붙박이장이 있었다. 그것들만 있었다. 벽에는 포스터 하나 붙어 있지 않았고, 작은 창문에는 커튼 대신 흰색 블라인드가 달려 있었다.

자기 방 청소와 빨래는 알아서 하지만 식비는 하숙비에 포함이었다. 아침과 점심 식사는 집에 있는 식재료로 해 먹든 나가서 사 먹든 알아서 하되, 집에 있다면 저녁 식사는 무조건 다 같이. 그것이 이 하숙집의 유일한 규칙이라고 그녀는 말했다. 저녁 일곱 시가 되면 모두 식탁 앞에 모인다. 요리는 언니가, 설거지는 돌아가면서. Y는 이런 규칙에 대해 언급한 적이 없었다. 규칙을 안 지키면 어떻게 되나요? 묻고 싶었지만 그녀는 질문을 받지 않았다. 그녀는 나에 관해서도 아무것도 묻지 않았다. 대신 내게 방 열쇠를 건네고 현관문 도어락 비밀번호를 알려준 뒤, 나를 방 안에 남겨둔 채 부엌으로 들어갔다. 한 시간 후면 일곱 시였고, 집안에는 S 언니와 나 둘뿐이었다. 나는 어딘가로 도망치고 싶었다.

그날 저녁 메뉴는 월남쌈이었다. 식탁 한가운데 놓인 원형의 접시 위에 정갈하게 썰린 각종 채소가 색색이 담겨있었고 소스도 세 종류나 있었다. 나는 어리둥절했다. 둘만의 식탁이 이토록 화려하다니. 오늘이 무슨 날인가요, 하고 붙임성 있게 물어보고 싶었지만 붙임성이 없었다. 처음에는 환영의 의미가 아닐까 생각했다. 누구도 나를 위해서 이렇게 많은 채소를 썰어놓은 적은 없었다. 하지만 그건 아닌 것 같았다. 식탁 맞은편에 앉은 그녀는 마치 화난 사람처럼 눈을 내리깐 채로 묵묵히 라이스페이퍼 위에 채소를 올려놓고 있었다. 처음 만난 사람들끼리 마주 보고 앉아 커다란 월남쌈을 입안에 욱여넣는 게 민망해서 나는 식은땀이 다 날 지경이었다. 그녀는 쌈을 입에 넣을 때 미묘하게 대각선 방향을 바라보았다.

묵언의 식사가 끝나고, 나는 주뼛거리며 개수대 앞으로 갔다. 고무장갑 끼고 해. S 언니는 그 한마디만을 하고 남은 식재료를 정리하기 시작했다. 설거지를 마치고 나니 그녀는 조리의 흔적을 찾을 수 없을 정도로 깨끗해진 주방을 남겨둔 채 사라지고 없었다. 한 바퀴 둘러보았다. 선반 위에는 각종 향신료 병들이 열 맞춰 놓여 있었고, 창가에 있는 작은 화분 몇 개에는 허브들이 자라고 있었다. 지문을 남겨서는 안 될 것만 같아 나는 조심스럽게 찬장 문을 하나씩 열어보았다. 용도를 알 수 없는 각종 조리 도구들이 칸칸이 잘 정리되어 있었고, 식기들은 하나같이 민무늬에 아무런 장식이 없었다.

부담 갖지 말고 편하게 지내라던 Y의 말은 호의가 아니라 당부였던 것일까. 나는 욕실 문이 열리고 닫히는 소리를 가늠해 최대한 동거인과 동선이 겹치지 않도록 움직였다. 어쩌다 마주치면 내가 어색한 미소를 짓는 데 반해 그녀는 무표정하게 슥 지나갔다. 하지만 일주일 정도 지나고 나니 어느 정도 익숙해졌다. 주말을 제외하면 그녀와 나의 리듬은 고등학생 때 배운 싸인 코싸인 함수의 그래프 같은 것이어서, 저녁 식사 시간을 제외하고는 거의 마주칠 일이 없었다. 그녀는 직장인 은행에, 나는 학원에 갔다가 저녁 일곱 시가 되면 식탁 앞에 마주 보고 앉는다. 잠시 묵묵히 음식을 씹고, 흔적을 지운 뒤 각자 방으로 흩어진다.

저녁 메뉴는 매일 바뀌었는데, 하나같이 고급 레스토랑에서나 먹을 만한 근사한 것들이었고 맛도 좋았다. 게다가 아무 말도 하지 않아도 된다는 것이 오히려 편했다. 대화가 시작되면 그건 분명 별 관심도 없는 서로의 과거에 대한 질문과 미래에 대한 조언 따위로 이어질 게 뻔했다. 가끔 학원 친구들과 저녁을 먹고 늦게 돌아오는 날이면 어두운 거실에는 희미한 실내등 하나만 켜져 있었고, 주방은 아무 일도 없었던 것처럼 고요했다. 그녀가 혼자서도 그렇게 근사한 식사를 차려 먹는지, 아니면 라면 따위로 끼니를 때우는지 알 길이 없었다. 물론 그때 나는 대체로 무심해서 그런 궁금증도 금방 잊었다.

한편 토요일 아침마다 S 언니는 흰색 티셔츠에 흰색 테니스 치마, 역시 흰색 양말과 흰색 테니스화를 신고 아는 동생과 함께 테니스를 치러갔다. 아는 동생이라는 남자가 차를 타고 언니를 데리러 왔다. 그 역시 흰색 티셔츠와 반바지를 입고 있었다. 그런 차림으로 집을 나설 때면 그녀는 유난히 생기가 넘쳐 보였다. 하지만 다음 날인 일요일에는 정오가 되어도 방에서 나오지 않았다. 나는 주말이 되면 외출해서 가능한 한 집에 돌아가는 것을 미뤘다. 친구들과 어울려 돌아다니다가 밤늦게 돌아오면 거실 테이블 위에 근처 대여점에서 빌려온 각종 예능 프로그램과 드라마의 녹화 테이프가 쌓여 있었다. 아마도 있는 힘껏 늦잠을 자고, 나머지 시간에는 소파에 몸을 묻은 채 비디오를 보는 것이 일요일의 일과인 듯 했다. 그녀도 예능 프로를 보며 깔깔 소리 내서 웃을까. 좀처럼 상상이 되지 않았다.

그렇게 서로를 투명 인간 취급하며 지내던 어느 날 밤, 문득 잠에서 깬 나는 물 한 잔 마시려고 방을 나섰다가 움찔했다. 누군가 거실에 있는 일인용 소파에 우두커니 앉아 있었다. S 언니였다. 내가 방문을 여는 소리를 듣지 못한 것인지, 혹은 앉은 채로 잠들어 있는 것인지 그녀는 전혀 미동이 없었다. 나는 그런 그녀의 뒷모습을 잠시 바라보다가 물 마시려던 생각을 포기하고 도로 침대에 누웠다. 잠이 오지 않았다. 얼마나 지났을까, 조용히 옆방 문이 열리고, 다시 닫히는 소리가 들렸다.

저기, 하고 그날 저녁 식탁에서 S 언니가 입을 뗐었다. 그 집에 머문 지 한 달쯤 지났을 때였다. 내일 저녁에 손님을 초대하려고 하는데…. 그녀가 하고 싶은 말이 무엇인지 알 것 같았다. 친구들하고 저녁 먹고 늦게 들어올게요. 내가 말했다. 그녀가 미안한 듯 부스스 웃었다. 그녀의 웃는 얼굴을 그제야 처음 보았다. 그녀는 머뭇거리더니 말했다. 그런데, 음식이 맛이 없니? 아뇨. 나는 고개를 저었다. 맛있어요, 진짜 맛있어요. 그녀가 미소지었다. 나는 그 미소에 용기를 내서 물었다. 테니스 칠 때는 꼭 흰색 옷을 입어야 하나요? 그러자 그녀는 실제로 그것이 영국 귀족들의 전통이라고 했다. 그리고 다시 정적. 대화는 그걸로 끝이었지만, 나는 희미한 감격을 느꼈다.

다음 날 나는 예정대로 친구들과 저녁을 먹고 밤늦게 집에 돌아왔다. 거실 조명이 환하게 켜져 있었는데 집안은 쥐죽은 듯 조용했다. 식탁 위에는 어찌된 일인지 저녁 식사의 흔적이 고스란히 남아 있었다. 메뉴는 스테이크였는지, 썰다 만 고깃덩어리가 접시 위에 차갑게 식어 있었고, 와인 병 하나가 비워진 채로 놓여 있었다. 상을 치울 여력도 없이 취해서 잠들어 있는 것일까. 나는 잠시 망설이다가 S 언니의 방문을 조용히 두드렸다. 아무 반응이 없어 살짝 문을 열어보려던 찰나, 도어락 비밀번호 누르는 소리가 들렸다. 현관문을 열고 들어선 S 언니는 민소매의 검정 원피스를 입고 있었다. 발에는 실내용 슬리퍼를 신은 채였다. 손에 들린 종이백 위로 와인 병 주둥이 두 개가 튀어나와 있는 게 보였다. 슬리퍼를 벗고 맨발로 집안으로 들어서면서 그녀는 내게 왔어? 하고 말했다. 그러고는 활짝 웃었다. 그렇게 웃으니 다른 사람 같았다. 우두커니 서 있는 내게, 그녀는 와인 한잔 하겠느냐고 물었다. 내키지는 않았지만 고개를 끄덕였다. 그녀가 선반에서 와인잔 하나를 꺼내 내게 건넸다. 그녀는 흔들림 없이 걸었지만 위태로워 보였다.

우리는 식탁 앞에 마주 앉았다. 그녀 목에 걸쳐있는 가느다란 금색의 목걸이가 눈에 들어왔다. 평소에 맨얼굴로 지내는 것을 생각하면 화장도 꽤 공들여 한 것처럼 보였다. 무슨 일이 있었던 건지 묻고 싶었지만, 무슨 일이 있었던 것은 분명해 보였으므로 나는 가만히 있었다. 우리는 말 없이 잔을 비우고, 채우고, 다시 비우고 했다. 그러다 언제부터인가 그녀가 이야기를 시작했다. 내가 물었을 수도 있고, 아닐 수도 있다. 어쨌거나 지금부터 내가 하는 이야기는 전부 S 언니에게 들은 것을 거의 그대로 옮긴 것이다. 이토록 상세하게 기억하는 것은, 내가 이후로 그날의 대화를 — 아니, 대화라고 하긴 어렵고 그녀의 이야기를 — 머릿속으로 수없이 복기했기 때문이다.

그녀가 처음 호주 땅에 발을 디딘 것은 열두 살 때라고 했다. 어느 날 밤 가게에서 돌아온 아버지가 그녀와 여동생을 나란히 앉혀놓고 말했다. 우리는 내년부터 다른 나라에서 살 거야. 분홍색 내복 차림의 그녀와 두 살 어린 동생은 깜짝 놀라 서로를 쳐다보았다. 어머니는 아직 가게에 있었다. 그녀의 부모님은 24시간 영업하는 해장국집을 운영했는데 인건비를 아끼기 위해 일하는 아주머니를 한 사람만 두고 있었다. 아버지와 어머니는 함께 일하거나 교대로 일했다. 네 식구가 동시에 식탁에 모여 앉아 밥을 먹는 경우는 매우 드물었다. 식사는 주로 식당에서 해결했다. 그나마 마주 보고 앉아서 밥을 먹다가도, 아버지가 뛰어나가거나 혹은 어머니가 뛰어나가거나 했다. 그녀는 궁금했다. 하루는 24시간인데, 24시간 동안 해장국을 팔면 그걸 팔아 번 돈은 언제 쓰지? 그녀의 질문에 부모님은 그렇게 번 돈은 그들을 위한 것이 아니라 그녀와 여동생의 미래를 위한 것이라고 했다.

왜 다른 나라에서 살아야 해요? 자매를 대표해서 그녀가 아버지에게 물었다. 그러자 아버지는 한참 동안 아무 말이 없더니, 중얼거리듯 말했다. 이 나라에는 미래가 없어. 어째서 미래가 없다는 것인지 그녀는 이해하기 어려웠다. 그녀에게 있어 '미래'란 내일 아침이 되면 어제 그랬던 것처럼 학교에 가는 것 아니면 이다음에 문방구 주인이 되는 것, 그 두 가지뿐이었고 그 사이는 그저 연필로 죽 그어놓은 선 같은 것이었다. 호주에 가도 문방구 주인이 될 수 있느냐고 그녀는 아버지에게 물었다. 그러자 아버지는 고개를 저으며 잘 모르겠다고, 하지만 아버지는 그녀가 문방구 주인 말고 다른 것을 했으면 좋겠다고 말했다. 다른 거라면 어떤 걸 말하는 거예요? 그녀가 물었다. 그러자 아버지는 일단 그곳에 가 보면 하고 싶은 것들이 많이 생길 거라고 했다.

부모님은 간판에 있는 '24시간'이라는 글씨 위에 시트지를 덧붙였다. 영업시간은 아침 6시부터 오후 3시까지로 줄어들었다. 나머지 시간에 아버지는 일식 요리 학원에 다니기 시작했다. 엄마와 두 자매는 영어 회화 학원에 다녔다. 부모님은 올림픽 출전을 앞둔 운동선수들처럼 줄곧 묘한 열기를 띠고 있었는데, 그녀는 당시 집안에 흐르던 이상한 기류, 즉 흥분과 불안으로 팽팽하게 부풀어 올라 곧 펑 하고 터질 것만 같았던 그 느낌을 여전히 기억하고 있다고 말했다.

그녀의 가족이 자리를 잡은 곳은 케언즈라는 호주 북부의 작은 휴양 도시였다. 하우스라고 불리는 단독 주택에서 살았는데, 낡은 목조 건물이었지만 한국에서 살던 닭장 같은 아파트에 비하면 상당히 쾌적했다. 처음으로 혼자만의 방도 생겼다. 작은 마당이 있었고, 거실에는 벽난로도 있었다. 아버지는 다운타운에 있는 작은 가게를 인수해 스시 집을 차렸다. 수십 년간의 해장국 경력을 무효로 하고 이제 일식 주방장이 된 아버지는, 일하는 동안 주로 입을 다물고 있음으로 해서 일본인으로 여겨지는 오해를 굳이 수정하지 않았다. 부족한 요리 실력으로 인한 컴플레인에 대해서는 알바생을 방패막이로 삼아 버텼다. 부모님은 호주 정상 시급의 절반도 안 되는 금액으로 한국 유학생이나 워홀러들을 알바로 쓰고 쉽게 갈아치우는 악덕 업주로 성장했다. 일요일이 되면 온 가족이 함께 근처에 있는 한인 교회에 갔다. 한국에 있을 때 그녀의 가족은 종교가 없었다. 한인 교회는 먼저 자리 잡은 사람들이 베푸는 호의를 부채감 없이 누리기에 더없이 좋은 곳이었다. 그해 추수 감사절에 그녀와 가족들은 전부 세례를 받았다.

나쁠 게 없는 생활이었다. 하지만 아버지 말과는 달리 그녀는 하고 싶은 게 생기지 않았다. 사춘기에 접어들면서 문방구 주인이 되는 꿈은 버려졌지만, 그렇다고 해서 다른 무언가가 되고 싶은 것도 아니었다. 그녀는 '미래'라는 단어가 귀찮았다. 일단은 빨리 대학생이 되어야겠다고 생각했다. 그저 선 위를 걷고 있는 것뿐이라고, 걷다 보면 거기 이어진 또 다른 선이 보일 거라고, 선이 끝나면 거기서 멈추면 되는 거라고, 생각했다. 지루한 일이었다. 하이 스쿨 고학년이 되었을 무렵부터 그녀는 화장을 하기 시작했다. 수업이 끝나면 근처 대학 캠퍼스에 가서 어슬렁거렸다. 그러다 A를 만났다. 그는 벤치에 앉아 있는 그녀에게 한국분이세요, 하면서 접근했다. A는 당연히 그녀가 같은 학교 학생일 거라고 생각했고, 그게 아니라는 것을 알았지만, 상관없었다. 두 사람은 급속도로 가까워졌다.

네 살 연상의 A는 진취적인 사람이었다. '미래'라는 단어는 그에게 아주 잘 어울렸다. 그는 한국에 있을 때 다니던 대학을 그만두고, 알바를 해서 모은 돈으로 호주에 왔다. 그는 스튜디오에서 혼자 살고 있었다. 새벽마다 두 시간씩 펍을 청소해서 렌트비를 벌었다. A는 회계학을 공부하고 있었고 나중에 영주권을 딸 거라고 했다. 영주권은 있었지만 하고 싶은 것은 없었던 그녀는 그런 A가 부러웠다. 그런 게 진짜 어른의 생활인 것만 같았다. 그 후로 약 일 년간 A를 향한 그녀의 감정은 동경과 맹목이었다. A가 좋아하는 음악을 듣고, A가 좋아하는 음식을 먹고, A가 좋아하는 영화를 봤다. A가 자신을 좋아했으므로 그녀도 자기 자신을 좋아할 수 있었다. 할 수만 있다면 A 자체가 되고 싶었다.

하지만 A의 스튜디오에 놀러 갔던 그날, A는 소파에 앉아 있는 그녀의 발치에 다짜고짜 무릎을 꿇었다. 가슴이 철렁한 그녀가 무슨 일이냐고 묻자, 그는 고개를 푹 숙인 채 한참 동안 한숨만 내쉬었다. 이윽고 그가 입을 뗐다. 다른 여자가 있었어. 그녀는 심장이 빠르게 뛰는 것을 느꼈다. 심장이 머릿속에 들어있는 것처럼 고동 소리가 귀에 가깝게 들렸다. 임신했어. 그녀는 뭔가로 머리를 한 대 얻어맞은 듯했다. 귀가 먹먹했다. 하지만 A는 여전히 무릎에 얹힌 자신의 손등을 내려다보고만 있었다. 그런 그의 모습을 내려다보고 있자니 서서히 심장박동이 가라앉았다. 호흡도 차분해졌다. 그녀는 그때 자신이 화가 나면 뜨거워지기보다는 극도로 차가워지는 사람이라는 걸 알게 되었다고 한다. 마치 드라이아이스처럼. 그녀는 자리에서 일어나 식탁 의자에 걸쳐놓은 가방과 외투를 챙겨, 그 자세 그대로 돌이 되어버린 듯한 A를 뒤로 하고 그 집에서 걸어 나왔다. 현관문을 쾅 소리가 나게 닫으려다가, 열어둔 채로 그냥 떠났다. 그 '선'이란 것이 운동장에 그려져 있는 트랙 같은 것이 아니라 공중에 떠 있는 외줄이었다는 것을, 휘청하는 순간 땅에 처박힐 수도 있다는 사실을 처음으로 깨달았다고, 그녀는 말했다.

A 되기에 실패한 그녀는 모든 것이 한결 더 지긋지긋해졌다. 학교도, 교회도, 가족도 지루했고 떠나고 싶다는 생각만 간절했다. 그녀는 시드니에 있는 대학에 원서를 넣었다. 그녀는 부모님에게서 학비를 제외한 일체의 재정적 원조를 거부했다. 학비까지 감당할 자신은 없었다. 저렴하게 머물 곳을 찾고 있던 그녀에게, 가족들이 다니는 교회의 누군가가 어느 숙소를 소개해주었다. 그녀는 곧 시드니로 떠났다. 그녀가 머물게 된 곳은 한인 교회에서 운영하는 기숙사로, 유학생들뿐 아니라 워킹홀리데이로 온 한국 학생들이 장기 또는 단기로 모여 사는 공간이었다. 하우스 형태의 집에 작은 방이 여러 개 있었다. 방은 두 사람이 함께 썼고, 부엌과 욕실은 공동으로 사용했다. 방값은 쌌지만, 조건이 한 가지 있었는데 바로 일요일마다 교회에 출석해야 하는 것이었다.

교회는 기숙사에서 한 블록 정도 떨어진 상가 건물 2층에 있었다. 교인 수는 그리 많지 않았고 절반 이상이 기숙사에 머무는 청년들이었다. 주일 낮 예배가 끝나면 일종의 소모임이 있었다. 대여섯 명씩 둘러앉아 한 주간 어떻게 지냈는지, 별다른 어려움은 없었는지 등을 돌아가며 얘기하고 마지막에는 소리를 내서 함께 기도했다. 처음 얼마 동안은 참석했지만, 그녀는 좀처럼 그 모임을 견디기 어려웠다. 과장된 듯한 다정함과 관심도, 당신을 위해 기도하겠다는 말도 믿을 수 없었다. 거기서 벗어나기 위해 그녀는 예배 때 언제나 제일 맨 뒷줄 구석 자리에 앉아 있다가, 축도 시간이 되면 조용히 예배당을 빠져나가곤 했다. 그날, 여느 때처럼 재빨리 문을 열고 밖으로 나온 순간 누군가 그녀의 팔을 붙잡았다. 놀라서 돌아보니 B가 서 있었다. 교회의 전도사였다. 기숙사 운영을 담당하는 그는 제일 큰 방에서 아내와 10개월 된 아들과 함께 살고 있었다. 부엌을 오갈 때 몇 번 마주친 적이 있었지만, 대화를 해본 적은 없었다. 그는 미소를 머금은 얼굴로 어딜 그렇게 바쁘게 가세요, 하고 물었다. 그녀는 우물쭈물하다가 말했다. 일 때문에…. 그녀는 주말마다 근처 맥도날드에서 일하고 있었다. 지금 안 가면 늦어서요. 아르바이트 시작 시간은 아직 한참 남아 있었지만 그녀는 그렇게 말하고 도망치듯 그곳을 떠났다.

기숙사와 일터는 걸어서 십 분 정도로 가까웠다. 하지만 그날은 다음 근무조가 지각을 하는 바람에 그녀는 자정이 넘어서야 기숙사에 도착했다. 대문은 열려 있었지만, 현관문은 잠겨 있었다. 그녀는 건물 옆으로 돌아가, 장미 덩굴을 헤치고 그녀의 방 창문을 똑똑 두드렸다. 룸메이트는 잠들었는지 아무런 반응이 없었다. 그녀는 포기하고 마당에 있는 벤치에 걸터앉았다. 밤공기가 상쾌했다. 그녀는 한껏 숨을 들이쉬었다. 그때 딸깍, 하는 소리와 함께 현관문이 열리고 잠옷 차림에 나이트가운을 걸친 B가 나타났다. 그는 그녀를 보더니 옅게 웃었다. 그는 습관처럼 미소를 짓는 사람이었다. 그는 마당으로 내려와 대문을 잠그고는, 그녀 쪽으로 성큼성큼 다가왔다. 너무 늦게 다니지 말아요. B가 말했다. 그러고는 헝클어진 자신의 앞머리를 손으로 쓸어 넘겼는데 우습지만 그 순간 그녀는 그에게 반했다. 그렇다고 해서 무엇을 어떻게 해보려는 것은 아니었다. 초등학교 시절 미술 선생님을 좋아했던 것 같은 정도의 마음이었다.

그러나 이따금씩 늦게 돌아오는 날이면 그녀는 현관문 손잡이를 돌려보지 않았고, 자신의 방 창문을 두드리지 않았고, 그냥 마당 벤치에 가만히 앉아 있었다. 그러고 있으면 B가 대문을 잠그러 나왔다. 둘은 벤치에 나란히 앉아서 이런저런 얘기를 나눴다. 없는 신앙을 상담했고 연애 고민을 털어놓았다. B는 다정했다. 그 다정함은 가짜처럼 느껴지지 않았다. 그녀는 가로등 불빛 아래서 그와 얘기를 나누는 그 시간이 좋았다. 일부러 자정을 넘겨 돌아오는 날이 많아졌다. 그뿐이었다.

하지만 이상한 소문이 퍼지기 시작했다. 결국 그녀는 기숙사를 떠나야 했다. 한인 사회는 극도로 좁아서, 소문은 심지어 이천 킬로 떨어진 곳에 있는 부모님 귀에까지 들어갔다.

이제는 집사님이 된 그녀의 아버지가 전화를 걸어, 더는 그녀가 당신 딸이 아니니 다시는 집에 찾아올 생각을 하지 말라고 했다. 아무 일도 없었다고 말해도 믿어주지 않았다. 그녀는 알겠다고 대답하고 전화를 끊었다. 그러곤 정말로 두 번 다시 집에 걸음을 하지 않았다. 교회에 나가는 것도 그만두었는데, 이때 그녀는 교회를 '끊었다'고 표현했다. 학비 원조가 끊겨, 이후로 그녀의 삶은 몹시 고달파졌다. 그러나 한편으로는 부모에게서 완전히 독립했다는 느낌과 함께, 막 두 다리로 걷기 시작한 어린아이의 흥분마저 느꼈다.

은행에 취직하고 나서 생활은 조금씩 나아졌다. 그녀는 자신이 제일 잘하는 게 무엇인지, 하고 싶은 게 무엇인지 드디어 알게 되었는데, 그건 바로 사랑에 빠지는 일이었다. 만남과 헤어짐을 반복하는 동안 이상하리만치 계속 한국 사람을 만나게 되었고, 그녀는 그들 사이에서 희미하게 발견되는 공통점이 자신의 아버지의 어떤 점과 같으며, 자신의 일부와도 상당히 닮아 있다는 것을 깨닫고는 질색했다. 그러다 오지(aussie)인 C를 만났다. 그는 경찰이었다. 덩치는 컸지만 마음이 여렸고, 말이 많지 않아 침묵을 공유하기에 편안한 사람이었다. 두 사람은 만난 지 3개월 만에 동거를 시작했다. C의 집으로 그녀가 들어갔다. 그가 살던 곳은 제법 고급 아파트로, 지하에는 작은 수영장과 헬스장이 있었고, 카드 키가 있어야 건물 출입이 가능했다. 그녀는 그곳에서 2년 남짓 살았다. 거실 한쪽에 커다란 통유리창이 있어서 전망이 좋았다. 이른 새벽, C가 아직 잠들어 있을 때 그녀는 조용히 침실을 빠져나와, 커튼을 활짝 젖히고 타오르는 스카이라인을 넋을 놓고 바라보곤 했다. 그녀는 C를 사랑했지만, 그 새벽녘의 광경을 조금 더 사랑했다. 더 바랄 것이 없었다. 그 일이 있기 전까지는.

사고는 새해가 시작되고 며칠 지나지 않아 일어났다. 그 날 C는 여느 때처럼 제복을 입고 허리에 테이저건을 찼다. 신고를 받고 출동한 곳은 백팩커와 가게들이 끝도 없이 늘어서 있는 씨티 중앙의 피트 스트리트 근처였다. 편의점에서 물건을 훔쳤다고 지목된 스무 살짜리 브라질 청년을 검거하는 과정에서 일어난 일이었다. 용의자가 완강히 저항하는 탓에, C는 자기도 모르게 전기충격기의 전류를 너무 오랫동안 흘려보내고 말았던 것이다. 청년은 더는 아무런 저항 없이 쓰러져 있었다. 동료 하나가 청년의 가방을 뒤졌다. 가방 안에서 나온 것은 도리토스 한 봉지뿐이었다. C는 바닥에 주저앉았다. 사람들이 그들을 둘러쌌다. 웅성거림 사이로 간간히 욕설이 들려왔다. 구급차가 다녀갈 때까지 그는 두 팔로 머리를 감싸고 엎드린 채 한참을 그대로 있었다. 동료들이 억지로 그를 일으켜 차에 태웠을 때 그는 거의 탈진한 상태였다.

과잉 진압에 대한 징계로 C는 세 달간의 정직 처분을 받았다. 하지만 세 달이 지나고 나서도 그는 직장에 복귀하지 못했다. C는 모든 창문에 암막 커튼을 달았고 그녀가 커튼을 걷으면 불같이 화를 냈다. 그러다가도 금방 미안하다며 울었다. 하루의 절반 이상을 잤고 나머지 시간에는 끝도 없이 먹었다. 그녀는 C를 위해 뭔가 해주고 싶었지만, 할 수 있는 게 별로 없어서 끝도 없이 음식을 만들었다. C의 몸은 점점 더 비대해져 갔다. 그래도 시간이 지나면서 조금씩 나아지는 듯했다. 그날, 익숙한 현관문 앞에 도착할 때까지만 해도 그렇게 생각했다. 퇴근길에 주류판매점에 들러 C가 즐겨 마시던 쉬라즈 와인을 한 병 샀다. 하지만 현관문을 열었을 때 방 안에 가득 차 있는 것은 어둠보다는 오히려 짙은 예감이었다. 그녀는 전등 스위치를 찾아 벽을 더듬었지만 어째서인지 자꾸 손이 떨려 왔다. 그때, 창가에 매달려 있는 커다란 외투 같은 것이 눈에 들어왔다. 그녀는 그 자리에 주저앉았다.

그녀는 이야기하는 동안 계속해서 와인 잔을 빙글빙글 돌리고 있었다. 유리잔 안에서 붉은 와인이 작은 소용돌이를 만들었고, 그녀도 나도 그것을 바라보고 있었다. 나는 그녀가 왜 내게 이런 이야기를 하는 것인지, 좌절된 연애담 외에는 할 이야기가 없는 것인지 궁금했지만 묻지는 못했다. 대신 나는 이렇게 물었다. 지긋지긋하지 않은가요. 연애며 남자며. 나로서는 단 한 번 연애에 실패했을 뿐이지만, 그것만으로도 완전히 지쳐버린 느낌이었으니까. 그러자 S 언니가 웃었다. 내가 어리다고 비웃는 것은 아니었다. 한숨 같은 짧은 웃음이었다. 말했잖아. 내가 유일하게 잘하는 게 그것뿐이라고. 언니가 말했다. 실패하지 않는 관계란 없는 거 같아. 모른 척할 수는 있어도. S 언니는 그러더니 곧장 성경의 한 구절을 읊었다. 사랑은 모든 것을 참으며, 모든 것을 믿으며, 모든 것을 바라며, 모든 것을 견디느니라. 고린도전서 13장 7절, 난 어릴 때부터 이 구절이 제일 좋았어. 그녀가 웃음을 터뜨렸다. 나도 따라 웃었지만, 우습지는 않았다.

잠시 후 그녀는 순식간에 표정을 지우고, 눈빛을 비우더니 어느새 취기가 완전히 가신 사람처럼 평소의 얼굴로 되돌아갔다. 상은 내일 치울까? 그녀가 내게 말했다. 그러곤 내 대답을 듣지도 않고 자리에서 일어나 곧장 욕실로 들어갔다. 나는 잠시 그대로 앉아 있었다. 방금 전까지 그녀가 마시던 와인잔에는 와인이 삼 분의 일쯤 남아 있었다. 나는 자리에서 일어나 접시 몇 개를 개수대에 집어넣다가, 그만두기로 했다.

다음 날 아침, 나는 알람 소리도 듣지 못한 채 늦잠을 잤다. 눈을 떴을 때는 오전 10시가 지나 있었다. 나는 약간의 숙취를 느끼며 천천히 침대를 빠져나왔다. 부엌도 식탁도 물 한 방울 없이 깨끗했다. 지난밤에 들었던 이야기들이 머릿속에서 작은 회오리를 그리며 지나갔다. 나는 방으로 돌아가 옷장 안에 넣어두었던 캐리어 가방을 꺼냈다. 떠나기로 한 날까지는 아직 꽤 기간이 남아 있었지만, 그때의 나는 그것이 최선이라고 생각했다. 한 달 새 짐은 또 늘어있었다. 나는 그곳에 머무는 동안 단 한 번도 앉아 본 적 없는 일인용 소파에 걸터앉았다. 맞은편 티브이의 굴곡 위에 내 모습이 작게, 왜곡된 채로 떠 있었다. 표정을 알아볼 수 없었다. 자리에서 일어나, 손에 쥐고 있던 열쇠고리를 커피 테이블 한가운데 올려두었다. 가방을 끌고 현관문을 나섰다. 문이 닫히고, 이어 철컥, 하는 소리와 함께 문이 잠겼다.

그 집을 떠난 뒤 S 언니와 서로 연락을 나눈 일은 없다. 그러다 몇 년 전, 홍대 근처의 한 일식집에서 그녀와 마주쳤다. 어떤 남자와 마주 보고 앉아 있었다. 단지 닮은 사람인지도 모르겠다는 생각이 들긴 하지만, 잠시 나와 시선을 마주치고 있었다는 점에서 그녀가 맞는 것 같다. 그리고, 고개를 먼저 돌린 것은 내가 아니었다. 그날 나 역시 남자친구와 함께 있었다. 그와는 이 년 정도 만나고 헤어졌다. 그리고 그 전에도 후에도, 또 어떤 사람을 사랑했고, 헤어졌다. 나는 종종 내가 머물렀던 방들, 내 것이었던 혹은 누군가의 것이었던 방들을 떠올린다. 머릿속에서, 그 방들에는 모두 작은 소파 하나가 덩그러니 놓여 있다. 그리고 거기에는 무표정한 내가 앉아 있다. 소파는 내 몸에 꼭 맞아서, 나는 거기 몸을 묻고 한참 동안을 일어날 줄 모른다.

딸기 맛

둘째 조카의 돌잔치였다. 끝나자마자 바로 돌아올 참이라 짐은 단출했다. 늘 메고 다니는 캔버스 백 하나와 분홍색 쇼핑백 하나. 옆자리에는 아무도 앉지 않았다. 히터에서 흘러나오는 열기 때문에 숨이 답답했다. 마지막으로 기차를 탄 것은 지난봄이었다. 엄마 아빠의 칠순 잔치를 한꺼번에 했다. 엄마가 아빠보다 한 살 연상이었는데 먼저 칠순 잔치를 하는 것을 필사적으로 거부했기 때문이다. 엄마는 누가 봐도 육십 대 초반으로 보이기는 했다. 평일 주말 할 것 없이 매일 아침 수영을 하러 다니는 데다 머리숱도 또래에 비해서 풍성했다. 칠순 잔치라니 말도 안 된다고, 엄마는 고개를 절레절레 저으며 말했다. 그러면 정말 늙어버린 기분이 들 것 같다고. 반면 아빠는 기쁘게 칠십 대를 맞았다. 그간 형들과 형수들의 칠순 잔치를 하면서 뿌린 씨앗을 거두어, 보라카이나 하와이 같은 곳에 가서 한 달쯤 푹 쉬다 올 거라고 입버릇처럼 말했다. '뿌린 대로 거둔다'가 우리 집의 가훈이었다. 칠순 잔치 안 해도 좋은 데 보내드리겠다고 딸들이 말해도 그런 게 문제가 아니라고 했다. 뿌린 걸 거두는 게 중요한 거라고. 막내딸인 내가 결혼을 하지 않아서 어떤 씨앗들은 영영 거두지 못할 것이고 아빠는 그것이 분했다. 나는 아빠가 우리 집 가훈을 이상한 방향으로 실천하며 늙어가고 있는 것 같아 걱정이 되었다.

누군가 코를 골고 있었다. 나는 창밖을 내다보았다. 완연한 겨울 풍경이 낯설게 느껴졌다. 밀린 업무를 핑계로 지난 추석 때 고향에 내려가지 않았다. 명소도 특산물도 없는 밋밋한 소도시. 플랫폼에 내린 몇 안 되는 승객 중 여행 온 듯 들떠 보이는 이는 하나도 없었다. 기차에서 내려 썰렁한 대합실을 통과할 때마다, 나는 '고향'이라는 단어가 주는 어떤 안온함도, 오랜만에 가족들을 만난다는 기쁨도 그다지 느껴지지 않는다는 걸 새삼 깨닫곤 했다. 나는 늘 이곳에 마지못해 왔다. 하지만 나를 제외한 나머지 가족들은 손발이 잘 맞았다. 큰언니는 결혼한 뒤 부모님 댁에서 십 분 거리의 아파트에 살았고, 심지어 시부모들과 같은 단지에 살았다. 사돈끼리 틈만 나면 의기투합해서 꽃놀이도 가고 단풍 구경도 갔다. 한번은 모든 사돈 내외 가족, 그러니까 형부의 두 누나와 그녀들의 남편들과 아이들까지 다 함께 제주도로 여행을 간 적도 있었다. 그때도 나는 서울에 있었다. 칠순 잔치 때는 굉장했다. 양가 형제자매들과 사돈네 식구들까지 전부 모였다. 모두 몇 명인지 헤아려 보지도 않았다. 집안에서 나만 별종인지, 처음 보는 사람들끼리도 금세 친해져서는 어깨를 붙잡고 춤을 추었다. 사돈네 집안 아이들이 옷을 맞춰 입고 처음 듣는 동요를 부르기도 했다. 부모님의 은혜에 관한 노래였다. 칠순 잔치는 식당이 문을 닫는 밤 열 시까지 장장 여덟 시간 동안 계속되었다. 나는 내가 살면서 해낸 가장 장한 일 중에 그 여덟 시간을 끝까지 버텨낸 것을 첫째로 꼽고 있다.

도착 시각에 맞춰 형부가 데리러 오기로 했다. 에스컬레이터를 타고 역 밖으로 빠져나오자마자 누군가 광고지 같은 것을 내밀었다. 나는 그 손을 무심히 치고 지나갔다. 형부의 차를 찾아 잠시 두리번거리는 찰나, 누군가 코트 주머니 속으로 뭔가를 집어넣는 게 느껴졌다. 깜짝 놀라 돌아보자 검은 패딩을 턱밑까지 올려 입고, 마스크를 쓰고, 털모자까지 깊게 눌러 쓴 한 여자와 눈이 마주쳤다. 처제! 그때 길 건너편에서 형부가 차창 너머로 손을 흔들었다. 그새 여자는 원래 서 있던 자리로 되돌아갔고, 나는 조금 기분이 상한 채로 건널목 앞에서 신호가 바뀌기를 기다렸다. 코트 주머니에 들어있는 것을 꺼내보았다. 광고지가 아니라 전도지였다. '천국과 지옥은 있습니다!!!' 빨간 글씨로 그렇게 쓰여 있었다. 느낌표가 세 개였다. 아래쪽에는 사탕 하나가 스테이플러로 박혀있었다. 빨간색 포장지에 딸기 그림이 그려져 있었다. 초록 불이 켜지자 나는 그것을 주머니에 쑤셔 넣고 서둘러 길을 건넜다.

조수석 쪽의 문을 열려다가 마음을 바꾸어 뒷문을 열었다. 하린이가 좌석 중앙에 있는 보조 의자에 앉아 있었다. 굳이 따라오겠다고 떼를 써서. 앞에 타. 형부가 말했다. 안녕, 하고 하린에게 인사를 건넸다. 조카는 멀뚱히 쳐다보더니 대꾸 없이 손에 든 스마트폰을 들여다보았다. 일부러 딴청을 피우는 게 분명했다. 나는 뒷문을 도로 닫았다. 조수석에 올라타자 형부가 웃으며 잘 지냈어? 하고 물었다. 나는 고개를 끄덕였다. 형부도요? 그럼, 형부는 말했다. 이모, 안녕하세요, 인사해야지. 아이는 대답이 없었다. 그 애는 올해 다섯 살이었다. 그 오 년의 생 동안 양가 식구들로부터 사랑을 넘치도록 받고 자라서, 아마도 저 앤 꽤나 오랫동안 세상이 딸기 맛인 줄로 알고 살겠지, 하고 나는 생각했다. 그 애를 위해 십 분 내로 달려올 사람들이 즐비했다. 하지만 나는 조카를 어떻게 대해야 할지 알 수 없었다. 할 얘기도 없었고, 귀엽다는 생각이 들지도 않았다. 띄엄띄엄 만날 때마다 매번 다른 아이처럼 느껴지더니, 마지막으로 봤을 때는 덩치만 작은 어른 같았다. 식당 예약해 놨어. 밥이나 먹는 거지 뭐. 형부가 말하고 차에 시동을 걸었다.

도시의 풍경은 올 때마다 조금씩 달라져 있었지만, 확실하게 달라진 것은 하나도 없었다. 예전에 있던 상가 건물보다 조금 더 높은 건물이, 멀리 보이는 아파트 옆으로 다른 아파트가 솟아나 있을 뿐이었다. 조카가 보고 있는 애니메이션에서 흘러나오는 소리가 차 안의 침묵을 메웠다. 띠용, 띠용, 하는 효과음과 아이처럼 꾸며낸 성우의 목소리가 들렸다. 무해하려고 애쓰는 어른의 목소리. 나는 백미러에 비친 조카의 얼굴을 보았다. 동생 생기니까 좋아? 나는 거울을 향해 물었다. 하린이 아무 대꾸가 없자 네, 좋아요, 하고 또다시 형부가 조카를 대신해 대답했다. 재가 저런다, 요즘. 형부가 말했다. 벌써 사춘기가 왔나 봐, 하고 형부는 웃었다. 둘째도 딸이었다. 지난봄에 보았을 때는 그저 주름지고 빨간 아기였는데. 벌써 돌이네요, 내가 말했다. 그러게. 정신 차려보니. 형부가 말했다. 둘째는 좀 쉬워요? 얘는 좀 낫다. 성격이 순둥순둥해. 형부가 그렇게 말하고는 백미러를 슬쩍 넘겨다 보았다.

첫째는 유난히 예민한 편이었다. 그 애의 돌잔치 때, 악을 쓰며 끝도 없이 울어대서 언니마저 울음이 터지기 일보 직전이 되었을 때, 될 대로 되라는 식으로 아이를 건네받았었다.

그런데 내가 몇 번 아이를 어르자 그 애는 몇 분도 안 되어 스르르 잠이 들었다. 그러다 깨서 돌잡이를 겨우 해냈고, 가까스로 파장이었다. 식구들 모두 몇 시간째 시달린 터라 그날 나는 거의 영웅 대접을 받았지만, 시집가도 되겠다는 소리는 덤으로 몇 번이고 더 들어야 했다. 그랬던 때가 있었다고, 네가 이모한테 안겨서 색색 잠들었던 시절도 있었다고, 하린에게 말해주려다가 관두었다.

언니는요? 내가 물었다. 똑같지 뭐. 허리가 나갔어. 형부가 대답했다. 그래서 요즘 침을 맞으러 다닌다고. 언니와는 연락이 뜸해진 지 오래였다. 가족 대화방은 늘 북적거렸지만 단둘이서 대화를 한 일은 기억조차 나지 않았다. 가끔 형부에게서 안부를 묻는 전화가 걸려오면 육아가 얼마나 힘든지, 혹은 아이가 무슨 말을 처음으로 했고, 뭘 새로 먹었고, 뭐 때문에 웃었는지 그런 것만 들었다. 그런 일들 때문에 언니도 기쁜지 그저 그런지, 요즘엔 뭐가 재밌는지, 뭐가 맛있는지 그런 것은 하나도 몰랐다. 어렸을 때부터 여섯 살이나 되는 나이 터울 때문인지 큰언니와는 조금 거리가 있었다. 방을 혼자 쓰기도 했고, 내가 아직 친구들과 고무줄놀이를 할 무렵에 이미 언니는 워크맨 이어폰을 귀에 꽂고 잠드는 고등학생이었으니까. 언니는 집 근처에 있는 국립대에 진학했다. 거기서 형부를 만났고, 오랜 연애 끝에 결혼했다.

반면 연년생이었던 둘째 언니와 나는 마치 쌍둥이처럼 자랐다. 엄마는 그게 좋았다고 했다. 우리 둘의 머리를 똑같이 묶어주고, 똑같은 옷을 입히는 게 소꿉놀이하는 것처럼 재미있었다고. 그렇게 똑같은 뒷모습을 하고 나란히 학교에 가는 걸 보는 게 좋았다고. 둘째 언니와 나는 최고의 단짝이었다. 무슨 얘기든 하고 무슨 일이든지 함께 했다. 큰언니가 쓸쓸하고 섭섭하다며 엉엉 운 일도 있었다. 하지만 어쩔 수 없었다. 나는 둘째 언니가 친구들에게는 누구를 좋아한다고 말했지만 진짜로는 어떤 남자애를 좋아하는지 알고 있었고, 영화배우가 되는 것이 언니의 비공식적인 장래 희망이라는 것도 알았다. 부모님이 안 계실 때 내게만 눈물 흘리는 연기를 보여준 적도 있었다. 중학생이 되고서는 브래지어 안에 휴지를 말아 넣는다는 것도, 엄마 몰래 교복 치마의 길이를 반 뼘이나 줄였다는 것도 나만 알았다.

우리는 나중에 서울에 있는 대학에 진학하기로 약속했다. 가족들과 떨어져 단둘이 낯선 도시에서 살아보자고. 아르바이트를 열심히 해서 돈을 모아 방학 때는 같이 유럽으로 배낭여행도 가고, 자전거를 타고 제주도 일주도 하기로 했었다. 언니가 일 년 먼저 대학에 입학해 서울로 떠났다. 그 후 일 년간은 나도 언니와 함께 하기로 했던 많은 것들을 상상하며 열심히 공부했다. 나는 또다시 백미러로 조카를 넘겨다보았다.

눈매가 큰언니와 꼭 닮아 있었다. 동생과 너도 그럴 것이다. 밤마다 이불 밑에서 수많은 비밀 얘기를 하겠지. 서로의 눈빛만 보아도 하고 싶은 말이 뭔지, 기분이 어떤지 알 수 있을 거야. 아마도, 어느 순간까지는. 그리고 그때부터는 서로에 대해서 아무것도 모르게 될 것이다. 둘째 언니는 내가 수능 시험을 치고 며칠 뒤, 홀로 살던 자취방에서 번개탄을 피워놓고 세상을 떠났다.

규모가 어마어마한 갈빗집이었다. 테이블이 쉰 개도 더 되어 보였다. 룸에 들어서자 우리 가족들보다 언니네 사돈 식구들이 더 반갑게 나를 맞이했다. 형부의 누나가 내 코트를 받아서 옷걸이에 걸었다. 이름도 나이도 모르는 아이들이 방안을 뛰어다녔다. 부모님은 사돈 내외와 대화를 나누느라 정신이 없었다. 벌써 술이 몇 순배 돈 것 같았다. 저 왔어요. 왔냐. 부모님과 나누는 인사는 늘 그 정도였다. 큰언니는 구석 테이블에 앉아 둘째를 안고 있었다. 귀밑머리가 하얗게 세어 나이보다 더 들어 보였다. 눈이 마주치자 언니는 입 모양으로 왔어, 하고 말했다.

나는 언니 곁으로 가서 앉았다. 언니 품에 안겨 잠들어 있는 아기를 들여다보았다. 아기는 방안의 소란과 동떨어진 어딘가에 있었다. 머리카락이 새까맣고 속눈썹이 언니처럼 길었다. 얘는 형부 닮았네. 그래? 속눈썹만 빼고. 언니가 웃었다. 그때 형부가 룸 중앙에 서서 커다란 목소리로 말했다. 일단 식사들 하시고요. 아기 잠 깨면 돌잡이 간단히 하겠습니다. 그 소리에 아기가 칭얼거렸다. 이거, 하고 나는 손에 들고 있던 쇼핑백을 내밀었다. 뭐야? 언니가 물었다. 또 옷이지 뭐. 언니가 아기를 가리키며 말했다. 이거 네가 사줬던 거잖아. 기억나? 첫째의 돌잔치 때 선물로 사 왔던, 곰돌이 얼굴이 그려진 회색 티셔츠와 물방울무늬 바지를 둘째가 입고 있었다. 이거 정말 잘 입었어. 재가 거의 유니폼처럼 입었다. 언니가 하린이를 보며 말했다.

돌아보니 첫째는 외할머니 무릎에 앉아서 아기 새처럼 입을 벌려 고기를 받아먹고 있었다. 나는 그 곰돌이 옷을 사러 아기용품점에 갔을 때를 기억했다. 아기 옷, 신발, 모자 그 모든 것들이 너무 작아서 이상한 기분이 들었었다. 이 작은 옷 안에 들어가는 몸집을 가진 존재가, 어느 순간 언니 몸에서 쑥 나와 꼼지락거리고 있다는 사실이 믿기 어려웠다. 레이스가 달린 원피스, 커다란 리본이 달린 에나멜 구두, 어른 옷을 그대로 줄여놓은 듯한 트렌치코트도 있었지만 내가 고른 것은 바로 그 회색빛의 티셔츠였다. 웃고 있는 것 같으면서도 왠지 시무룩해 보이는 곰돌이의 표정이 마음에 들었다. 형부가 맞은편 자리로 와서 고기를 굽기 시작했다. 먹기 좋게 자른 고기를 언니와 나의 앞접시에 몇 점씩 올려주었다. 팍팍 먹어요, 형부가 말했다. 나는 고개를 끄덕이고 고기를 집어 먹었다. 글쎄 말이야, 하고 형부가 이야기를 시작했다.

며칠 전에 새벽에 잠이 깼는데, 재가 예린이 침대 앞에 우두커니 서 있는 거야. 요새 하린이는 지 엄마랑 자고 나는 아기방에서 자거든. 나는 얘가 뭐하는 거지 싶어서 가만히 보고 있는데, 그냥 계속 침대 안을 이러고 들여다보고만 있더라고. 한참을 그러고 있다가 갑자기 침대 안으로 손을 쑥 집어넣는 거야. 형부가 잠시 말을 멈추더니, 목소리를 낮췄다. 근데 그때 내가 갑자기 무서운 생각이 드는 거야. 다섯 살짜리가 뭘 하겠나 싶으면서도 순간 겁이 나는 거 있지. 그래서 내가 하린아, 뭐해, 했더니 얘가 깜짝 놀라는 거야. 뭐라더라, 기저귀를 갈아주려고 했대. 그래서 내가 기저귀를 왜 갈아줘, 안 갈아도 돼, 했더니 또 대답도 안 하고 획 엄마한테 가 버리데. 내가 이야기를 듣고 말했다. 뭐라도 해주고 싶었나 보죠. 그치? 형부가 그렇게 말하고는 언니의 눈치를 살폈다. 언니는 아무 말 없이 앞접시에 놓인 양파 절임을 뒤적거리고 있었다. 근데 재가 많이 방황했거든. 형부가 낄낄 웃었다. 예린이 집에 오고 나서, 갑자기 바지에 오줌 싸고 동생 분유 지가 먹겠다고 그러고. 첫째들이 다 그런 거 겪는다고 하긴 하잖아. 근데 아침에 깼는데, 내가 간밤에 그렇게 겁먹은 게 황당하더라고. 하린이한테 왠지 미안하고.

나는 하린이를 돌아보았다. 하린이를 품에 안고 있는 엄마는 행복해 보였다. 엄마는 언니가 딸만 낳아서 좋다고 했다. 아들은 안 키워 봤지만 그래도 엄마는 딸 셋 키우는 게 너무 좋았다고. 둘째를 낳고 몸을 풀자마자 바로 나를 가진 터라 다소 두렵고 막막하기는 했지만, 결국에는 셋이나 낳은 게 정말 잘한 일이라고. 하린이와 예린이 태몽은 모두 우리 아빠가 꾸었다는데, 하린이 것은 아빠가 길을 가다가 탐스럽게 익은 복숭아를 보고는 따서 주머니에 넣어오는 꿈이었고, 예린이 것은 금색 털을 가진 조그만 강아지가 아빠 품으로 뛰어드는 꿈이었다고 한다. 엄마는 큰언니와 나의 태몽은 기억을 못 했다. 꾸지 않은 것 같다고 했다. 하지만 둘째 언니의 태몽만은 선명하게 기억했고, 자주 그 이야기를 했다. 하늘이 유난히 새파란 날이었다. 엄마는 시골 논둑길을 걷고 있었다. 여름이었을까, 논 한가득 푸른 벼가 싱싱하게 자라나고 있었다. 걷다가 커다란 감나무를 만났는데 파란 감이 주렁주렁 달려 있었다고. 그때 갑자기 하늘에서 비가 쏟아졌는데 빗물이 온통 쪽빛이어서 온몸이 다 파랗게 물들었다고. 그 느낌이 너무 청량해서, 빗속에 한참을 서 있다가 잠에서 깼고 얼마 안 가 둘째 언니를 가졌다고 했다. 나는 그 얘기는 몇 번이고 들어도 좋았다. 엄마의 표정이 잠시나마 쪽빛 물이 든 것처럼 환하게 바뀌었으니까. 게다가 그렇게 푸릇푸릇한 것들이 먹고 싶었다고 했다. 앉은 자리에서 오이를 열 개쯤 베어먹은 적도 있다고. 그 얘기를 듣는 것도 좋았다. 나를 가졌을 땐 뭐가 먹고 싶었었는지 엄마가 기억하지 못해도 괜찮았다.

그때 형부 누나의 남편 중 하나가, 내가 아직도 이름을 못 외운, 아마 앞으로도 못 외울 남자가 형부 옆에 다가와 앉았다. 사돈처녀는 늙지를 않네, 하고 내게 말을 건넸다. 그런가요. 내가 말했다. 내가 그에게 사돈처녀인지, 아니라면 무엇인지 나는 몰랐다. 그를 뭐라고 불러야 하는지도 몰랐다. 이십 대라고 해도 믿겠어. 애인은 있고? 그가 말했다. 전 혼자가 좋아요. 내가 말했다. 그 방 안에 짝이 없는 사람은 멋도 모르고 뛰어다니는 아이들과 나뿐이었다. 그런 식의 잔소리는 주로 사돈 식구들에게서만 들었고 이제는 거의 아무렇지도 않았다. 형부가 화제를 돌려 골프 얘기며 회사 얘기를 하는 동안 나는 묵묵히 고기를 먹었다.

형부는 여러모로 좋은 사람이었다. 어려운 일도 쉬운 일처럼 뚝딱 해내는 사람. 뭔가를 부탁하기도 전에 이미 그것을 하고 있는 사람. 시작한 농담이 끝나기도 전에, 그의 표정이나 말투 때문에 마주 앉은 사람은 이미 마음이 환해지는 그런 사람. 결혼하기 한참 전부터 거의 가족처럼 지냈다. 형부가 놀러 오면 집안이 소란스러워졌고 아버지는 술에 취해서 말이 많아졌다. 신혼여행이 끝나고 돌아온 큰언니와 형부가 친정에서 하루 자고 갔다. 나도 그때 휴가를 내서 집에 내려갔다. 그날 엄마는 상다리가 부러지도록 음식을 차렸고 아빠는 몸을 가누지 못할 정도로 취했다. 술을 좋아하는 아빠를 위해 형부가 면세점에서 위스키를 두 병 사 왔고, 그날 두 병을 다 비웠으니 알 만한 일이다. 아빠는 형부에게 말했다. 나는 자네가 형제가 많아서 좋아. 사돈 양부모 건강하시고 형제들이 다 결혼해서 동서 간에 화목하게 지내는 것도 아주 맘에 든다고. 형부는 누나 둘, 여동생 하나 사이에 끼어있는 유일한 아들이었다. 나는 자네가 센스가 있어서 좋아. 위스키 사 온 것 좀 보라고. 나는 자네가 예의가 발라서 좋아. 아빠는 그날 밤 형부에게 스무 차례 정도 애정을 고백했다. 그러고는 형부에게 노래를 시켰다. 형부는 센스를 증명하며 아빠의 최애곡인 '내 나이가 어때서'를 안무를 곁들여 불렀고, 그러자 흥에 겨운 아빠도 자리에서 일어나 춤을 췄다. 그러다 말고 갑자기 엉엉 울었다. 아빠가 우는 걸 본 것은 그때가 처음이자 마지막이었다. 아빠가 우니까 형부가 따라 울었다. 형부가 울자 큰언니도 울었고, 큰언니가 울자 엄마도 울었다. 나는 울지 않았지만, 아빠가 우니까 따라 우는 형부가 진심으로 좋았다. 왠지 안심이 되었다. 아빠는 그렇게 울다가 소파에 널브러져 잠들었다. 형부가 아빠를 업어다가 침대에 눕혔다. 술을 좋아해도 주사는 없는 게 아빠의 유일한 장점이었는데 그날만은 술에 취해 할 수 있는 것을 다 했다는 느낌이었다.

갑자기 돌잔치 분위기가 노래자랑으로 바뀌었다. 술에 취하면 노래를 시키는 게 아빠의 새로운 주사인 것 같았다. 사돈 어르신이 자리에서 일어나 숟가락을 쥐고 '마이 웨이'를 부르기 시작할 때, 나는 화장실에 간다며 코트를 걸쳐 입고 밖으로 도망쳤다. 사위가 어두워지고 있었다. 건물 옆 주차장 구석에 재떨이 대신 놓여 있는 깡통이 보이기에 그쪽으로 갔다. 코트 주머니에서 담배를 꺼내려는데 아까 받은 전도지가 딸려 나왔다. 천국과 지옥은 과연 느낌표 세 개 만큼 있는 것일까. 나는 담배에 불을 붙이고 깊이 한 모금 빨아들였다. 고등학교 2학년 때, 둘째 언니랑 같이 독서실에 다닐 때였다. 문득 돌아보니 언니가 자리에 없었다. 화장실에도 없었다. 나는 밖으로 나가서 주위를 살펴보았다. 언니가 옆 골목 주차장에서 담배를 피우고 있는 게 보였다. 나는 그 모습을 보고 놀랐다기보다는 섭섭했다. 내게도 비밀로 하고 대체 언제부터 담배를 피운 걸까 싶어서. 나는 언니를 깜짝 놀라게 할 심산으로 곁으로 다가갔다. 하지만 나를 본 언니는 당황하지도 않고 내게 담배 한 대를 건넸다. 그리고 불을 붙여주었다. 잊을 수 없다. 라이터 불꽃을 손바닥으로 감싼 채 내게로 몸을 기울이던 언니 모습을. 연한 가로등 불빛과 반쯤 그늘진 옆얼굴을. 나는 그날 담배를 처음 배웠지만, 제대로 피우기 시작한 것은 언니가 세상을 떠난 후다. 말보로 골드. 언니가 피우던 담배. 나는 유럽도 못 가보고 연봉 이천의 월급쟁이가 되었어. 내가 말하면 언니는 웃겠지. 웃을 때 도드라지던 덧니. 나는 사탕을 뜯어내고 전도지를 구겨서 버렸다.

룸으로 돌아오니 다행히 노래자랑은 끝났고, 형부는 돌잡이 상을 펼쳐놓고 있었다. 큰언니는 깨어난 둘째를 안고 그 옆에 앉아 있었다. 다른 가족들은 둘째가 무엇을 집을지 추측이 한창이었다. 나는 코트를 벗어 두고 빈 테이블에 가서 앉았다. 남은 고기 조각들이 차갑게 식어 있었다. 나는 손에 쥐고 있던 사탕을 만지작거렸다. 그러다가 보았다. 포장지에 '딸기향 사탕'이라고 쓰여 있었다. 지나치게 솔직하군. 진짜 딸기 맛과 딸기향은 전혀 다른 것이지만, 별생각 없이 속아 넘어가 주는 그런 일들이 있는 법이다. 단순한 딸기 맛의 기쁨 같은 것.

그때 사탕을 봤는지 하린이가 슬그머니 곁으로 다가왔다. 먹을래? 조카가 나를 빤히 쳐다보았다. 딸기 맛이야. 먹을래? 하린이 고개를 끄덕였다. 내가 사탕을 내밀었다. 작고 말랑하고 미지근한 손이, 내 차가운 손에 닿았다. 껍질 까줄까? 아이는 내 말에 대꾸하지 않고 고집스럽게 사탕의 포장을 찢으려고 애썼다. 나는 그 애의 손을 살짝 잡고 봉지를 조금 찢어 주었다. 너도 저거 했었다? 기억나? 내가 물었다. 하린이 고개를 저었다. 뭐 잡았었는지 기억 안 나? 아이는 또다시 도리질을 했다. 나는 기억하고 있었다. 그 애는 판사 법봉과 마이크를 양손으로 동시에 잡고, 그다음엔 만 원짜리 지폐까지 집어 들어서 어른들을 기쁘게 했었다. 언젠가 변호사가 돼서 방송 출연을 하고 돈도 많이 벌게 되는가 보다고, 다함께 그런 시나리오를 상상하면서 저녁이 깊었었다.

엄마, 하고 부르자 엄마가 돌아보았다. 엄마, 나는 뭐 잡았었지? 어머니는 기억을 더듬으며 눈을 가늘게 떴다. 네 언니는 실 잡았지. 나는? 어머니가 대답을 머뭇거리자 곁에 있던 아버지가 말했다. 넌 대추 잡았다. 대추? 대추 잡으면 뭔데? 불콰한 얼굴의 아버지는 잠시 말이 없다가 자손 번창이다, 하고 허허허 웃었다. 그러자 가족들이 따라 웃었다. 나도 웃었다. 웃기긴 웃겼다. 둘째 언니는 뭘 잡았었는지 물어보고 싶었지만 관두었다. 엄마 아빠도 지금 그걸 생각하고 있을 게 분명했다. 그러니까 삼십 년도 더 전에, 우리가 대추든 실타래든 잡았을 때, 그걸 보고 부모님은 기뻐했을까. 어떤 미래를 상상했을까. 나는 큰언니를 보았다. 우리는 오래 살겠지. 단맛 쓴맛 다 보면서. 혼자인 게 좋지만, 언젠가 아이를 세 명쯤 나을 수도 있겠다고, 모르는 일이라고 나는 생각했다.

두 개의 방

여행에서 돌아온 그를 산타 바바라에서 만났다. 그와 내가 같은 이름을 가진 동네의 1동과 2동에 각각 살고 있다는 사실을 알게 된 후, 그러니까 저자와 편집자가 아닌 동네 친구로서 처음 만나기로 했을 때, 그는 중간쯤에서 보죠, 하고 말했다. 중간이 어디냐고 내가 되묻자 그는 한번 알아봅시다, 라고 했다. 주말에 전화를 걸어 온 그는 내게 준비가 됐느냐고 물었다. 준비 땅, 하듯 그와 나는 동시에 출발했고 나는 2동을 향해, 그는 1동을 향해 걸었다. 걸으면서 수화기 너머로 서로의 위치를 보고했다. 내가 월드 부동산을 지날 때 그는 냉면집을 지나고 있었고, 내가 새로 생긴 카페 앞을 지날 때 그는 빵집을 지나고 있었다. 내가 빵집을 지날 때 그는 철

물점 앞에 있었는데, 그곳은 내가 이미 지나온 곳이었다. 그와 내가, 미로처럼 얽힌 골목에서 마침내 같은 길로 접어들었을 때, 저 멀리 조그만 점 하나가 점점 커져서 결국 그가 되었을 때, 그곳이 바로 산타 바바라. 산타 바바라는 어느 연립주택 이름이었다.

오래된 주택과 빌라가 많은 동네였다. 그는 자신이 사는 빌라의 이름은 아비뇽이라고 했다. 내가 사는 곳은 청기와 빌라인데 청기와가 없었다. 그런 이야기를 하며 웃었다. 그날, 그와 나는 골목길을 돌아다니면서 이상한 이름의 빌라들을 여럿 찾아냈는데, 개중에는 신혼 빌라라든지 최첨단 빌라라든지 하는 것도 있었다. '한 벌에 오천 원, 두 벌에 만 원'이라고 붙어 있는 옷가게도 찾았고, 누군가 담장에 파란색 스프레이로 커다랗게 'SEX'라고 써놓은 것도 찾았다. 그리고 세탁소가 사라진 것을 알았다. 문 앞에 몸집이 커다란 백구를 묶어 두곤 하던 곳이었다. 백구는 주로 세상만사 귀찮다는 듯 누워 있었다. 그는 백구가 세탁소 아저씨의 오토바이에 목줄이 매인 채 뛰어가는 모습을 본 적이 있다고 했다. 행복해 보여서 말리지 못했어요, 그가 말했다. 나는 어느 겨울에, 드라이클리닝을 맡기러 세탁소 안으로 들어섰을 때, 안락의자에 앉은 주인아저씨가 새끼 백구를 품에 안은 채 잠들어 있는 장면을 보았다고 말했다.

그는 이것을 '술 산책'이라고 불렀다. 걷다가 맘에 드는 가게가 나오면 들어가 술 한잔하고, 술이 깰 때까지 무작정 걷다가 또 한잔하고. 그렇게 하면 밤새도록 마셔도 숙취 걱정이 없지요. 언젠가 그는 그렇게 말했다. 나는 '술 산책'이 다음 책의 제목으로 괜찮겠다고 말했다. 그와 새벽이 밝아올 때까지 술을 마신 적은 없지만, 덕분에 동네에서 재밌는 것들을 많이 발견했다. 혼자 걸을 때도 언젠가 그에게 말해줘야지 하고 그런 것들을 수집했다. 소용은 없지만 왠지 소중한 것들을. 나는 그에게 역 앞에 '사는 게 껌껌할 때 껌을 씹으세요'라고 쓴 종이를 붙여놓고 껌을 파는 할머니의 좌판이 있다고, 핸드폰 가게 앞 뽑기 기계에 베스트 히트곡집 앨범이 들어 있는데 표지에 도통 처음 보는 노래 제목만 쓰여 있다고 말해주었다. 그는 어느 집 앞 화분에 화분보다 더 큰 늙은 호박이 용케 매달려 있다는 사실에 대해, 쌀가게 앞 보도블럭에 몰려드는 비둘기들이 얼마나 뚱뚱한지에 대해 말해주었다. 그런 얘기를 하며 단골 전집으로 들어갔다. 주인아저씨가 카운터에 엎드려 자고 있었다.

그가 배낭을 뒤적거리더니 자그마한 종이봉투 하나를 꺼내 내게 건넸다. 봉투 안에는 우키요에풍의 그림이 그려진, 두꺼운 종이로 된 컵 받침 두 개와 자그마한 성냥갑이 하나 들어 있었다. 내가 그것들을 하나씩 봉투에서 꺼내놓을 때마다 그는 와, 참 쓸모없네요, 하나같이 쓸데없어요, 라고 덧붙이고는 아하하 웃었다. 그렇게 웃을 때 그의 작은 눈은 완전히 사라져 하나의 곡선이 되었고 눈가에는 여러 겹의 주름이 잡혔다. 그는 확실히 잘 웃는 사람이었지만, 웃음을 그친 후에도 눈가의 주름은 사라지지 않아서 언제나 희미하게 미소 짓고 있는 듯한 인상을 주었다. 그는 내가 출판사를 옮긴 뒤 처음으로 만난 저자였다. 그는 사라져 가는 영화관에 대한 글을 썼는데, 어느 영화 잡지가 몇 년째 그의 글을 지면에 싣고 있었고, 연재를 마칠 때쯤엔 책 한 권 분량이 되어 있었으므로 어찌어찌하다 보니 나와 만나게 된 것이다. 연재를 그만두게 된 건 그 잡지가 발행을 그만두었기 때문이지만, 아무튼. 그는 영화보다 영화가 상영되는 공간에 더 관심이 많았다. 그는 모든 상영관이 각각의 특유한 냄새, 유일무이한 어둠을 가지고 있다고 믿었다. 그는 아트 시네마 야외 테라스에서 내려다본 국일 여관의 간판이 어느 각도로 얼마만큼 기울어져 있는지를 알고 있었다. 동두천 동광극장 대기실에는 소파가 총 아홉 개 있는데 모양이 같은 게 하나도 없다는 것도 나는 그에게 들어 알았다.

그의 책은 3년이 지난 지금까지도 1쇄를 다 팔지 못했지만 그래도 그와 나는 계속 만났다. 가끔 만나다가, 자주 만났다. 주로 그가 어딘가에서 돌아온 뒤였다. 그때마다 나는 스무고

개 놀이를 하듯 그가 머물렀음 직한 도시의 이름을 대곤 했지만 레퍼토리는 매번 비슷했고 한 번도 맞춘 적은 없었다. 그는 다녀온 곳이 어디였는지를 도저히 가늠할 수 없는 물건들을 기념품이라며 내게 주었다. 이번에 그는 일주일간 남쪽에 있는 어느 도시를 다녀왔다고 했다. 거기 있는 극장이 다음 달에 문을 닫는답니다. 그가 말했다. 남아 있는 단관 극장 중에 세 번째로 오래된 곳이라고 그는 말했다. 그는 내가 만지작거리고 있던 성냥갑을 가리키며 말했다. 극장 맞은편에 있는 호프집인데, 거기도 꽤 오래된 곳이에요. 귀한 겁니다. 성냥갑에는 복고풍의 서체로 '사랑의 썰물, 호프&비어'라고 쓰여 있었다. 상자 안 성냥개비들은 머리가 초록색이었다. 초록색 불이 켜질 것 같아서 하나 꺼내 그어보았다. 불은 당연히 초록색이 아니었고 계란 썩은 내 같은 황 냄새가 났다. 그때 주인아주머니가 나타나 자고 있는 아저씨의 등짝을 내리쳤다. 나는 재빨리 성냥불을 흔들어 껐다. 뭐 드릴까, 하고 아줌마가 물었다.

내가 태어난 도시에도 오래된 극장들이 있었다. 가장 마지막까지 남아 있던 곳은 내가 다니던 고등학교 근처의 피카디리 극장이었다. 거기엔 늘 실제 배우들과 절묘하게 닮지 않게 그려진 간판 그림이 걸려 있었다. 은미와 나는 그곳을 좋아했다. 종종 야간 자율 학습에서 몰래 빠져나와 그곳에서 영화를 보곤 했다. 매표소에서 일하는 아주머니는 한껏 무심해서 표를 살 때 눈도 마주치지 않았지만, 우리는 매번 근처 지하 노래방의 더럽고 좁은 화장실에서 몸을 부딪쳐가며 사복으로 갈아입곤 했다.

은미는 유학생이었다. 차로 한 시간 반쯤 떨어져 있는 동네에서 중학교까지 다니다가 나와 같은 고등학교에 진학했다. 중학교 3년 내내 전교 1등을 한 번도 놓치지 않았다는 소문을 들었다. 그러나 천재 소리를 듣던 은미도 이곳에 와서는 평범했다. 아니, 거의 존재감이 없었다고 해야 할 것이다. 나 역시 그 애와 한 학기가 다 지나도록 말을 섞어본 적이 없었다. 나에겐 같은 중학교에서 함께 진학한 친구들이 몇 있었고, 그 애들과 몰려다니느라 한동안은 은미가 교실 어디쯤에 앉아 있는지조차 몰랐다. 그러다 2학기가 시작되어 자리를 바꾸었을 때, 은미가 내 앞자리에 앉게 되었다. 하지만 여전히 얘기를 나눌 기회는 별로 없었다. 그 애는 지각이 잦은 데다 쉬는 시간만 되면 엎드려서 잤다. 수업 시간에도 꾸벅꾸벅 졸기 일쑤여서, 뒤에서 보고 있으면 저러다 책상에 머리를 박지나 않을까 마음을 졸이게 되었다. 그러다 보니 점점 더 신경이 쓰였다. 그 애의 뒷모습은 늘 한쪽으로 비스듬히 기울어 있었고 머리끝은 뻗쳐 있었다.

어느 날인가, 3교시가 다 되도록 앞자리가 비어 있었다. 4교시 수업이었던 담임 선생님이 은미가 사는 곳이 어딘지 아는 사람이 있느냐고 물었다. 아무도 몰라? 누가 은미랑 제일 친해? 하지만 아무도 대답하는 사람이 없었다. 은미가 학교 근처에서 혼자 살고 있다는 걸 그제야 알았다. 은미는 휴대폰이 없었다. 선생님은 은미가 사는 곳의 주소를 알려줄 테니 점심시간에 누가 한번 가보겠느냐고 물었다. 하지만 아무도 나서지 않아서, 내가 간다고 할까, 그럴까 망설이는 찰나 뒷문이 드르륵 열리고 그 애가 들어왔다. 교복 셔츠 자락이 치마 위로 비쭉 빠져나와 있었다. 어디가 아팠느냐고 선생님이 물었다. 은미가 얼굴을 붉히며 말했다. 알람시계 건전지가 다 되어서 늦잠을 잤다고. 아이들이 웃었고 그 애의 얼굴은 더 빨개졌다. 은미는 빠른 걸음으로 제 자리에 와서 앉았다. 뻗친 머리 아래 새빨간 목덜미가 눈에 들어왔다. 손을 대면 데일 것 같았다.

점심시간을 알리는 종이 울리고 여느 때처럼 급식소를 향해 달려가려던 나는, 미동 없이 앉아 있는 은미를 보았다. 나는 은미의 어깨를 툭툭 두드렸다. 그 애가 돌아보았다. 밥 안 먹어? 응. 그 애가 눈을 내리깐 채로 대답했다. 친구들과 밥을 먹고 돌아와 보니 은미는 책상에 엎드려 있었다. 석식 시간에도 마찬가지였다. 나는 은미의 등을 손가락으로 콕콕 찔렀다.

은미가 돌아보았다. 책 모서리에 눌려 한쪽 뺨에 길게 자국이 나 있었다. 왜 밥을 안 먹어? 이따 먹을 거야. 밥보다 잠이 더 급해. 은미가 말하고는 다시 자리에 엎드렸다. 밤에 대체 뭘 하기에 밥을 마다하는 걸까 궁금했지만 더는 묻지 못했다.

앞자리가 또다시 비어 있던 날, 나는 망설이다가 쉬는 시간에 교무실로 가서 담임선생님에게 은미가 사는 곳을 물었다. 교탁 안에 들어 있는 컴퓨터로 선생님이 적어준 주소를 검색했다. 종이의 빈 곳에 대략의 약도를 그렸다. 뭐하냐, 친구 녀석 하나가 곁에 와서 모니터를 들여다봤다. 아무것도 아니거든. 나는 황급히 검색창을 닫았다. 숨길 일도 아닌데 왜 그랬는지 나도 모르겠다. 점심시간에 볼일이 있다는 핑계를 대고 친구들을 먼저 급식소로 보내고, 나 홀로 은미의 집을 찾아갔다. 극장 뒷골목 어느 구석에 있는 허름한 집이었다. 대문이 조금 열려 있어서 문을 밀고 안으로 들어갔더니 그다지 좋지 않은 냄새가 끼쳐왔다. 마당 한쪽에 박스와 폐지 같은 것이 잔뜩 쌓여 있는 게 눈에 들어왔다. 계세요, 은미야, 은미야, 하고 불렀더니 제일 끝에 있던 작은 문이 열리고 그 애가 부스스한 얼굴로 나타났다. 너 어디 아파? 내가 물었다. 아니. 시계가 고장 났나 봐. 은미가 잠긴 목소리로 말했다. 건전지 갈았어? 그 애가 고개를 끄덕였다.

느릿느릿 방에서 빠져나온 은미는 마당에 있는 수돗가에서 세수를 하고 머리를 감았다. 나는 마루 끝에 걸터앉아 그 모습을 지켜보다가, 왠지 그러면 안 될 것 같은 기분이 들어 고개를 돌렸다. 처마에 커다란 마늘 다발과 썰어 말린 무언가가 잔뜩 담긴 초록색 망이 네다섯 개쯤 달려 있었다. 정체를 알 수 없는 자루들, 각종 항아리, 역시 그 안에서 뭔가가 말라가고 있는 플라스틱 바구니들이 마당 여기저기에 놓여 있었다. 먼저 가. 금방 갈게. 은미가 수건으로 머리를 틀어 올리며 말했다. 됐어. 그럼 잠깐만 있어. 교복 입고 나올게. 은미가 그렇게 말하고는 방 안으로 들어갔다. 여긴 누구 집이야? 내가 문 닫힌 방에 대고 물었다. 주인 할머니. 근데 지금 안 계셔? 응, 박스 주우러 다니시는데. 근데 팔지는 않고 저렇게 쌓아놓기만 한다? 웃기지. 교복으로 갈아입은 은미가 방에서 나왔다. 냄새 지독하지. 할머니 방에 메주 있어. 은미가 코를 싸쥐는 듯한 시늉을 하며 말했다. 우리 할머니도 저랬는데, 그 애는 그렇게 말하더니 배시시 웃었다. 학교로 돌아가는 언덕길에는 은행잎이 수북이 쌓여 있었다. 은행잎을 발로 툭툭 차며 말없이 걷는데 은미가 점심은 먹었어? 하고 물었다. 나는 고개를 저었다. 미안. 은미가 말했다. 너도 못 먹었잖아.

점심시간이 십 분 정도밖에 남아 있지 않았다. 교실 가까이 갔을 때 은미는 갑자기 나더러 먼저 들어가라고 했다. 수업 종이 쳤는데도 그 애가 나타나지 않아서 어떻게 된 일인가 하고 있는데, 선생님과 동시에 그 애가 들어왔다. 손에 검은 봉지가 들려 있었다. 은미의 머리카락 끝에 작은 물방울 맺히는 것을 지켜보는 사이 수업이 끝나 버렸다. 은미가 봉지에서 빵과 우유를 꺼내 내게 건넸다. 슈크림이 들어 있는 빵이었다. 같이 먹어, 내가 말했다. 그러자 그 애는 의외로 거절하지 않고, 눈을 내리깐 채 의자를 반쯤 돌려 비스듬히 내 쪽을 향해 앉았다. 짧지만 숱이 짙은 속눈썹, 입술 위에 난 작은 점이 보였다. 나는 빵을 반으로 잘라 그 애에게 건넸다. 어색함에 말없이 빵을 뜯어 먹었다. 그때 그 애가 문득 낮은 목소리로 말했다. 실은 밤에 알바를 하거든. 정말? 무슨 알바? 고깃집. 고등학생도 알바 시켜줘? 내가 물었다. 원래는 안 되는데, 사정을 말했더니 사장님이 시켜줬어. 할머니는 학비와 월세만 겨우 보내주시고, 밥값이랑 용돈은 자기가 벌어야 한다는 것이다. 야간 자율 학습이 끝나자마자 달려가서 새벽 두 시까지 일하고, 주말에는 낮에도 일한다고 했다. 다음 달엔 휴대폰도 살 거야. 그리고 대학 등록금도 좀 모아놔야 해. 그 애가 다소 들뜬 목소리로 말했다. 공부는 언제 하냐. 학교에서 해야지. 근데 너 맨날 자잖아. 그러자 그 애가 쿡쿡, 하고 웃었다. 그건 그래, 하면서. 이거 비밀이야. 알지? 그 애가 내 눈을 똑바로 보며 말했다.

내 앞에 앉아 모둠 전에서 청양고추를 골라내고 있는 그에게, 혹시 모 시에 있는 피카디리 극장을 아느냐고 물었다. 그는 알고 있다고 했다. 작년에 우연히 그곳에 방문했을 때 가 보았다고. 시간이 멈춰 있던데요, 그가 말했다. 요금표에 쓰여 있는 금액이 칠천 원이었어요. 몇 조각 떨어져 나가긴 했지만 간판도 그대로고요. 친구랑 야자 땡땡이치고 자주 갔었어요, 하고 내가 말하자 그래요? 하며 그가 웃었다. 내부가 궁금했는데 잠겨 있었어요. 어땠어요? 그가 물었다. 어땠었더라. 영화관이 다 비슷비슷하죠 뭐, 하고 대답하려다가 가만히 생각해 본다. 은미와 나는 극장 앞에 서 있다. 간판 그림에 대해 이렇게 저렇게 품평하고 깔깔거린다. 건물 안으로 들어서면 매표소라고 쓰인 작은 푯말 아래 아치 모양으로 뚫린 유리가 있었고, 화난 듯한 표정의 아주머니, 향수 냄새가 진하게 풍기던 손…. 나는 그에게 이야기한다. 그래서 영화표에도 향수 냄새가 남아 있었다고. 붉은 천이 깔린 계단. 나무로 된 상영관 문 앞에는 짙은 자주색 융단 커튼이 달려 있었고, 상영관 안에서는 퀴퀴한 냄새가 났다고. 땀 냄새와 곰팡내, 락스 냄새 같은 것들…. 좌석은 인조 가죽으로 되어 있었는데 움직일 때마다 삐걱거렸다고.

그는 미소를 머금은 채, 고개를 끄덕이며 내 이야기를 들었다. 되게 선명하게 기억하고 계시네요? 그가 말했다. 그런가요? 그는 잠시 생각에 잠긴 듯 한참 동안 말이 없다가, 내게 물었다. 선영 씨는, 그런 생각해 본 적 없나요? 뭐랄까, 내가 뭔가를 기억하는 단 한 사람이면 어떡하지, 하는 생각. 나 말고도 몇 사람 있었는데, 누군가는 아주 잊어버리고, 누군가는 세상을 떠나서 내가 마지막 남은 한 명이면 어쩌지, 하구요. 해본 적 없어요, 하고 나는 고개를 저었다. 그렇군요. 뭐랄까, 나한테는 이상한 강박이 있어요. 결국 나마저 잊어버리면, 이미 사라진 것이 완전히 사라지는 게 아닐까 하고. 이상하죠? 그가 말했다. 그치만, 모두가 잊어버렸다고 해서 없었던 일이 되는 건 아니지 않을까요? 내가 말했다. 그러자 그의 얼굴에서 웃음기가 사라졌다. 아뇨, 난 아니라고 생각해요. 아무도 기억하지 않으면, 없었던 일이나 마찬가지가 되어버린다고 생각합니다. 거기서 대화가 끊겼다. 어느새 가게 안은 사람들로 가득 차 있었고, 둑이 무너진 것처럼 웅성거림이 우리의 침묵 위로 쏟아졌다. 한참을 그렇게 앉아 있었는데 그가 말했다. 나갑시다. 2차 가야죠.

우리는 대로변을 따라 직진했다. 2차에 도착할 때까지 2차가 어디인지 모른다는 게 술 산책의 매력이죠. 그는 말했다. 하지만 평소처럼 느릿한 발걸음이 아니었다. 왠지 목적 없이 가는 것 같지가 않은데요, 내가 웃으며 말했다. 들켰나요? 하고 그가 또다시 와하하 웃었다. 저기 곱창 골목에 알 곱창을 기가 막히게 하는 곳이 있거든요. 선영 씨도 꼭 가봐야 해요. 그가 말했다. 곱창 골목으로 접어들자 아주머니들이 분주히 호객했다. 한 아주머니가 그를 보더니 반색했다. 왔어? 네, 하고 그는 순순히 대답했다. 알곱창 2인분? 아주머니가 말했고 그는 네네, 하고 고개를 끄덕였다. 제일 구석에 자리를 잡았다. 테이블이 다섯 개 정도 있는 작은 가게였다. 벽에 붙어 있는 메뉴판은 간소했다. 알 곱창, 야채 곱창, 막창, 고추장 불고기. 여기가 제일 맛있는데 왜 손님이 없지? 이상해요. 그가 말했다. 그래요? 내가 되묻자 사실 다른 집은 안 가봤어요, 하고 그가 웃었다. 알 곱창이 그만이지만 고추장 불고기도 맛있습니다. 연탄불에 굽거든요. 그가 말했다.

그의 말대로 알 곱창은 맛이 기가 막혔다. 우리는 소주 두 병을 나눠 마시고 고추장 불고기도 시켰다. 배가 불렀지만 기분이 좋았다. 3차도 가나요? 내가 물었다. 그럼요, 하고 그가 대답했다. 3차는 어딘데요, 하고 묻자 그는, 이번에는 정말 모릅니다, 진짭니다, 하고 대답했다. 곱창집에서 나와 대로변을 따라 걸었다. 금요일 밤이라서인지 종로 거리는 어딘가 들떠 보이는 사람들로 붐볐다. 없을 것 같은데 은근히 많은 데가 어딘지 아세요? 갑자기 그가 물었다. 네? 무슨 말이에요? 그가 어느 건물 쪽을 손가락으로 가리켰다. 기원이요. 건물 3층에 기원이 있었다. 저기도요. 그가 다른 건물을 가리켰다. 거기에도 있었다. 종로라서 그런 거 아니에요? 내가 대꾸했다. 그런 것 같지만, 버스 타고 다닐 때 한번 찾아보세요. 없는 데가 없다니까요. 그가 말했다. 아, 전당포도요, 하고 그가 덧붙였다. 걸으면서 그가 가리키는 곳마다 기원과 전당포가 있었다. 종로 거리를 걸으면서 나는 한 번도 보지 못한 것들이었다. 나는 어머, 어머, 하며 감탄했다. 걷다 보니 광화문 광장 쪽으로 향하고 있었다. 그때 저기 빌딩 사이 바닥에서 옅은 불빛이 흘러나오는 것이 보였다. 나는 그쪽으로 걸어갔다. 이번에는 그가 나를 따라왔다. 유리 바닥 아래 유적 같은 것이 보였다. 옛 집터라고 했다. 누가 살았을까 싶게 엄청나게 작은 집이었다. 나란히 서서 같이 그걸 들여다보았다. 처음 봤어요. 내가 말하자 이 근처 곳곳에 있습니다, 하고 그가 대답했다. 근데 여기 누가 살았을까요. 이렇게나 좁은데. 조선시대 고시원 아닐까요. 그가 말했고 나는 피식 웃었다. 재미없네요. 내가 말했다. 그쵸, 재미없네요. 그가 따라 했다. 근데 이걸 보니까 갑자기 가보고 싶은 곳이 생겼어요. 그가 말했다. 이번엔 정말 모른다면서요. 내가 말했다. 지금 생각난 거예요. 이게 술 산책의 묘미죠. 문득 생각나는 곳으로 가는 거. 말이 조금씩 달라지는 것 같은데요, 하고 내가 킥킥거렸다. 아닙니다, 정말입니다. 그가 말했다. 그게 어딘데요? 내가 묻자 시간이 멈춘 곳을 알아요, 하고 그가 말했다.

은미가 살던 작은 방에 다시 찾아간 적이 있다. 몇 해 전 연휴의 끄트머리였다. 부모님 댁에서 설을 쇠었는데 하루종일 먹기만 했다. 배가 너무 불러 잠깐 걷기로 했다. 햇볕을 조금 쬐고 싶었는데 겨울 해는 야속하게 넘어가고 있었다. 도시가 좁아진 걸까. 예전에는 서로 한참씩이나 떨어져 있다고 생각했던 것들이 대체로 가까웠다. 널따란 대학 정문을 지나, 향교를 지나, 걷다 보니 내가 다니던 고등학교의 벽돌담이 나왔다. 하지만 학교는 다른 곳으로 이전했고, 이제 그곳은 시청의 임시 청사가 되어 있었다. 시청은 피카디리 극장 바로 앞에 있었는데 건물을 새로 짓고 있다는 얘기를 들었다. 교문 안을 빼꼼 들여다보니 학교 운동장 한가운데 있던 목백합이 그대로인 게 보였다. 그 목백합은 학교의 상징이어서 교복에 뱃지로까지 달아야 했는데 두고 갔다는 것이 이상했다. 워낙 뿌리가 깊어서 옮기기 힘들었을 거라는 생각이 들었지만, 막상 다시 보니 예전보다 조그맣게 느껴졌다. 분식집도 만화방도 이제는 사라지고 없었다. 은미와 함께 걷던 언덕길을 따라 아래로 내려가자 새로 짓고 있는 시청 건물의 거대한 골격이 보였다. 그런데도 피카디리 극장은 여전히 썰렁하고 낡은 모습 그대로였다. 극장이 문을 닫은 것은 벌써 십 년 가까이 지난 일인데 건물이 도통 팔리지 않는 것인지, 혹은 주인이 아예 팔 생각이 없는 것인가 싶었다. 극장 앞 유리로 덮인 게시판 안에 붙어있는 빛바랜 포스터를 보았을 때, 은미와 내가 함께 보았던 마지막 영화가 생각났다. 크게 흥행했던 조폭 코미디 영화의 후속편이었다. 그 시간대에 볼 수 있는 것이 그것뿐이었다. 뻔한 웃음 코드에도 우리는 깔깔거렸다. 어느 순간 나 혼자 웃고 있어, 고개를 돌려 보니 은미는 고개를 옆으로 떨군 채 잠들어 있었다. 나는 스크린의 불빛에 그을린, 그 애의 잠든 얼굴을 잠시 동안 바라보았다. 나는 그 애에게 어깨를 빌려주지도, 그 애를 깨우지도 않았다. 오랫동안 잊고 있었던 기억. 은미의 집에 가봐야겠다는 생각이 들었다. 날이 어둑해지고 있었다. 몇 번밖에 찾아간 적이 없는데도 길이 익숙했다. 놀랍게도 그 집은 거기 그대로 있었다. 대문은 닫혀 있었지만, 담장이 낮아 발뒤꿈치를 들면 안을 들여다볼 수 있었다. 예전과 달리 마당은 깨끗했다. 처마에 걸려 있는 것도 없었다. 아무것도 없으니 더 누추하고 썰렁해 보였다. 그때였다. 작은 방 창문에 불이 켜졌다. 순간 마음이 선득했다. 은미가 아직도 거기 살고 있을 리는 없었는데도.

그 애는 내게 비밀이라고 강조했지만, 사실 그건 공공연한 비밀이었다. 가족들과 고기를 먹으러 갔다가 은미를 본 아이들도 여럿이었고, 담임 선생님도 알고 있었지만 은미의 사정을 고려해 용인해 주고 있었다. 그리고 그해 겨울 방학이 시작될 무렵, 은미는 정말로 휴대폰을 샀다. 그걸 사러 갈 때 나도 함께였다. 공중전화 부스까지 가지 않고도 할머니랑 통화할 수 있게 되었다며 그 애는 기뻐했다. 나는 은미네 고향집 번호를 단축번호 1번에 저장해 주었다. 그러자 은미는 내 번호를 2번에다 저장했다. 방학 동안에도 자율 학습은 계속되었다. 또다시 자리를 바꾸게 되어 은미와 나는 교실의 양 끝으로 멀어졌지만, 그래도 우리는 휴대폰으로 계속 문자를 주고받았다. 그걸 다 종이에 썼다면 구구절절한 편지 몇 통이 되었을 것이다. 은미랑만 붙어 다녀서 그전에 몰려다니던 친구들과는 사이가 서먹해졌다. 그 애들은 은미에게서 이상한 냄새가 난다고 말했다. 그러나 그 애에게서 어떤 냄새가 난다면 그것은 어른의 냄새, 진짜 생활의 냄새일 거라고 나는 생각했다.

그 겨울의 어느 주말, 지금은 기억나지도 않는 사소한 일로 엄마와 말다툼을 벌이고 집을 나왔다. 찬바람을 맞으며 거리를 헤매다가 오후 서너 시쯤 되어 무작정 은미가 일하는 고깃집으로 찾아갔다. 안을 들여다보니 손님은 하나도 없었다. 은미는 짧은 머리를 애써 하나로 묶고 앞치마를 두른 채, 테이블 앞에 앉아 마늘을 다듬고 있었다. 내가 들어서자 당황한 은미와, 역시 어쩔 줄 모르고 우두커니 서 있던 나를 번갈아 보던 사장 아저씨는 친구? 하고 은미에게 물었다. 은미가 고개를 끄덕였다. 왜 왔어? 은미는 그렇게 말했고, 나는 섭섭해서 아무 대꾸도 하지 않았다. 은미는 내게 밥을 먹었느냐고 물었고 나는 고개를 가로저었다. 그럼 밥 같이 먹어, 원래 이때쯤 밥 먹는 시간이야. 은미가 말했다. 곧 정신없이 바빠져. 그렇게 말하는 은미가 왠지 낯설었다. 그 애는 옅게 화장을 하고 있었다. 잠시 후 은미가 쟁반에다 반찬 몇 가지가 담긴 접시들과 공깃밥 두 개를 담아 가져왔다. 사장 아저씨가 펄펄 끓는 된장찌개 뚝배기를 집게로 집어 와 테이블 위에 내려놓더니, 나를 향해 사이다 마실래, 하고 물었다. 고개를 절레절레 저었는데도 그는 사이다 한 병을 가져왔다. 은미는 별다른 표정이 없었다.

그 애가 물었다. 진짜로 웬일이야? 그냥 오면 안 되냐? 내가 대꾸하자 은미는 아무 말 없이 밥을 한 숟가락 떠서 입에 넣었다. 나 가출했어. 왜? 엄마랑 싸웠어. 그러자 은미는 피식, 하고 웃었다. 추운데 그냥 들어가. 싫어, 하고 나는 고개를 저었다. 그럼 뭐 어쩔 건데. 은미가 물었다. 오늘 네 방에서 자면 안 돼? 내가 그렇게 말하자 은미는 나를 물끄러미 쳐다보았다. 그러고는 대꾸 없이 숟가락으로 된장찌개를 떠서 입에 가져갔다. 그때 사장이 다시 나타나서는 구워서 자른 고기가 담긴 접시를 테이블에 올려놓고 사라졌다. 그는 은미가 앉아 있던 자리에 앉아서 마늘을 다듬기 시작했다. 손님이 들어오자 은미는 태연히 밥을 먹고 사장이 뛰어가서 주문을 받았다. 밥을 다 먹고 나자 은미는 내게 열쇠를 건네주며 언니처럼 말했다. 돌아다니지 말고 방에 가 있어. 전기장판 켜고 있어.

나는 가게 문을 나섰다. 돌아보니 은미가 사장과 이야기하며 웃고 있었다. 나는 심술 난 아이처럼 찬바람을 맞으며 거리를 돌아다녔다. 더는 갈 곳이 없었다. 극장에 들어가서 혼자 영화 한 편을 보고 나왔는데도, 은미가 돌아올 시간까지는 아직 한참이나 남아 있었다. 대문은 열려 있었다. 주인 할머니의 방에서 불빛이 새어 나왔다. 나는 숨죽인 채로 은미의 방으로 갔다. 어둑한 방 안은 온기 없이 썰렁했다. 전등 스위치를 찾아 불을 켰다. 작지만 자기만의 방이 있다는 것이 부러웠다. 형광등 불빛에 방 안이 창백해졌다. 손때 묻은 벽지와 빗물에 여러 번 젖었다 마른 천정이 눈에 들어왔다. 한쪽 구석에 흐트러진 이부자리가 있었고, 그 밑에 전기장판이 깔려 있었다. 앉은뱅이책상 위에 문제집이 몇 개 쌓여 있는 게 보였다. 책상 한쪽에 동그란 거울과 몇 가지의 로드 숍 화장품이 놓여 있었다. 내가 모르는 브랜드의 향수도 하나 있었다. 뚜껑을 열어보니 달콤한 냄새가 났다. 은미의 교복이 다른 옷들과 함께 옷걸이에 걸려 있었다. 입은 것을 본 적 없는 원피스도 두어 벌 있었다.

나는 전기장판을 켜고 이부자리 밑에다 다리를 집어넣었다. 순간 집에 돌아가고 싶다는, 따뜻한 물로 씻고 내 방 침대에 들어가 눕고 싶다는 생각이 들었다. 아귀가 맞지 않는 문틈으로 찬바람이 계속해서 새어 들어왔지만 엉덩이 밑은 따뜻해서 나른해졌다. 차가운 기운에 잠에서 깼을 때 방 안은 깜깜했다. 은미가 부스럭거리며 이불 속으로 들어오고 있었다. 숯불에 그을린 고기 냄새가 났다. 왔어, 하고 내가 말했다. 응. 제대로 누울래? 은미의 말에 나는 고분고분 자리에서 일어나 그 애 옆에 이불을 덮고 똑바로 누웠다. 등은 따끈한데 찬바람에 코끝이 아릿했다. 커튼이 달려 있지 않은 작은 창으로 가로등 불빛인지 달빛인지가 새어 들어오고 있었다. 고개를 돌려 은미의 옆얼굴을 바라보고 싶었지만 어째서인지 그럴 수 없었다. 그때 선영아, 하고 은미가 내 이름을 불렀다. 응? 그때 있잖아.언제? 그때, 나 깨우러 왔을 때. 응. 나 그때, 계속 자고 싶었거든. 잠이 다 깼는데도 그냥 계속 계속 누워 있고 싶었어. 은미는 계속해서 말했다. 네가 은미야, 하고 불렀잖아. 응. 누가 내 이름 그렇게 부르는 게 엄청 오랜만이었어. 우리는 어둠 속에 잠시 말없이 누워 있었다. 은미야. 은미가 응, 하고 대답했다. 은미야. 응. 은미야. 응. 그렇게 몇 번인가 부르다가 언젠지도 모르게 잠이 들었다.

소문이 들려오기 시작한 것은 겨울 방학이 끝나갈 무렵이었다. 은미가 아르바이트하는 가게 사장과 그렇고 그런 사이라는 소문이었다. 극장 앞에서 웬 나이 많은 남자의 차에 타는 걸 보았다거나, 모텔에서 나오는 것을 보았다거나 하는 그런 얘기들이었다. 나는 그것들이 사실이 아니라고 생각하는 동시에 사실일지도 모른다는 생각 때문에 두려웠고 그래서 은미에게 아무것도 물어보지 못했다. 은미는 아무런 말이 없었지만, 나는 그 애 역시 내게 묻고 싶은 것이 있다고 생각했다. 너도 그렇게 생각하니. 은미가 그렇게 묻는다면 뭐라고 대답해야 할지, 나는 그것을 줄곧 고민했지만 은미는 내게 아무것도 묻지 않았다. 곧 새로운 학년이 시작되었고, 그 애와 나는 다른 반이 되었다. 나는 은미가 새로운 친구들을 사귀었으면 하면서도 한편으로는 그러지 않기를 바랐다. 내가 유일하기를, 유일하지 않기를. 그 애는 줄곧 혼자인 것 같았다. 나는 몇 번인가 쉬는 시간에 그 애의 교실로 찾아가기도 했지만, 그 횟수는 점차 줄어들었다. 은미는 나를 한 번도 찾아오지 않았다.

그곳에 가기 위해 우리는 모 대학 앞의 번화가를 지나야 했다. 상점의 불빛이 찬란했고, 거리는 사람들로 가득해 나란히 걷기가 어려울 정도였다. 그는 나보다 두 발짝 정도 앞서 걸었고, 나는 그의 구부정한 등을 보며 말없이 따라갔다. 이윽고 골목으로 접어들자 이번에는 아파트촌이 이어졌다. 길은 한적해졌지만 그는 여전히 나보다 앞서 걷고 있었다. 점차 거리의 소음이 멀어지고, 그와 내가 타박타박 걸음을 내딛는 소리가 들려올 만큼 고요해졌다. 가로등 불빛 아래 '범죄 예방을 위한 24시간 순찰, CCTV 녹화 중'이라는 플래카드가 눈에 들어왔다. 그 너머로 검은 구멍이 뚫린 집들이 솟아 있었다. 그는 찢어진 가름막을 들추고 그 안으로 몸을 굽혀 들어갔다. 나도 뒤따라 들어갔다. 건물 사이로 좁고 가파른 계단이 나 있었다. 호흡이 가빠졌다.

계단 끝에는 폐허가 있었다. 어떤 집은 무너져 잔해로 남아 있었고, 아직 무너지지 않은 집들은 창문이 사라진 자리에 네모난 어둠이 들어차 있었다. 철근이 드러난 커다란 콘크리트 덩어리에 누군가 웃는 얼굴을 그려놓았다. 한쪽 눈으로는 윙크하고, 혓바닥을 살짝 내밀고 있는 얼굴. 집집마다 붙어 있는 포장이사 광고 스티커. 잔해와 뒤섞인 채 버려진 가재도구들. 깨진 사기그릇, 숟가락, 효자손, 짝없는 운동화. 사라진 문 안을 들여다보면, 반쯤 무너진 벽 너머로 맞은편의 폐허가 보였다. 남아 있는 벽에는 8년 전 달력이 걸려 있었다. 그런 풍경이 계속해서, 계속해서 이어졌다. 완만한 오르막길을 따라 걷다 보니 곧 언덕 아래까지 한눈에 들어왔다. 드물게 불을 밝히고 있는 가로등 밑에서 그가 멈춰섰다. 잠깐 쉴까요? 그가 주머니에서 담뱃갑을 꺼냈다. 불 좀 빌려줄래요, 하고 그가 말했다. 없는데요. 내가 대답하자 그가 한쪽 손을 내밀며 사랑의 썰물, 하고 말했다. 나는 가방에서 성냥갑을 꺼내 그에게 건넸다. 왠지 성냥으로 불을 붙이면 담배 맛이 더 좋은 것 같아요. 그가 그렇게 말하고는, 커다란 콘크리트 덩어리 위에 걸터앉아 담배에 불을 붙였다. 나도 아무 데나 걸터앉았다. 언덕 아래 불빛들이 하나둘씩 켜지는 동안 언덕 위는 아무런 저항 없이 어두웠다. 아주 높은 곳에서 내려다보면 이곳은 마치 커다란 검은 구멍처럼 보일 것이다. 나는 생각했다. 먼 미래에는, 여기도 유리로 덮어 씌워질까요? 그가 말했다. 그럴 수도 있겠네요, 하고 나는 웃었다. 그는 따라 웃지 않고 말했다. 여기가 내 방이었어요.

그는 간간이 담배 연기를 내뿜으며 이야기를 계속했다. 물론 집을 떠나 혼자 산 지 오래였지만, 내 방은 예전 그대로 남아 있었어요. 옷장 안에 고등학교 때 교복까지 그대로 걸려 있었죠. 가끔 집에 오면 아버지는 마치 내가 어제도 그제도 거기 있었던 것처럼 굴었어요. 예전처럼 별 대화 없이 저녁을 먹고, 뉴스를 보고, 자러 들어갑니다. 침대에 누우면 먼지 냄새가 나요. 아무도 청소를 안 해서요. 나는 왔을 때 그대로 침대보만 덮어두고 다시 떠나곤 했죠. 아버지랑 나는 그런 식으로 오랫동안 지내왔거든요. 치우기 싫으면 어지르지 말자. 어머니가 돌아가신 뒤로 그게 우리 모토였어요. 어느 날인가 저녁 식사 후에, 설거지를 하고 밖에 나와서 담배를 피우고 있는데 아버지가 따라 나오셨어요. 한 대만 줘봐라, 그래서 드렸죠. 아버지는 오래전에 끊으셨거든요. 요리하는 사람은 담배 피우면 안 된다고 어머니가 하도 잔소리를 해서요. 아버지는 거의 삼십 년 동안 해장국을, 해장국만, 끓이셨어요. 한참을 뻐끔뻐끔 연기만 내뿜다가, 아버지가 말씀하셨죠. 이 동네가 재개발 구역이 되었다구. 아버지의 가게는 저쪽에 있었어요. 걸어서 십 분 거리였죠. 집과 가게 모두 철거 예정 지역에 속해 있었어요.

마지막까지 버틴 사람들은 아버지를 포함해 열 명도 채 되지 않았어요. 이제 와 다른 곳에 가게를 열자니 보상금은 턱없이 부족하고, 무엇보다 아버지는 늙고 지쳐 있었죠. 사실 난 아버지가 그만두기를 바랐습니다. 장사도, 부질없는 싸움도 전부. 아버지가 용역들에게 끌려나갈 때마다 저는 여기 없었어요. 어쩔 수 없는 일이라고 수화기에 대고 아버지를 설득했죠. 아버지가 아무것도 어지르지 않고 조용히 여생을 보내셨으면 했어요. 우리의 모토대로요. 내가 한 말은 결국 틀리지 않았습니다. 이길 수 없는. 싸움이었죠. 싸움이 계속되는 동안, 저는 집에 있던 가구와 물건들을 조금씩 내가 사는 곳으로 옮겼습니다. 아버지는 그때마다 천막 안에 꼿꼿하게 앉아서 눈을 꼭 감은 채로, 불러도 대답도 안 하셨어요. 철거일이 되었을 때, 저는 이리로 올라와서 포클레인이 집들을 하나씩 부수는 것을 지켜보았습니다. 그건 꽤 현실감이 없는 일이어서, 우리 집 차례가 되었을 때도 나는 그냥 멍하니 보고 있었죠. 몇 번의 타격 끝에 마침내 한쪽 벽이 무너져 내렸을 때, 액자가 보였어요. 해바라기를 그린 조악한 유화였지요. 해바라기 그림을 걸어두면 집에 돈이 굴러 들어온다며, 어느 날 아버지가 술에 취해 사 들고 오셨던 바로 그 액자였어요. 액자 안의 해바라기가 햇볕 아래 무방비로 드러났을 때, 그때부터 내 강박이 시작된 것 같아요. 바로 그 순간에요. 그게 거기 있었다는 걸, 나는 정말 완전히 잊고 있었거든요.

그가 이야기를 마치자, 아까 지나온 캠퍼스 쪽에서 희미하게 노랫소리가 들려왔다. 성악과 여학생인 듯한 누군가가 아리아를 부르고 있었다. 무슨 곡인지는 알 수 없었지만, 그와 나는 조용히 귀 기울였다. 그때 가로등 불빛이 몇 번 깜빡거리더니, 꺼졌다. 사위가 완전히 어두워졌다. 어둠 속에 두 귀만이 남아 있는 것 같았다. 치익, 하고 그가 성냥 하나에 불을 붙였다. 그러고는 불이 꺼지지 않도록 조심하며 내게 그것을 건넸다. 나는 손끝이 뜨거워질 때까지 불빛을 들여다보다가, 후, 하고 입김을 불어 그것을 껐다. 그 작은 불빛이 꺼지자 뭔가가 내려앉는 것 같았다. 어떤 표정을 지어도 괜찮을 것 같은 어둠 속에서, 문득 그의 목소리가 들려왔다. 내려가서 해장국 한 그릇 할까요? 그가 말했다. 술 산책은 해장 필요 없다면서요. 내가 대꾸하자 그가 하하 웃더니 말했다. 갑자기 먹고 싶어서요. 좋아요, 나는 대답했다.

해설

방황과 유예의 시절이 거쳐 간 낯선 길 위에서 쓰는 편지

정재훈(문학평론가)

무엇인가를 잃는다는 것, 그것에도 향기와 힘이 있다.
—『벤야멘타 하인학교』 중에서

글을 시작하면서 다소 두서없이 쓰는 감은 있겠으나, 개인적인 경험을 먼저 밝히고자 합니다. 문진영 작가의 소설집에 실린 작품들을 읽다가 문득 로베르트 발저가 쓴 장편소설 『벤야멘타 하인학교』가 떠올랐습니다. 이 소설의 주인공인 '야콥'이라는 귀족 가문 출신의 젊은이가 집을 떠나 하인을 양성하는 학교에 들어가 생활하는 일상을 담은 이야기입니다. 이 작품에서 가장 아름다운 장면을 꼽자면, 학교가 문을 닫게 되면서 결국 주인공이 학교의 원장과 사막으로 떠나는 대목이라 하겠습니다. 이 장면이 아름답다고 느낀 데에는 무엇보다 소설의 전개 방식도 한몫을 하고 있지요. 바로, 일기 형식으로써 주인공의 내면을 그대로 느낄 수 있게 한 전개 때문에 더욱더 감동을 받았던 것 같습니다. 역자의 〈해설〉에 따르면, "발저는 열정적으로 글을 쓰는 자"였고, "그의 글쓰기는 어쩌면 걷기의 연장선상에 있는, 흰 종이 위에서의 걷기"와도 같은 것이었습니다.

그도 그럴 것이 발저의 이 『벤야멘타 하인학교』에서 주인공이 마주하게 될 사막의 정경 또한 어떠한 이정표도 세워지지 않은 곳이기에 '방황'과 어울릴만한 장소인 것은 분명해 보입니다. 밤하늘에 별빛은 어디에나 볼 수 있었을 테고, 사막의 어둠은 어딜 봐도 같을 것이기에 정해진 좌표는 애당초 일말의 필요조차 없었을 것입니다. 어쩌면 소설을 비롯한 문학이라는 세계 또한 그러한 것이 아닐까요. 아무튼 문진영 작가의 이번 소설집에 실린 작품들을 읽고 나서 자연스레 그때 그 당시의 〈수상 소감〉이 어떠했는지가 궁금했었습니다. 당시가 2009년도였던 터라 꽤 오래된 감은 있지만, 작가의 다짐 섞인 대목들이 지금도 여전히 유의미하게 다가왔었던 것 같습니다. 특히나 작가 스스로 '방황'을 자신의 몫으로 삼고 "내 글이 나와 함께 방황하고 꿈꾸고 나이 들어가기 원한다."라는 대목은 앞서 로베르트 발저가 보여준 '열정적으로 쓰는 자'를 연상케 합니다.

소설집에 실린 작품들을 읽었다면, 당신 또한 여느 독자들이 그러했을 것처럼 '청춘'에 대해서 문득 생각해 보았을 것입니다. 만약 작가보다 더 연배가 있는 독자라면, 지난 추억을 떠올리며 그때 그 시절을 아련하게 떠올렸을 수도 있겠지요. 그도 그럴 것이 아무래도 문진영 작가의 첫 작품 『담배 한 개비의 시간』(창비, 2010) 또한 '청춘'에 관한 문제의식이 담겨 있었기 때문입니다. "방황과 유예를 청춘의 지분으로서 조용히 요청하는 소설"(조연정, 「낭만적 청춘의 권리장전」)이라는 평처럼 작가의 문제의식은 결국 누구든 피할 수 없는 문제처럼도 보입니다. 청춘이라는 시기에 몸과 마음을 휩쓸었던 방황과 유예에 대해 질문을 던지고, "관찰하는 자와 고백하는 자의 역할을 두루 맡으며 자기 세대의 자리를 따뜻하게 묘파하려는 작가의 시선" 속에는 어떠한 짧은 시간(담배 한 개비를 피우는 시간)일지라도 그저 무의미한 것으로만 머물지는 않았을 것이라고 봅니다.

그렇기에 작가가 스스로 밝힌 '(삶에서의 불가피한) 방황'도 그러하고, 또 앞서 언급했듯이 조연정 평론가가 지적했던 것처럼, 작가의 소설 자체가 '(그때 그 시절의) 청춘'만을 다루고자 한 것은 아닐 겁니다. 작가가 작품을 썼을 당시에 사람들에게 회자되었을 '88만원 세대'라는 말이 지금이라고 해서 사라진 것도 아니며, 그때 그 시절만큼이나 지금의 우리 일상도 여전히 팍팍하기는 마찬가지인 듯 보입니다. 그리고 이번 소설집은 첫 작품을 발표한 시기로부터 십여 년 가까이 지나서 나온 것이기 때문에 작가의 내적 의식 또한 조금은 변모해갔을 것입니다. 문진영 작가의 이번 소설집에서 엿볼 수 있는 특유의 문제의식은 그저 일종의 생물학적인 나이가 절대적 기준이 되지는 않아 보입니다. 오히려 세대 간을 뛰어넘어 좀 더 보편적인 시각으로 놓고 봄으로써 '방황'과 '유예'를 비롯한 존재적 질문이 어쩌면 지금을 살아가는 이들 모두의 문제일 수도 있는 것이라는 데에 초점을 맞춰야 할 듯합니다.

흔히 '청춘'을 누리는 젊은 세대들은 장밋빛과도 같은 미래를 꿈꾸며 열심히 앞만을 보고 달리지, 정작 자신들에게도 언젠가 찾아올 중년 또는 노년에 대해서는 다소 무지한 감이 있습니다. 그렇게 세월이 흐르다 보면 그들 또한 어느덧 중년, 더 이후에는 노년이 될 것이고 그때가 온다면 그들도 그 시절을 단지 추억으로써만 음미해야 할 것입니다. 이렇게 본다면 '청춘'의 아름다움이란, 세월이 흐르고 나서야 진정으로 느낄 수 있는 것인지도 모르겠습니다. 그때 그 시절을 떠올릴수록 세월의 무게가 더욱더 무겁게 느껴질 수밖에 없는 것일 테지요. 하지만 작가는 이를 어둡게만 칠하지는 않았습니다. 소설집에 실린 작품들 가운데 등장하는 중년의 인물들은 여전히 자신들에게도 아직 '청춘'다운 면모가 있다는 점을 끊임없이 확인하고자 합니다. 그 대표적인 인물들이 바로「엄마에게 애인이 있었으면 좋겠다」에서 등장한 "아빠"나, 「나비야」의 주인공인 "미희"라고 볼 수 있습니다.

「엄마에게 애인이 있었으면 좋겠다」에서는 젊은 세대로서 불확실한 미래를 앞둔 주인공 "정민"의 모습도 볼 수 있고, 또 그녀가 자신이 예전에 살던 집과 동네를 바라보며 그 시절의 애틋했던 추억을 음미하는 부분도 있겠으나, 제가 주목하고자 한 인물은 그녀의 "아빠"입니다. 주인공의 부모님은 이혼을 한 상태이고, 그녀는 이미 아빠에게 애인이 있다는 것을 알고 있었습니다. 문제는 '가장'이라는 굴레에서 벗어난 "아빠"의 새로운 삶입니다. "연애"를 하면서도 "특별히 바라는 것도 없"다는 주인공과는 달리, "아빠"는 청년 못지않게 불같은 연애를 시작했고(주인공은 그런 아빠의 "로맨틱한 모습을 상상하니 웃음이" 날 정도였지만), 또 자신이 예전부터 꿈꾸었던 자유로운 일상("엄마와 헤어지고 아빠가 제일 먼저 한 일은 바로 그 가죽점퍼를 산 일")을 누리기 시작합니다. "그냥 식당 아줌마"가 된 "엄마"와는 완전히 다르게 말이지요.

이렇게 자유롭게 살아가던 "아빠"에게 갑작스럽게 닥친 "심근경색"으로 인해 주인공 "정민"은 그간 떠나왔던 집과 동네를 다시 둘러보게 되었고("십사 년 만에 마주한 마을 풍경"), 이제는 '장갑'으로는 수익이 나지 않아 결국 문을 닫은 "공장"을 보면서 당시 "공장 안에 가득 차 있는 먼지 냄새"를 떠올리기도 했습니다. 공장을 정리한 "아빠"는 "지금은 모 초등학교서 학교 보안관" 일을 하면서 "따뜻한 손"을 가진 "아줌마"(아빠의 애인)와 함께 행복한 노후를 꿈꾸는 것처럼 보입니다. 이런 "아빠"의 제2의 인생을 옆에서 지켜보는 주인공의 시선에서는 처자식을 버린 아버지에 대한 자식으로서의 거부감이라든지, 아니면 "아빠"의 선택을 인정해주는 등의 따위의 호의적 감정선이 딱히 명확하게 드러나 있지는 않아 보입니다. 다만, "간판을 대신해 공장 벽에 쓰여 있는 '칠성 장갑' 글씨"가 이제는 흐릿해져버린 것처럼 "아빠"의 앞으로의 삶 또한 주인공과 마찬가지로 어떤 불확실성에 놓여 있는 것일 뿐인지도 모릅니다.

그리고 「나비야」는 중년이지만 아직 미혼인 "미희"의 이야기입니다. 그녀는 "간호사로 20년을 일했"고, "나머지 20년은 보건소에서 일했고 보건소장"까지도 지냈었습니다. 그런 그녀에게 "현장"은 오로지 생존을 위한 투쟁의 장소였습니다. '결혼'은 다른 무엇보다 "훨씬 더 미지의 일"에 가까웠기 때문에 지금도 여전히 그녀는 적어도 '가족 내 역할'이라는 굴레로부터는 조금 자유로웠을 것입니다. 하지만 그녀도 내면에 깃든 불안감에서 완전히 자유롭지는 않아 보입니다. 집에서 키우는 "식물들이 병을 얻기 시작하면서 뭔가가 달라졌다"라고 느끼는 것이 그 대표적인 징후라 하겠습니다. 게다가 한동안 연락이 뜸했던 동생 "미선"에게서 온 전화도 그러했지요. 이러한 그녀의 불안을 조금은 해소해줄 수 있던 계기는 바로 '발견'이었습니다. 그동안 바쁘게 살면서 눈여겨보지 않았던 것들을 돌아봄으로써 새로운 즐거움을 느끼게 된 것입니다.

그녀가 발견한 즐거움 가운데 무엇보다 가장 큰 것을 꼽자면, 바로 '피아노 연주'인 듯싶습니다. 직업으로부터 "은퇴"한 삶이자, 그 막연한 불안감을 견디기 위해 그녀는 "두근거리는 기분"으로 "피아노 학원"에 갔을 것입니다. 배우는 과정에서 우여곡절은 있었겠으나, 어쨌든 동생 앞에서 '나비야'를 연주하면서 그녀가 어떤 표정을 지었을지는 쉽게 상상할 수 있을 것도 같습니다. 자매가 한쪽은 연주를 하고, 다른 한쪽은 노래를 부르는 장면이 그간 이들 사이에 얽힌 해묵은 감정을 해소시킬 수도 있으리라 기대해 봅니다. 정말로 "음악은 우리의 힘을 능가하는 유혹으로 마음을 사로잡고", 또 "생명 유지의 원초적 조건으로서 육체를 끌어당기"는 것 같습니다. 그러하니 "미희"도 '(식물의) 죽음'을 언젠가 음악으로써 극복하게 될 것입니다.

어쩌면 「골든 슬럼버」에서 나온 구절처럼, "태어났다고 해서 삶이 저절로 굴러가는 것은 아"닐 것입니다. 게다가 어디로 굴러가든 그 파장은 자연스레 주변에 영향을 주었을 겁니다. 즉, 누군가의 행위는 결국 또 다른 누군가의 삶에도 영향을 주는 것이겠지요. 그렇다고 본다면, 주인공의 "아버지"가 인도 여행을 하기로 마음먹은 것은 그저 동료의 자살로 인한 정신적인 고통 때문만은 아니었을 수도 있습니다. 그리고 그의 행위(여행)는 우연한 계기로 인해 다른 누군가에게는 매우 영감을 주는 일이 되기도 하였습니다. 주인공 "나"의 친구이자, 극작가이기도 한 "승주"는 "30년 직장을 은퇴하고 혼자 인도를 여행하는 중년 남자"의 이야기를 써보겠다고 마음먹습니다. "나" 또한 "아버지"의 엽서를 통해 "한 남자와, 그 남자가 탄 기차만 나오는 이야기"를 떠올립니다. 한 사람의 행위가 이렇듯 여러 가지의 '이야기'를 상상하게끔 만듭니다. 결국 누군가의 삶이 영감을 이끌고, '이야기'라는 또 다른 세계를 만드는 열쇠가 되는 것입니다.

작가가 작품에서 중년의 인물들을 등장시킨 데에는 어쩌면 인생에서의 '불확실성'이 단지 젊은 세대의 문제가 아니라는 점을 말하고 싶었던 것인지도 모르겠습니다. 「엄마에게 애인이 있었으면 좋겠다」에서 옛 동네가 이제는 여기저기 아파트로 가득 찼던 것처럼 점점 세월이 흐를수록 더욱 삭막한 풍경만이 있을 뿐입니다. 그럼에도 「나비야」의 "미희"처럼 서툴지만 하나씩 차근차근 피아노 곡조를 연주하듯이 아직 우리로서는 좀 더 참고 견뎌야 할 시간이 남아 있는 것 같습니다. 그 '견딤'이 이후에 무엇으로 보상될지가 중요하겠지요. 서툴지라도 누군가가 나의 연주를 들어준다면, 그것은 최고의 음악일 것입니다. 또한, 「골든 슬럼버」에서 아버지의 엽서가 언제나 '보아라'라고 시작하며 옛 도시들이 품은 이야기를 전했듯이 어쩌면 세월에 묻힌 누군가의 애틋한 이야기가 우리 주변 어딘가에 숨겨져 있을지도 모릅니다.

그렇다고 하여 작가의 시선이 청년 세대에게서 완전히 멀어진 것은 아닙니다. 첫 작품에 이어 두 번째 작품을 발표하는 주기가 아무리 길다고 한들 작가가 지녔던 문제의식 자체가 완전히 바뀌었다고 볼 수는 없기 때문이지요. 앞서 말했듯이, '88만원 세대'라는 말처럼 당시의 청년 세대가 당면했던 문제들이 시간이 지났다고 하여 이것이 사라지거나 크게 개선되지는 않았습니다. 이는 누구도 부정하기 어려울 것입니다. 이제는 문제들이 오히려 더욱더 악화되어 그때 그 시절보다 어려웠으면 어려웠지 결코 쉽지는 않아 보입니다. 일테면 '결혼'을 빼놓을 수가 없겠지요. 지금의 젊은 세대가 처한 어려움을 가리키는 대표적인 용어로 '삼포'라는 말이 있는 것처럼 '결혼'은 그들로서는 여전히 피할 수 없는 문제인 듯합니다. 「내일의 날씨」에서 주인공인 "나"에게 닥친 문제도 그러합니다.

이 작품은 방금 앞에서 다룬 「나비야」에서처럼 어떤 '견딤'을 떠올리게 합니다. 주인공인 "나"와 "성훈" 커플, 그리고 "은호"와 "돌고래"라는 (예비) 커플이 함께 제주도로 여행을 와 있었다는 데에서부터 이야기는 시작됩니다. 공교롭게도 태풍이 올라오고 있다는 기상예보 탓에 이들은 자신들이 내일 비행기를 탈 수 있을지 없을지 잔뜩 촉각을 기울이면서도 남은 시간을 무료한 농담과 소일거리로 보냅니다. 어제는 더할 나위 없을 정도로 완벽했던 여행이었으나, 오늘은 불확실한 예보에 귀를 기울이며 내일을 하염없이 기다리는 모습으로 보이지요. 이러한 분위기는 작품 말미에 이르러서 곧장 "나"의 내면으로 이어집니다. 그녀의 결혼 상대인 "성훈은 줄곧 불안해"했었고, 그녀 자신 또한 "결혼식 날짜가 다가올수록 누구라도 붙잡고 물어보고 싶었"을 정도였으니 말입니다. 그녀의 문제가 결코 쉽지 않다는 것은 이혼 경력이 있는 "돌고래"의 아리송한 말과 태도에서 확인할 수가 있습니다.

자신의 이혼 배경을 말한 듯하다가 "미안. 내 얘기 아니에요."라고 말하거나, 또 "내"가 "정말이에요?"라고 물었을 때는 "아뇨."라고 답하는 그녀의 태도는 어딘지 모르게 혼란을 줍니다. 어쩌면 어떤 일이든 누군가에게 말로만 전해 듣는 것보다는 그냥 본인이 직접 몸으로 부딪혀봐야 한다는 뜻인 걸까요. '결혼'이라는 문제에 딱히 정해진 답은 없다는 것을 의미하는 것 같기도 합니다. 아무튼 "나"의 시도는 어떠한 소득도 없이 끝났으며, 이 일(결혼)은 결국 끝까지 가봐야 할지도 모르겠습니다. 그만큼 "나"의 불안은 여전히 남아 있는 것일 테지요. 여담이지만, 문진영 작가의 작품에는 "돌고래"처럼 등장인물의 '이름'을 동물명으로 대신하는 경우를 종종 볼 수가 있었습니다. 단순히 그 인물의 외양 때문에 지었을 것이라고 보기는 어려운 부분이 있지요. 다소 억측으로 보일 수도 있겠으나, 이렇게 동물 이름으로 대신한 것은 아마 '생존'에 관한 어떠한 본능(불안을 감지함으로써 발휘되는)을 가리키기 위함은 아닌지 싶습니다.

동물에게 생존은 피할 수 없는 문제겠지요. 이러한 위기감은 인간이라 하여 느끼지 못할 바는 아니라고 봅니다. 아무튼 지금의 젊은 세대가 처한 문제가 꼭 '결혼'만이 있는 것은 아니지요. 앞서 처음에 언급한 '방황'과 '유예'는 어김없이 이들을 뒤쫓아 오는 듯 보입니다. 모두가 '생존' 게임에서 승자가 될 수는 없습니다. 따라서 이들 가운데 어느 누군가에게 주어진 방황은 결국 '그', 혹은 '그녀'에게 어떤 확정된 자리가 주어지지 않았다는 것을 의미하며, 유예 또한 마찬가지입니다. 하지만 이를 두고 정말로 '실패'했다고 치부하기는 어렵습니다. 그들의 방황과 유예는 결국 그들 스스로 지닌 일종의 가능성, 즉 삶의 또 다른 이면을 드러내는 열쇠와도 같기 때문일 것입니다. 「눈 속의 겨울」의 주인공인 "주희", 그리고 「일인용 소파」에서 하숙집을 운영하는 "S"의 이야기에서도 독자인 우리는 청년 세대가 처한 다양한 고민들과 그 실패담들을 접할 수 가 있습니다.

먼저, 「눈 속의 겨울」에서 주인공인 "주희"의 일상을 살펴보지요. 그녀는 호주로 건너와 한 가정에서 "오페어"로 살아가고 있습니다. 이 '오페어'라는 말 자체가 그야말로 모호합니다. 보모처럼 집안일을 도우면서도 언어를 배우는 젊은 여성을 가리키는 말인데, 이른바 '손님 아닌 손님'이라고 봐야 할 것 같습니다. "주희"는 그곳에서 "주이"라고 불리며, "미아"라는 아이를 돌보는 '오페어'로 일상을 보내고 있습니다. 그녀의 "영어 실력은 미아보다 조금도 나을 게 없었"지요. 하지만 그녀가 처한 현실적 제약이 단순히 부정적인 영향만을 준다고 보지는 않습니다. 제대로 말을 하지 못하지만, 그렇기 때문에 오히려 그녀의 내면과 감정선은 더욱 증폭될 여지가 마련될 수 있습니다. 이를 가능하게 한 인물이 바로 "미아"입니다. "주희"는 "빙하처럼 시린, 미아의 눈동자를 들여다보고 있으면 깊은 물 속에 들어와 있는 것처럼 사위가 고요해"지는 것을 느끼기도 했었으니 말입니다.

다른 누군가의 시선에서는 무책임하고 대책도 하나 없는 도피처럼 보였을 호주 행(行)이었을지라도, 그녀에게 이 경험은 그동안 지금껏 자신에게 무수히 강요되어 왔던 어떠한 지위나 역할로부터의 완전한 자유를 도모하기 위함에서 비롯

된 것이었는지도 모릅니다. 작품 말미에서 "한여름의 크리스마스"는 예전에 그녀가 몸담았던 곳(한국)에서는 그저 상상으로만 떠올렸을 수밖에 없는 순간이었을 겁니다. "미아"는 비록 아이에 불과하지만, 그 순간을 가장 진실되게 마주하는 자로 그려집니다. "너무 아름다워."라는 미아의 말 한 마디는 "주희"의 "몸 어딘가에 박혀 있던 얼음 조각을 씻겨" 주고, 이로써 그녀는 "영원"이라는 말이 품은 수수께끼의 비밀을 열게 됩니다. 앞서 말했듯이, 이들의 감정적 교류는 말(영어)의 단순한 소통이 아니라, 서로 간의 온기를 느끼기 위한 본능처럼 보입니다.

「일인용 소파」는 소설집에 실린 작품들 가운데 유일하게 '액자식 구성'을 한 작품입니다. 이 작품에서도 호주에 여행을 온 주인공 "나"가 등장합니다. 그녀는 "아는 동생 Y"의 소개로 "S 언니"가 운영하는 하숙집에 살게 됩니다. 낯선 이로서는 수수께끼와도 같이 보였을 인물 "S"의 제안으로 "나"는 와인을 마시며 그녀의 이야기를 들었습니다. 이 소설의 주된 내용은 결국 "S"의 이민, 그리고 연애담이라고 볼 수 있지요. 그녀가 만났던 "A", "B", "C"에 관한 이야기를 들었던 "나"로서는 그저 "좌절된 연애담 외에는 할 이야기가 없는 것인지" 처음에는 의아했겠으나, "사랑은 모든 것을 참으며, 모든 것을 믿으며, 모든 것을 바라며, 모든 것을 견디느니라."라는 성경 구절을 "S"가 읊었을 때, 과연 그 순간 "나"는 어떠한 감정선이 증폭된 것이었을까요. 작품의 말미에서 "나"는 누구든 각자의 '방'이 있었던 것이라고 생각하지만, 애석하게도 그 방과 방 사이에는 너무나 두꺼운 벽이 여전히 놓여 있는 것처럼 느껴집니다.

「남쪽의 남쪽」도 방황과 유예에 관해 빼놓을 수 없는 작품입니다. 이 작품을 읽어봤다면, 당신 또한 "네로"라는 인물이 벌이는 기이한 "장례식"에 잠시나마 눈길이 머물렀을 겁니다. 주인공인 "나"의 외사촌 형인 "네로"가 치루는 장례식이란 것은 사망한 작가의 책을 불태우는 일을 가리킵니다. "죽은 작가의 책들을 책꽂이에서 꺼내고 나면, 거기에는 적당히 네모난 구멍이 생"기게 되는데, 그 '구멍'은 주기에 따라 비워지고 메워지는 것을 반복했을 것입니다. "네로"의 서재라는 작은 세계조차도 마치 자연의 섭리처럼 운행하고 있음을 암시하는 것처럼 보입니다. 이 질서는 생과 사의 끊임없는 순환과도 같으며, "네로"는 그에 따라 동일한 의식을 진행하는 일종의 사제 역할을 받아들인 듯합니다. 주인공인 "나"와 "연"은 그의 의식에 동참하기도 하지요.

잠시 네로의 기이한 장례식에 밀려났지만, 그럼에도 기이해 보이는 "연"의 문신 또한 이러한 섭리로써 본다면 납득할 수 있게 됩니다. 마치 겨울을 견디는 나무처럼 앙상한 가지를 드리우고 있는 문신은 어쩌면 "연"의 감춰진 내면의 황량함을 암시하는 것일 수도 있습니다. 작품 말미에서 "네로"는 "연"에게 "잎도 그려. 꽃도 그리고." "향기 좋잖아."라고 제안한 것은 꽤 흥미롭습니다. "연"의 내면적 풍경이 곧 "네로"의 그것과 별반 다르지 않은 것임을 알 수가 있지요. 이로써 독자인 우리는 그가 왜 이토록 기이한 장례식을 치루는 중인지를 어렴풋이 짐작할 수 있을 겁니다. 그의 어머니, 다시 말해 "나"의 이모이기도 한 가족의 상실이 가장 큰 원인으로 보이나, 결국에는 고단한 일상을 견디면서 든 "쓸쓸한 기분"을 유일하게 해소할 수 있는 나름의 의식은 아니었을까 생각합니다.

「두 개의 방」에서도 또 다른 의식이 치러집니다. 이른바 "술산책"이 그것입니다. 이 작품의 주인공인 "선영"은 작가인 "그"와 함께 이 의식을 치루는 중입니다. 이것은 "시간이 멈춘 곳"을 찾는 것이고, 어쩌면 누군가의 자취를 따라가는 일이 될 수도 있습니다. 주인공은 그 시절의 친구였던 "은미"에게서 났던 "어른의 냄새"이자, "진짜 생활의 냄새"를 떠올리기도 합니다. 또한, "그"의 사연도 예전에 실제로 있었던 비극('용산참사')을 떠올릴 법한 묵직함을 간직하고 있습니다. 재개발된 집과 가게의 풍경 속에서 당시의 "그"가 바라봤던 아버지의 표정과 "액자 안의 해바라기"는 어딘지 모르게 지금의 "그"를 더욱 어른스럽게 만드는 것처럼 보입니다. 이들의 '술산책'은

선영과 그가 각각 상실한 지점이 어디인지 독자들에게 보여주는 의식으로써 처음에는 보이지 않았던 둘 사이의 감정적 공통분모를 서서히 드러냅니다.

중년 세대가 아닌, 젊은 세대의 일상과 꿈을 다룬 작품들, 즉 「내일의 날씨」, 「눈 속의 겨울」, 「일인용 소파」, 「남쪽의 남쪽」, 「두 개의 방」은 작가의 첫 작품에서부터 견지되어 온 문제의식을 담은 것들이라 할 수 있습니다. 이전에 젊은 세대의 불안한 삶을 그렸던 김미월 작가처럼 문진영 작가 또한 그러하다고 봐야 할 것입니다. 하지만 문진영 작가는 여기서 더 나아가 작중 인물들의 '방황'과 '유예'적 상황을 더욱더 끌고 나옵니다. 예를 들어, 「눈 속의 겨울」이나 「일인용 소파」처럼 젊은 세대가 처한 고단한 일상만이 아니라, 타지(호주)에서 살아간다는 상황을 설정함으로서 작중 인물들의 앞으로의 삶에 어떠한 이정표를 암시하지 않고 여백으로써 비워두는 것처럼 보입니다. 따라서 이들에게 주어진 방황과 유예는 단지 젊은 세대로서 경험하는 것으로만 머무는 게 아니라, 오히려 존재로서 피할 수 없는 문제이자 '정답 없는 정답'을 찾기 위해 길을 떠나는 과정일지도 모르겠습니다.

지금까지 말한 주제와는 다소 거리가 있을 수 있는 키워드이겠으나, 작품들에서 공통되는 것이 있으니 그것은 바로 '가족'입니다. 유독 문진영 작가의 작품에서는 우리가 흔히 여기는 일종의 '보통 가족'이 드뭅니다. 어떤 가족은 부모가 이혼을 했고, 아니면 이혼을 해서 혼자 살고 있거나, 또는 방금 살펴본 「남쪽의 남쪽」의 "네로"처럼 가족과 사별한 경우도 있습니다. 지금은 흔히 있는 1인 가구의 생활도 다루고 있지요. 이렇게 가족을 등장시키는 이유는 무엇일까요. 어쩌면 '가족'이라는 기존 질서에 대한 회의(懷疑)일 수도 있지 않을까 싶습니다. 아무튼 앞서 다룬 「엄마에게 애인이 있었으면 좋겠다」도 그러하고, 「방공호」에서 엿볼 수 있는 1인 가구의 세태, 그리고 「딸기맛」에서 자매 중에 막내인 주인공 "나"의 시선을 보면 '가족'이라는 문제가 자연스레 떠오를 수밖에 없게 됩니다.

「방공호」는 마치 베게트의 희곡인 「고도를 기다리며」를 연상케 합니다. 주인공인 "나"는 일어학과 출신으로 프리랜서입니다. 그 덕에 "X"의 집을 관리하는 "임시 집사직"을 맡게 되었지요. 무역업체에서 일하는 "X"는 잦은 출장 등으로 인해 자신들의 고양이를 돌볼 적임자로 주인공을 택한 것입니다. 주인이 없는 집에서 집사이지만, 주인 행세를 하는 "나"는 언니인 "X"의 집에 갑작스럽게 방문한 "Y"를 맞이하게 됩니다. "Y"는 하던 일을 정리하고 잠시 쉬고 싶어서 언니의 집을 방문한 것입니다. 이들은 주인 없는 집에서 서로 집안일을 하며 '임시' 가족처럼 지냅니다. 게다가 뒤에 옆집 여자인 "Z"도 방문하게 되지요. 이들 세 여성의 공통점은 "X"이지만, 또 한

편으로는 같은 '여성'이라는 점도 한몫했을 겁니다. 이 소설의 제목이 왜 '방공호'인지는 모르겠으나, 어쩌면 방공호처럼 깊숙하고 은밀하면서도 안락함을 느낄 수 있는 곳인 "X"의 집을 가리키는 것은 아닌가 싶습니다.

이 작품에서 이들 세 여성의 '임시' 공동체는 처음부터 낯을 가리지 않고, 무척이나 자연스럽게 '가족' 같은 분위기를 이룹니다. 이 집에 들어온 이상, 누구든 '새로운 가족'의 구성원이 될 수 있을 것입니다. 정작 집주인인 "X"는 없지만 말이지요. 작품의 마지막 장면에서는 또 다시 "삑삑삑삑, 현관 비밀번호 누르는 소리"가 갑작스럽게 들리는데, 그렇다면 이제 곧 들어오게 될 저 미지의 방문객은 과연 누구인 걸까요. 집주인 "X"일 수도 있겠지만, 또 다른 "X"의 지인일 수도 있습니다. 이러한 상상이 과도한 것은 아닐 겁니다. 지금까지 "Y"와 "Z"의 등장이 그러했으니까 말이지요. '방공호'에는 사실상 주인이란 없습니다. 그곳은 누구에게나 열린 장소이며, 곤란한 처지에 놓인 이들이 마음 놓고 이용할 수 있도록 만든 일종의 '공공' 시설입니다. 그렇기 때문에 이 마지막 장면은 마치 방공호를 찾아온 듯한 '(어느 익명의) 고독한 개인'을 떠올리게도 합니다.

「딸기맛」의 주인공인 막내딸은 "둘째 조카의 돌잔치"에 초대되었지만, 가족을 바라보는 그녀의 시선은 그리 따뜻해 보이지는 않습니다. "명소도 특산물도 없는 밋밋한 소도시"인

고향을 바라보는 시선도 마찬가지입니다. 주인공은 그 "'고향' 이라는 단어가 주는 어떤 안온함도, 오랜만에 가족들을 만난다는 기쁨도 내게는 그다지 느껴지지 않는다는 걸 새삼 깨닫"기도 하지요. 이러한 감정을 갖게 된 원인은 "둘째 언니"의 자살 때문이기도 하겠지만, 어쩌면 '가족이란 무엇인가.'라는 작가의 근본적인 문제의식에서 비롯된 설정에서 나왔다고 봐야 할 것 같습니다. 화기애애하고 떠들썩한 분위기 속에서 문득문득 떠오르는 "둘째 언니"에 관한 추억은 어딘지 서로 이질적으로 느껴집니다. 다른 가족 구성원들은 죽은 "둘째 언니"에 대해 어떻게 생각하고 있는 걸까요. 앞으로 이 가족들의 "미래"는 무엇이 될 테며, 이번 돌잔치와 같은 "단맛" 뒤에는 또 어떤 "쓴맛"이 기다리고 있는 걸까요.

가족에 관한 문제의식을 담은 「방공호」나 「딸기맛」은 작가의 또 다른 문제의식이라고 봐야 할 것 같습니다. 흔히 '가족 이데올로기'를 비판하는 작품들도 있어왔으나, 문진영 작가의 시선은 '가족'이란 무엇인지 직시함과 동시에, 또 다른 가족(「방공호」)을 상상하는 작업의 일환에서 나온 것인지도 모릅니다. 지금과 같이 아무리 '1인 가구'가 늘어났다고 하지만, 여전히 '가족'은 젊은 세대와 중년 세대 간의 갈등을 내포하는 문제이기도 하니까요. 지금까지 살펴본 것처럼 어떠한 문제든 간에 정해진 답은 없을 것입니다. 삶을 살아가는 데에 있어서도 중년이든, 청년이든 간에 어떠한 방식이 옳은 것이라고 말하기는 어렵습니다. 세대를 떠나 각자의 방식이 있을 테니까요. 문진영 작가는 어떤 정해진 답에는 관심이 없어 보입니다. 대부분의 작품들은 일종의 열린 결말처럼 작중 인물들이 그 이후에 어떤 방황과 유예를 하게 될지 오롯이 독자가 상상할 몫을 남겨둡니다.

이제 글을 마무리할 때가 왔습니다. 처음에 글을 시작할 때, 발저의 경우를 들면서 시작했으니 '작가'에 관한 말로 마무리를 하고 싶습니다. 미국의 저명한 작가이자, 사회운동가이기도 한 리베카 솔닛은 자신의 책에서 이런 말을 썼었지요. 조금 길지만 그대로 인용해 볼까 합니다. "작가의 재능이란 사람들이 생각하는 것만큼 희귀하지 않다. 오히려 그 재능은 많은 시간 동안의 고독을 견디고 계속 작업을 해 나갈 수 있는 능력에서 부분적으로 드러나기도 한다. 작가는 작가이기 이전에 독자이며, 책 속에서, 책을 가로지르며 살아간다. 다른 사람의 삶 속에서, 또한 다른 사람의 머릿속에서, 매우 친밀하지만, 지극히 외롭기도 한 그 행위 안에서 살아가는 것이다." 물론, 저는 이 친밀하면서도 외로운 행위가 문진영 작가만의 것은 아니라고 봅니다. 그리고 '작가' 또한 언젠가는 '독자'로서 또 다른 누군가의 작품과 삶을 친밀하지만, 외롭게 들여다봐야 할 것입니다. 앞으로 문진영 작가가 더 오래도록 견디고, 친밀하고도 외롭게 글을 써 나갔으면 하는 바람을 끝으로 이 글을 마칩니다.

작가의 말

그때, 나는 '쓸 수 있는 것을 쓸 수 있는 만큼 쓰겠다'고 적었다. 그것이 얼마나 쉬운 말이었는지 깊이 깨닫는 십 년이었다. 내가 감히 쓸 수 있는 것은 드물었고, 있다 해도 제대로 써내기는 더 어려웠다. 그럼에도 불구하고, 저 문장은 여전히 유효하다. 다만 이제 나는 '최선을 다해'라는 말을 앞에 덧붙이고 싶다. 최선을 다해, 쓸 수 있는 것을 쓸 수 있는 만큼 쓰겠다. 그렇게 다시 십 년이 지나면 조금은 나아지지 않을까. 함께 견뎌 준 K에게 이 책을 바친다.